乐音流动的青春

东伟 著

作家出版社

目录

contents

第一卷

学唱歌的足球之神

第二卷

那些无法穿越的城池

壹

学唱歌的足球之神

第一章

友谊万万岁

林若阳烦死楚天阔了！

不就是卫生委员？何必拿手上丁点儿大的权力处处跟自己作对？自己不就是想跟何小西分到一组做值日，为什么非要像个“铁面包公”，一定要按学号打扫公共卫生区，把自己和“小公主”葛菲分到一组？

这分明就是公报私仇！

上午数学课的时候，楚天阔像一头棕熊趴在座位上酣睡，班主任兼数学老师“女魔王”“勒令”坐在他后座的林若阳把他叫起来。奈何楚天阔睡得像头死猪，林若阳怎么叫都叫不醒他，只能用脚把他踹醒。

明明就不是人家的本意。账怎么能算在她头上？

林若阳还觉得委屈呢。就是因为楚天阔趴在桌子上睡觉，都不能挡住身后发呆的林若阳，害她一次次被“女魔王”叫起来回答问题。

唉！

林若阳气恼地在器材室里胡乱摆放的跳马、单杠间乱窜，终于爬上西面墙角摞得一人多高的体操垫。庞大的“青山”不满地喘着粗气，一上一下，终于将“山脊”另一侧搭着的一件白色校服短袖抖搂到看不出颜色的水泥地面，就像捅了马蜂窝，灰尘们张牙舞爪地冲了出来。

“咳咳……”

林若阳被浮尘呛得嗓子咳嗽、眼睛辣辣的，“青山”下的白衣服如同白墙上的一抹蚊子血。她费劲地爬下去，用两只手嫌弃地捏起衣服一角，酸酸的汗臭扑面而来，让她一阵干呕。

这衣服还有没有人要？

林若阳一边掩鼻干呕，一边翻找上面的名字，还没找到就坚持不住了。

“嘁——”林若阳用力一甩，衣服正好落在身后的单杠上。

难怪……

林若阳还以为是地下室特有的潮气。

器材室坐落于操场的地下，是个被“强行”密闭的空间。明明操场的东西入口处都有通往地下的通道，按理说操场底下应该是打通的才对。可偏偏西面通向狭小逼仄的器材室，而东面通向人迹罕至的“鬼屋”——传说里面死过人。操场底下留给器材室的空间不足十平方米，灯光昏暗，四面水泥墙如同一扇首尾相接的屏风，裸露而粗壮的地下水管便是刺绣的花纹，将学校乱七八糟的体育器械圈在里面。

说好同组的“小公主”呢？

肯定又躲在哪里，照镜子化妆！

五月的天气虽不炎热，但正午的阳光已经猛烈地灼烧起来。器材室虽然脏乱，但幸而有水管的庇佑，难得的凉爽。

林若阳看看自己的杰作，再度钩起单杠，踩住跳马，爬到高高的体操垫顶上。她喜欢这种无意义的冒险行为，好像真能体会到“坐在高高的谷堆上面”的感觉。

“死了都要爱，不淋漓尽致不痛快……”圆润稚嫩的声音演绎着饱含沧桑的情歌，林若阳合唱团领唱的水平不是吹的，高音轻松跨过，但听起来恍若一个偷穿妈妈高跟鞋的小女孩。

“给。”一个软软的声音在林若阳唱完最后一句的时候插进来，林

若阳向下探身，只见何小西站在垫子前面，递过来一个水杯，“这么开心，都唱起歌了？”

何小西深知林若阳不喜欢在唱歌的时候被人打断，便一直站在下面等她唱完。

“小西，你可算来了。”林若阳欢欣鼓舞地从体操垫一侧跳下来，“青山”被狠狠地咬了一口，一个个码放整齐的体操垫歪斜地滑下来。

何小西眼看一座“高塔”七零八落，伸手便要把垫子码回去。

“别动——今天是我和‘小公主’做值日，这得让我和她来干。”

何小西讪讪地缩回手，任由林若阳把散落的垫子吃力地码成一个个“矮山包”。

“若阳，合唱节的曲目你想好了吗？”

“没呢，我们合唱团的那些曲目咱们班肯定唱不了，不过太简单了也没劲……”林若阳一屁股坐在一个“矮山包”上，拍拍对面的一个，“坐！剩下的就让‘小公主’放好。谁叫她不来！”

明明是你自己弄乱的。

“若阳，合唱节你是指挥，咱们班只有葛菲会弹钢琴，伴奏肯定让她上。你们俩今后还要合作，别把关系搞这么僵。”

“是她自己太过分！”林若阳叉着腰，一副母夜叉的样子，“何小西，你要是喜欢她就找她，不用管我。”

林若阳最看不惯何小西这副息事宁人的样子。还有没有一点正义感？

“你又这样，什么时候才能变得成熟一点？我是为你好，我知道你觉得她贱，我也这么觉得，但人家比你多的是手腕，犯不上明着跟她作对。”

林若阳一下来了兴趣：“你打算怎么整她？”

何小西轻笑一声：“指挥同学，你还是赶紧打扫卫生吧。”

又是这样！

林若阳愤愤地看着只把话说到一半的何小西。在这个叛逆的青春年华，那些自以为成熟的人卖弄新学的成人处世技巧，却不知即将逝去的童真才是人生最宝贵的财富。

何小西抱起一堆垫子，放到另一堆上面。林若阳纵是对“小公主”葛菲有一万个不满，也跟在何小西屁股后面干起来。二人齐心，器材室西南角的“青山”总算是立起来了。

“我先走了。”

林若阳毛手毛脚地在乱七八糟的体育器材中间搜寻自己的透明水杯：“等我跟你一起。”

“你别忘了，老师说过公共卫生区的值日得要卫生委员检查。”何小西一板一眼地说道，“等他检查完了，你再走。”

又是楚天阔！

这小子一到中午就没影，谁知道他什么时候才能过来？

“小西……”林若阳撒娇地摇着何小西的胳膊，“别把人家一个人丢在这里嘛……”

何小西无奈地看向林若阳，但见她满脸水盈盈的，脸颊绯红，鬓角的几缕碎发黏在嘴角，看上去狼狈极了。

“小花猫，擦擦脸。”何小西抽出一张手帕纸递给林若阳，叮嘱道，“你不用担心，今天中午有足球赛，班长会替卫生委员来检查，马上就到。我可跟你讲，千万别跟班长吵起来。就算你是指挥，音乐上的事你负责，其他的事都还得听他的。”

“知道了‘老婆婆’，你跟郭宇非还真像，都那么爱教育人。”林若阳接过纸巾擦汗，不一会儿就弄得满脸纸屑，何小西有条不紊地帮她一一拿掉，“快走吧，他要是学唐僧碎碎念，我就把你召唤出来对付他。”

何小西刚要往外走，突然一个急刹车，回头看向林若阳。

“怎么了？‘老婆婆’还要叮嘱什么？”

“一会儿音乐课是合唱排练吧？”何小西鼓足勇气，脱口而出。

“是啊。”

“我想问——”何小西话说一半，突然没了底气，搪塞道，“用带书吗?”

“就算音乐是副科，上课也得带书啊。”林若阳不知道何小西怎么突然会问这么低级的问题，“算了，你回去帮我通知一下。”

“好好。”何小西连声答应，飞快地跑出器材室。她终究还是没有勇气把自己的心思说出口。她太害怕被嘲笑，太害怕失去作为“学霸”的威严，太害怕像个愚蠢的孩子，将自己内心长久以来被压抑的愿望公之于众。

送走何小西，林若阳的世界瞬间清静下来。

真爽!

林若阳如释重负地靠在体操垫上。像这样安安静静地聆听水管里液体的流动也是一件蛮凉爽惬意的事。

不过，事实上，何小西是林若阳最要好的朋友。从她穿开裆裤时起，两个人的生命就沿着同一条轨迹发展。

当林若阳和何小西还只会用哭闹来表达自己情绪的时候，她们的妈妈就各自推着自己的宝宝在共同居住的小区里织毛衣、遛弯儿，评价两个孩子谁比谁强一点、谁比谁弱一些。在那段林若阳没有记忆的时期里，她是永远的胜者。因为在那段注重外在成长的阶段，何小西脸上的胎记注定了她的败局。那是一块不大不小的紫色胎记，长在她的左额，椭圆状，边界曲里拐弯，就像恶魔的牙印儿。而林若阳从小就是美人坯子，大眼睛，樱桃小口，鼻梁坚挺，皮肤光洁如雪，阳光一照，里面青紫的血管清晰可见。灵秀的模样人见人爱。

没有学业压力的日子，林若阳是妈妈们暗中较量的胜者。何小西腼腆成熟的性格就在那时形成。直到残酷的学习生涯开始，林若阳和何小西进入同一所小学。林妈妈总在与何妈妈的较量中落败，但这似乎影响不到林若阳乐观积极的性格，因为这场“旷日持久”的战斗还没走到第七个年头，就被命运的大手生生掐断。

林若阳不太灵光的大脑，唯独对那天格外印象深刻。

那天是林若阳的七岁生日。

不过原因并不仅限于此。

一直被老师呵斥纪律差、拉低全班平均分、被全班同学欺负耻笑的“拖油瓶”，终于在音乐课上被全校最年轻最漂亮的女老师请到讲台上表扬。

“林若阳同学唱得很好，音准不错。脸上的笑容很美，音色也很有春天的感觉。希望大家向她学习。大家为她鼓鼓掌。”

林若阳站在讲台上，冬日透明的阳光洒进音乐教室的大玻璃，给她身上的白毛衣打上一束温暖的阳光。她的眼睛眯成一条缝，随着阳光闯入视野的黑色斑点在她的眼前活蹦乱跳，她看到了同学们原先鄙夷的脸上露出来了难得的敬意。她被胜利的喜悦冲得有些不知所措，她开始寻找依靠的彼岸，寻找何妈妈给小西亲手织的红色毛衣。

“真棒！”何小西做着夸张的口型，鼓掌的双手悄悄停在胸前，露出两个尖尖的大拇哥。

“林若阳，再带大家唱一遍。”老师的眼中满是慈爱，那是林若阳梦寐以求、唯有对好学生才流露出的神采。

女老师修长的手指在黑白键上行走起来，乐音在纯白的音乐教室里飞舞，林若阳只觉体内一股热流涌动，身体不自觉地晃动，双手情不自禁打起拍子，眼睛里淘气的黑色斑点落到认真歌唱的何小西脸上，她左额上的胎记慢慢变大，变成一只魅惑的燕尾蝶，拖着长长的尾巴飞啊飞啊……

“……小朋友的眼睛——”

音乐骤停，班主任的“狮子头”插入被音乐浸染的教室：“何小西，你们家出事了！”

所有人的目光如万箭穿透何小西娇小的身体，随着她急促的步伐，投向幽暗的走廊。

林若阳在讲台上呆立，刚刚那只漂亮的大蝴蝶瞬间被黑暗吞没。

“我们继续。”

音乐声起，林若阳看向坐在窗前的音乐老师，刺眼的冬阳将天地涂成没有颜色的煞白，老师漂亮的五官也随之一起消失。突然，刚刚消失的燕尾蝶从天而降，变成无数冲刺的吸血蝙蝠，铺天盖地扑向林若阳……

“啊——”

林若阳的七岁生日是在医院的眼科八层度过的，而何小西一家，就在她楼上的楼上。

在家调养了三天，林若阳戴着奇丑无比的眼镜回到学校，音乐课的记忆早在少年不识愁滋味的“二年级小豆包”们的脑海里格式化得一干二净。

“四眼儿怪！”一个淘气的男生抽走了林若阳鼻梁上的眼镜。

“把眼镜还我！”林若阳无力地干吼，可男孩就在前面没心没肺地坏笑，一点也不同情视野模糊的林若阳。

林若阳猛地从座位上弹起来，刚走一步，就被另一个“淘气包”伸出的左脚绊了一跤。

疼！

“呜……”林若阳趴在地上大哭起来。

“爱哭鬼！羞！”

林若阳才不理会别人怎么说，哭了好一会儿，她只感到一双慈母般的大手把她扶起来，接着将沉重的眼镜温柔地放在她娇嫩的鼻梁上。

“小西，他们欺负我……”林若阳扑入何小西温暖的怀抱，却突然发现她胳膊上多了一个黑色袖箍，“这是什么？”

何小西的喉咙打了个结，紧接着哽咽道：“我没有妈妈了……”

三日不见，何小西换了新发型，樱桃小丸子似的齐刘海死死地遮住左额上“恶魔的牙印儿”。

“人呢?”班长郭宇非一踏进器材室，就被眼前和之前并无半点差异的景象惊呆，“还以为林若阳会来干呢。”

林若阳盘腿坐在高高的体操垫顶上，突然发声：“好啊，你是不是和楚天阔串通好了，难怪不让我跟小西一组?以后少拿你的破硬币骗人，每次拿它做决定都是我吃亏。”

当初分组的时候，林若阳见楚天阔死活不同意，就想让班长帮自己解决。班长既不想伤了自己的好哥们儿，又拗不过胡搅蛮缠的林若阳，就用了一个很公平的投硬币的方式来解决。那天，他的零钱包里有19枚硬币，他一股脑儿倒出来，如果正面多就按楚天阔的办法，如果反面多就给林若阳换搭档。

谁能想到，林若阳那天的运气特别不好。19枚硬币只有两个反面，林若阳愿赌服输，只能依了楚天阔。

“我走了，”林若阳说着，从上面爬下来，“你要是觉得哪里不好，就自己干吧。”

“别走，你打扫了吗?怎么跟之前一模一样?”

“你没发现这件衣服换地儿了?”林若阳指指单杠上挂的白T恤，班长顿时语塞，“还有，我一直在等葛非，这午休都快结束了，她还没露面，班长，这就是你给我分配的好搭档?”

“林若阳，你不要这么思考问题，这个打扫器材室，是咱们班响应学校的号召，搞的志愿服务活动，就只有每周五一次，再说也持续不了多长时间。你想想，第一次打扫器材室的重任就落在你身上，这是一件多么光荣的事……”

“班长拜拜，一会儿直接去音乐教室，别忘带书。”林若阳哼着小曲，直接屏蔽掉班长的唠叨。

“喂！我还没说完呢……”

第二章

少年初识愁滋味

“报告!”

上课铃响后，楚天阔才急急忙忙跑进音乐教室。

“哈——”教室里爆发出一阵剧烈的笑声，坐在林若阳旁边的美国外籍生William干脆四仰八叉地躺到地上。

楚天阔被大家的笑声弄得不知所措，探头打量这间音乐教室。这是一间颇有年代色彩的老教室。白墙，暗红色瓷砖地面，铅灰色立柜。依旧是坐北朝南的格局，黑板和大屏幕在西，温煦的阳光透过北窗铺满屏幕下方的黑色立式钢琴。50把黄色学生用椅被一条“楚河汉界”分成两个5×5的正方形，没有老师的注视，45个少年正毫无顾忌地嬉笑打闹，有的甚至爬上了南面空荡荡的合唱台。合唱是学校的传统项目，早在100多年前美国教会成立这所学校时就有。合唱台像个高耸的巨人，深绿色的铁质支架撑起三层镂空而狭窄的台阶，形成等腰梯形的三边。台阶陡峭，幸而最高层有一排高高的铁艺围栏，却还是让人不寒而栗。愁苦的贝多芬、病恹恹的莫扎特、疯癫的穆索尔斯基……五个诡异的音乐家头像贴在南墙上部，表情狰狞地看着这群不懂得尊师重道的小屁孩儿。

原来里面没有老师。

楚天阔懊恼地叹口气，左颊上的泪痣被涨得通红的面颊吞噬。他局促地在大家的嘲笑声中坐到林若阳前面的空位上。

有那么好笑吗？真无聊！

林若阳的眼睛恶狠狠地盯着楚天阔。好歹也是卫生委员，就不能注意一下个人卫生吗？白短袖不仅成天一股汗馊味，今天还被一道黑印拦腰截断。

看楚天阔空手进来，林若阳决定用身为音乐课代表的权力反击一下。

林若阳踹踹楚天阔的椅子腿："喂，你带书了吗？"

"没带！"

林若阳又踹了他一脚："回去拿！"

楚天阔一边用上衣下摆擦脑门的汗，一边转过来看向没事找碴的林若阳。紧实的腹肌毫无遮挡地展现在林若阳面前，刚刚萌发的性别意识顿时让她羞得面红耳赤。

"你！"林若阳抄起手中的音乐书，照着楚天阔的后脑勺就是一拍。

"砰！"

这打声格外响亮，喧闹的教室瞬间安静下来。

听不大懂中文的William一脸惊愕地看向他俩，只见林若阳满面通红、眼睛喷着复仇的火焰，以为楚天阔欺负她，也突然抄起手中的音乐课本朝楚天阔的后脑勺砸下去。

"啊！"楚天阔这才反应过来，一边大叫着护住脑袋，一边用手反击William的再次攻击。唯恐天下不乱的小男生立刻加入了战斗，本着对外国人友好的态度，抄起手中的课本噼里啪啦地砸向楚天阔。

"你们！"奈何双拳不敌四手，楚天阔被压在底下一通暴打。心中的怨气全无，林若阳被逗得乐不可支。何小西拉拉她的校服袖子，让她赶紧阻止这场由她点燃的"暴乱"。

"安静！"年过四旬的"刘妖婆"穿着一条粉嫩的公主裙走进教室，扯着女高音的嗓子大喊，"上课！"

"起立！"郭宇非大喊。

楚天阔晕晕乎乎地起身，比别人快了几拍跌坐在椅子上。

“林若阳！”楚天阔从牙缝里挤出这三个字。

林若阳则像打了胜仗一样，朝他咧嘴一笑。

楚天阔抄起林若阳手中的音乐书，作势要打，William突然操着怪里怪气的中文，一本正经地说道：“楚天阔，你不是男人。”

“哈……”如果“刘妖婆”不在，林若阳肯定笑得直不起腰来。楚天阔一脸吃瘪地白了他们一眼，闷闷转回去。

“葛菲？”William指指钢琴前面第一排中间的空椅子。

林若阳翻了个白眼，没好气地说：“死了！”

“安静！发声练——”装嫩的“刘妖婆”坐在钢琴边，朝叽叽喳喳的学生们吼道。

“砰——”

夹在门缝里的抹布随着隔音门被撞开的巨响，自由落体瘫到地面。葛菲一身艳粉地走进教室，面无表情，大剌剌地坐到钢琴前的空座位上，傲慢地跷起二郎腿。

“刘妖婆”神情复杂地看了她一眼，喉咙发紧，最终还是什么也没说。学校的400米塑胶跑道都是人家铺的，不穿校服、上课玩手机，怎么了？只要别太过分（这种情况从来没有过），学校都对她睁一只眼闭一只眼。上课迟到早退没人管，平时上学不穿校服还化妆，每天打扮得花枝招展在学校里一走，风吹着她身上的香水味能淹没整个校园。老师不喜欢她，女生也不喜欢她。可没办法，谁叫人家的爸爸是服装界大鳄？学校喜欢她家的钱，男生喜欢她浑身的骚气。不过平心而论，葛菲还是挺漂亮的，一双杏眼暗送秋波，尖尖的锥子脸十分上相，虽然皮肤没有林若阳白嫩，但在化妆品的修饰下，更多了几分成熟女性的魅力。最关键的是她从不穿校服。可能和家里从事服装行业有关，葛菲的每一件衣服都是经过精挑细选，很符合她身上高傲的气质。葛菲今天的裙子虽和“刘妖婆”身上的那条同属粉色系，但她身上的颜色出人意料地纯正亮眼，反正林若阳从没见过这么漂亮的粉色。四十五双眼睛像被磁力线感召的铁屑，不由自主地指向一身粉嫩的葛菲。

真美……难怪人家是公认的班花。男生像一群苍蝇一样总爱围着她转，帮她提书包、打水……

哼！有什么了不起？在校园里穿着统一校服的女生们对葛菲的种种特权强烈不满，只恨不得把她身上的衣服扒下来，挂进自己的衣柜。不过绝大多数都选择像何小西一样保持沉默，只是不约而同地孤立她。

“我这个人从来就没有女性朋友。”几天前，葛菲对纯情的小正太William抱怨，“我好孤单，你愿意陪我聊天吗？”

William的蓝眸清澈透明，葛菲的杏目秋波横溢，四目交汇，一道道电光射入深蓝的湖底，William就这样拜倒在葛菲的石榴裙下。

勾引听不懂中文的老外？贱人就是矫情！

不过林若阳对葛菲厌恶的原因远不仅于此。

一周前，坐在林若阳前面的还不是楚天阔，是一个名叫冯彬的男生，是初二上学期从北京来的转学生。他一转入学校，就引起了不小的轰动。颀长的身形在没发育完全的南方初中生中鹤立鸡群，亚麻色的碎发飘逸地遮住眼睛，眉目清秀，手指修长，皮肤比林若阳还要白嫩，好似从动漫里走出的阴柔男主角。从冯彬转到他们班的第一天起，葛菲就用尽全身解数“勾引”新校草，几乎快要抢了林若阳的座位，天天赖在上面，向“班草”诉说自己被全班孤立的辛酸。“班草”也不是坐怀不乱的主，两人没过一个月就走到了一起。那段时间，葛菲天天在班里“冯彬长冯彬短”的，不怕死地在社交软件上秀恩爱。冯彬也觉得葛菲是个拿得出手的女朋友，因为从小跟父母在北京做生意，冯彬在社会上认识了许多狐朋狗友，常带着葛菲和自己的朋友一起混。可刚过了一个学期，葛菲就移情别恋，跟冯彬的一个校外朋友走到了一起。夺“妻”之恨不能忍！于是，冯彬纠集了一批社会上的小流氓把朋友狠揍一顿，朋友被打得肾功能衰竭，而冯彬进了少管所。

红颜祸水啊!

林若阳满怀同情地看向一脸纯洁的William以及从不曾退却的"飞蛾们"。

"咪咪咪嘛嘛嘛——"

林若阳的面前突然多了一张音乐会的门票。

"下周六，葛菲的钢琴演奏。"William一脸坚定地看着她，"你一定来。"

"你还是自己留着吧。"林若阳把票扔回去。

"Why?"

"No why! 不去!"

"你们都这样。"William仍不放弃，继续做最后的争取，"钱，不用。"

林若阳冷笑一声，反问："咱班有人去吗?"

William眨着碧蓝的眼睛，没有听出林若阳的言外之意："男生去，女生上课，不去。你也有课?"

"没有!"

不去就是不去! 我林若阳才不会找虚伪的理由! 我就是讨厌"小公主"!

虽然老师还没正式通知大家学校要举办合唱比赛，但林若阳早就知道这件大事。她是学校的声乐特长生，早在同学们还沉浸在六年级毕业的超长假期时，她就已经到初中报到，跟随校合唱团打遍全市、全国，甚至全世界的比赛。初中合唱团只招收初一、初二的学生，林若阳以准初一的身份进入合唱团，经历了初二老队员升初三退团，刚好退团的这一届学姐学长刚刚经历了上一届合唱比赛。每隔一年，第二学期期末考试前一周，学校就会举办合唱比赛。合唱是学校的传统项目，不仅学校有获得教育部资格认证的初、高中合唱团，合唱也作为一种课余活动在学校推行，旨在丰富学生的课余生活，强化班级凝聚力。

不过，还是有很多人反对合唱节。老师们首先就站出来。学生们都在忙合唱节，还准不准备期末考试了？此外，根据林若阳的推断，班上的学霸们肯定是不愿意把课余时间花在“毫无意义”的课外活动上。不过从没把学习放在心上的林若阳和葛菲，都对这件事格外热衷。

“你们班定歌了吗？”

今天是“五一”小长假返校后的第一堂音乐课，“刘妖婆”终于将合唱比赛提上了日程。

“选了几首，想让您帮忙看看。”林若阳从第三排的座位上“噌”地站起来，向讲台走去。

“刘妖婆”夺过林若阳递上的小纸片，挨个曲目地当着全班同学面前挑刺：“《采茶》，难度多大，以为你们班是合唱团？《半个月亮爬上来》，无伴奏合唱，能找到调吗？这是什么？《天空之城》，日语歌，咋没听说你们班还有‘小鬼子’……”

“那您说唱什么？”林若阳站在钢琴前面，身后的同学们早趁这工夫拿出各自的练习册，叽叽喳喳地做题、讲题、背定理，可林若阳还是感到有几双灼灼的目光穿透她的脊梁。

“得你们班讨论决定啊。不过——”“刘妖婆”卖关子地拉长声，林若阳就知道贬低完别人，下一步就是抬高自己，“你们班男生多，适合唱有气势的歌，就唱——”

“《思念》，就唱《思念》。”葛菲凭借坐在“刘妖婆”面前的有利地势，眼也不抬，直接打断她的话。

这下换“刘妖婆”站在讲台上，脸色青一阵白一阵。

“你从哪里来，我的朋友……”葛菲直接开唱，虽然闭合不好的嗓子刺刺啦啦，但“御姐”的气场已经完胜“刘妖婆”。

偷偷做作业的同学们立刻安静下来，震惊地看着自我陶醉的葛菲。“刘妖婆”识时务地给葛菲配上钢琴伴奏，葛菲一边唱，一边挑剔老师弹错和弦。

这“心机婊”显然是早有准备，伴奏谱子都已经烂熟于心了。

“好听吧？”葛菲环抱双臂，一副高高在上的样子，“这是一首老歌改编的合唱，原唱是毛阿敏，我知道你们不知道，反正很有名。”

班里的气氛被葛菲的一句话弄得异常尴尬。

哼！就你知道？公主病！

林若阳被噎得满脸通红，忽然间看到“刘妖婆”正一脸期待地盯着自己。林若阳心虚地把头偏过一边，不敢迎上“刘妖婆”的目光。自己已经把认为合适的歌曲和盘托出，真的找不到能够推翻葛菲提议的曲目。虽然《思念》——一首女生的歌真心不适合男生占大多数的班集体，但如果不是“刘妖婆”为了压别人抬自己的话，也不会被“黄雀”得了最后的利益。

William不明所以地对葛菲方才的表演鼓起掌来，看着心仪的女生如此“出彩”，William发自心底地为她高兴。

“就这个！”没心没肺的男生们随声附和，所有女生低垂着头，似是要将自己深深埋进练习册里。林若阳气愤地回到座位，一脚踹向前面的椅子泄愤，半梦半醒间的楚天阔重心不稳，耷拉着的大脑袋猛然撞到前座葛菲的后背，葛菲也向前跌去。

“哈——”同学们放声大笑。

葛菲气恼地打了楚天阔一下，神情里满是娇羞，一贯一身正气的楚天阔恶狠狠地瞪向林若阳这个罪魁祸首。

“我错了。”林若阳模仿葛菲娇滴滴的姿态向楚天阔道歉，楚天阔无语地叹气，不愿与她计较。

“既然你们决定了，就唱这首歌吧。”刘老师像只战败的公鸡，淡粉色的公主裙像暴风后的樱花瓣，迅速干瘪下去，“葛菲，你回去练伴奏。若阳，你是指挥。班长呢？你叫什么名字？”

“郭宇非。”班长向来是个只管学习的乖乖男，从不参与学校的课外活动，音乐老师自然不知道他的名字。

“你去把乐谱打印了，也帮忙组织。”

坐在最后一排的郭宇非沉稳地走到钢琴边上，接过刘老师手中的乐谱。

接下来，“刘妖婆”无精打采地给大家一个个听声音分声部，弹琴的动作远没发声练习时的热情，仿佛瞬间衰老回内心真实的四十岁。

看着她微微有些佝偻的侧影，林若阳突然觉得喜欢挑剔、爱装嫩的她其实也没有那么可憎。

第三章

释放吧，小宇宙

“我真是受够了！”林若阳和何小西人手一根“绿舌头”，从阳光明媚的校门口拐进阴凉僻静的小巷，“小西，你是不知道她看楚天阔那眼神，简直就是狐狸精转世，我说用不了多久，‘包大人’也要被她俘虏了。”

何小西没有说话，陶醉地玩着手中的“绿舌头”。林若阳的“绿舌头”早已下去大半，可何小西的那根几乎未动，她一直把“绿舌头”含在嘴里，像是故意的，让坚挺的冰棍变成透明的绿色胶状物，像极了《哈利·波特》中小精灵的口水。

“你看，好玩吗?”何小西故意举到林若阳面前，让那团“绿口水”围绕木棒悠来荡去。

“你好恶心。”

何小西似是对林若阳的“赞誉”十分满意。阳光飞溅到透明的绿色胶体，瞬间电力满格，挣脱木棍的束缚，直直地飞出，像颗子弹，投入墙边的沙堆。

“叫你不要玩，你不听，看！”墙角的沙堆表面只留下几滴水印，何小西心爱的玩具已不知埋葬在哪个角落。

“你还说！”何小西忽然一本正经起来，“你管葛菲呢?她爱怎样就怎样，跟你有什么关系！”

“我不是爱管她，”林若阳搜肠刮肚，找反驳的话，“你不用和葛菲合作，当然不用关注她。算了，和学霸的世界无法交流。”

何小西在林若阳的绿舌头上咬了一大口：“那你就赶快变成学霸，来到我的世界。”

“我才不要。”林若阳把“绿舌头”死死护住，“真搞不懂你为什么这么爱学习。”

何小西莞尔，被林若阳夸得有些不好意思，伸手便去抢她手中的“绿舌头”。

“不！”林若阳护住自己的“绿舌头”一路狂奔，发出一阵清脆的笑声。何小西追在后面，一同惊醒了巷子里安然熟睡的哈巴狗。小白狗旋即伸展四条蜷卧许久的小短腿，摇晃着脖子上的红铃铛，加入这场“追逐游戏”。

“哈……”

“汪汪……”

林若阳气喘吁吁地停在巷口，手中的绿舌头已经融化的跟何小西飞出去的那团恶心的绿色胶体没什么区别。挂着铃铛的哈巴狗停在她身后，拼命地狂吠，似乎受了主人的禁令，不能踏出小巷一步。

“给我吃！”何小西猛地抱住林若阳，林若阳手一抖，“绿舌头”华丽丽地飞了出去。

“汪！”

哈巴狗一个箭步蹿出去，围着“绿口水”打转，闻了几圈，又失望地回到阴凉的巷子里。

“哈哈……”林若阳和何小西转身看着可怜的哈巴狗狂笑，二人满头大汗，累得直不起腰。

林若阳递给何小西一张面巾纸，何小西轻轻抬起棉被般的头发帘，把纸巾藏在下面擦拭。林若阳不敢再笑，她知道，小西一直拿刘海遮胎记，难看的胎记是她内心最深的自卑。

“谢谢。”

“跟我还客气什么!”

洁白的纸巾贪婪地将汗水吞进自己的怀抱，不忍心在何小西的脸上留下一丁点纸屑。

“我说你……”林若阳话说到一半，就被何小西捂住了嘴巴。

“嘘！你看——”

林若阳顺着何小西手指的方向，隐约看见大柳树下一对儿相拥的情侣。男生穿着深蓝色的校服，一米八的个子，眉目清秀，身形瘦削，留着时尚的“洗剪吹”发型，颇有“长腿欧巴”的气质。女生则穿了一件粉色的裙子，穿透嫩绿的柳叶编织而成的层层密网，夺目绚丽地射入林若阳的瞳孔。这样的粉色是那么的新颖奇特，又是那么的似曾相识。

“葛菲?”林若阳张大的嘴巴足可以吞下一整个鸡蛋，“她男朋友不是被打得肾衰竭了？还有，她这周不是跟William在一起吗?”

何小西装作没有听到，拉着满肚子疑问的林若阳迅速逃离灾难现场。

“小西，你说她怎么能这样?”

“小西，葛菲真是太过分了!”

“小西，你别不理我啊……”

哼！不理就不理!

星期六一整天，林若阳都窝在家里，一遍遍地听《思念》。尽管千百个不乐意，林若阳还是被《思念》洗脑了。即使她熟悉毛阿敏，同时也觉得这首歌更适合女生多的班唱，但既然全班一致决定，她就会拼尽全力。

“你从哪里来，我的朋友……”

数学练习册无辜地躺在白色书桌上发呆，林若阳手中的签字笔随着旋律一上一下打着拍子，找寻音乐的织体，书桌前的大落地窗就是气势磅礴的合唱比赛现场，全班同学站在合唱台上，一身华服，神采飞扬。何小西就站在第一排的正中间，正对着她，脸上不再是一成不变的恬淡，而是洋溢着灿烂的笑容……

“啊——”落地窗里飞过一只大黑乌鸦，叫嚣着，闯进林若阳美好的想象。

不行！小西一直对自己的胎记不自信，要是让她站在中间，她肯定不乐意。

林若阳从抽屉里拿出一张便贴纸，开始设计大家的站位。纠结几次，还是把何小西放到了最边上。

“若阳！小西来了！”林妈妈在门口喊道。

她来做什么？

不理她！

林若阳别扭地把头蒙在被子里：“就说我睡了，让她走！”

“可是……”

“若阳，”林妈妈还没说完，何小西已经驾轻就熟地坐到林若阳床边，“别生气了，都是我不好。我爸爸又出差了，一个人在家好可怕，你就收留我一个晚上吧？”

如同一个个相似的夜晚，林若阳和何小西并肩躺在林若阳家的单人床上。林若阳的床头挨着窗沿，月色透过纱帘洒在不足十平方米的卧室内，投出瘆人的长影。林若阳怔怔地看着天花板，旁边的何小西小心翼翼地呼吸着，不时偷眼旁观林若阳阴晴不定的神色。

何小西的处世原则就是从不与人发生冲突。她就像一株兰草，寂静地开在路边，任由路人踩过，吐露自己的芬芳。别人的事似乎从来都与她无关，和这样的人交朋友，从不会为她而心烦，只是她们的感情不浓也不淡。

林若阳翻了个身，把后背留给何小西。何小西心头一阵发酸，虽然林若阳答应收留自己，可似乎还是没有解开心结。

“若阳，你睡着了吗？”何小西轻手轻脚地支起上身，去查看林若阳的神色。

黑夜吞噬了万物的声音，可怕的寂静在狭小的空间里盘旋，唯有窗外的树影不时摇摆，搅动凝固的空气。

“没。”

“你还在生气吗?”

林若阳又翻身，仰面看向天花板。

“没。”

何小西居高临下地打量林若阳的表情，在月光的轻抚下，林若阳光洁的皮肤闪烁着牛奶般的光泽，如同美术课本里的天使像，是那么的宁静安详。

既然不能解开心结，那么就让它自生自灭。

何小西沉默良久，突然换了一种轻快的语调：“若阳，你觉得咱们班哪个男生最帅?”

“William。”林若阳不假思索地说道。

“除了他呢?”

“冯彬。”

“除了他呢?”

“没了。”

何小西凑到她面前，满脸绯红：“你觉得郭宇非怎么样?”

林若阳思索片刻，一脸严肃地点点头：“虽然人品不怎么样，但长得还行。”

何小西莞尔一笑，满意地倒在床上，亲密地搂住林若阳：“虽然我也很讨厌他，但他真的很有做班长的威严。”

“你喜欢他?”

“怎么可能？他做事那么过分！上次……”何小西喋喋不休地说着她对班上同学的看法，似乎是要弥补前一天没有议论的八卦。

心结就是这样，你可以轻松地选择绕行，可久而久之，心结就像一粒种子，随着时间的推移慢慢长成一棵无法逾越的参天大树。

“呼——”

倾泻痛快的何小西发出均匀的鼾声，而林若阳却心情澎湃地躺在床上，乐音在她的体内一遍遍流淌，《思念》的旋律如同梦魇在她的耳畔盘旋。

她一定要拿冠军！一定要唱出学校历史上最高的分数！

“今天中午12:30，回教室排练！”

上午最后一节下课铃一响，林若阳就拉着何小西飞去食堂，挤入沸反盈天、排队买饭的人群。

学校的食堂在宿舍楼地下，传闻里面曾经有过西餐和面馆，不过传闻就是传闻，现在里面只有大锅饭和小卖部。吃大锅饭的地方被还能看出西餐馆遗迹、优雅精致的咖啡馆切成不均匀的两半，大的归高中，小的踢给初中，虽然中餐馆白墙、白地、白餐桌的设计仿佛进入嘈杂版的医院，让人大倒胃口，但能在用餐高峰期找到一张凳子就是一件幸运的事。相比之下，咖啡馆的条件简直就是天堂，虽然里面卖的就是一般小卖部里的零食，但人家铺的是木地板，用的是玻璃圆桌，配的是柔软的红沙发，还有假花做装饰。不过戏谑的是，破餐厅里的盒饭一荤一素要十元，咖啡馆里的泡面最多不超过五块钱。所以，来咖啡馆解决午餐的多半是手头比较紧的学生，当然还有吃不惯中餐的外籍生。

“你怎么吃这么少？”平安地跨过心结，林若阳又和何小西恢复了往常的模样。

“饱吹饿唱，再说，两个月后我要上台，还要减肥呢。”

何小西夹起一块鸡丁送到林若阳嘴边：“我劝你多吃点，减肥降低抵抗力，别生病。”

林若阳又吃了几口，突然盯着何小西的刘海出神：“小西，我们合唱团演出时都不许脸上有碎发，头发帘都要别上去。”

何小西握住筷子的手突然一滞，随即慌乱地扒拉几口菜。

林若阳看出她的尴尬："不过咱们班又不搞专业，有头发帘就有头发帘吧。"

何小西松口气，只听林若阳继续说："你放心，我不会把你放在第一排，不会让任何人注意到你的缺陷。"

何小西的脸瞬间涨得通红，像是千军万马堵在嗓子眼："没关系，我可以的……"

林若阳握住何小西的右手打住她的话："包在我身上。"

何小西有些失落，上周五打扫器材室就想说的话，终究还是没能说出口："我想……我吃饱了。"

"走！"林若阳麻利地端着剩饭如山的餐盒奔向垃圾桶。

第一次排练，楚天阔就玩失踪。葛菲不参加排练是因为教室里没钢琴情有可原，可楚天阔有什么理由不参加？"刘妖婆"分声部的时候，林若阳就注意到，楚天阔是块"找不着调"的硬骨头，必须付出超乎常人的努力，还不一定能达到预期的效果。结果，一直以热爱班集体而著称的卫生委员楚天阔，在第一次排练的时候就玩失踪，这分明是故意跟林若阳过不去。

"你们几个唱得不错，去教教不会唱的同学。我一会儿回来的时候检查。"

哼哼，楚天阔，我一定要把你揪回来！

果不其然，楚天阔正在操场上，一个人落寞地踢足球。两侧的篮球场震耳欲聋将他包围，男生的叫嚷、女生的娇笑，可这一切都与孤寂的足球场无关。

国足那么烂，还有谁爱看？恐怕全天下对中国足球最热心的人也就是楚天阔了，真不能理解，赢不了比赛，还净打假球，足球这项运动，在中国学生的课余爱好里早已被挤压得只剩下被嘲弄的份。

林若阳跨过不停左拐的火红塑胶跑道，冲进被烈日烘烤的足球场。

7

“啊!”黑白相间的小球在空中划出一道优美的抛物线，重重地砸在林若阳头上，林若阳的眼泪不受控制地掉了下来。

“楚天阔！给我回去排练!”林若阳捂住被足球砸得生疼的脑袋，哽咽地吼道。

楚天阔身后的阳光给他黝黑的皮肤蒙上一层金光，汗滴如雨而下，绿色的国安球服湿了一大片，颜色略深的圆斑随身体的律动颤抖，肌肉的线条自由流畅，影子却蜷缩在他身后，像个病弱的孩子。

“喂！你听到没有!”

楚天阔跑来，用脚铲起足球，“砰”的一声闷响，足球如火箭升空，划出一条雄伟的抛物线。

“呜……”林若阳双手护住脑袋，一个猛子蹲到地上，生怕再挨一记闷脚。

“林若阳，你要是不怕被球砸，就继续站在门框里吧。”楚天阔的声音被篮球场上的欢呼声淹没，只留下一个不羁的背影。

“喂！你给我回去排练!”林若阳忙从球门里跳出来，手舞足蹈，朝楚天阔的背影大喊，楚天阔依旧不羁地摆弄着脚下的足球，吓得林若阳不敢上前。

“若阳，”何小西突然气喘吁吁地跑到林若阳身边，“班主任找你!”

第四章

滚蛋吧！臭硬币！

“咱们班这次期中的成绩有所下滑，数学平均分从上次比年级第二高1.5分，降到了只比年级第二高出1.4分。”班主任“王巫婆”左手托着杯底厚的眼镜，一个个鲜红的“阅”字在右手边堆积如山的数学练习册上乍现。整个谈话过程，班主任的头压根儿就没抬过。林若阳知道自己不受待见，谁叫自己空有一身才艺却不把心思放在学习上。在一心向“分”的班主任心里，声乐特长生林若阳就是拖油瓶。

班主任姓王，不到四十，看起来却像是一个正值更年期的老妇女。一头花白的头发如稻草般倒扣在满是皱纹的面庞上，皮肤过早地将胶原蛋白流失殆尽，常年干活的手指如鸡爪般骨节分明，看上去就像是童话故事里可怖的巫婆。和一切性格乖僻的巫婆一样，王老师也是个孤苦的人。年轻时被丈夫抛弃，独自抚养儿子长大，是个彻头彻尾精神不正常的怨妇。“王巫婆”把全部精力都用在了培养儿子身上，不过这个儿子不争气，和林若阳同一级，却只考上了一所区重点，没考上王老师任教的市重点。

难怪这么在乎分数，连0.1分的落败都不能忍，真是有心理创伤。

林若阳倚墙而立，面前老师们的桌子一张挨着一张，堆满了成摞的作业，画图用的大木尺、大圆规沾着粉笔末压在上面，像一把把沉重的大锁，死死地扼住这些脆弱的纸张。郭宇非坐在班主任身旁的软椅上，一看就是“心肝宝贝”的待遇。林若阳以目示意，无声地质问是不是他告了自己的状，可郭宇非的视线总是故意从林若阳身上掠过，目不斜视，一副专注听训的样子。

“尤其是你，林若阳，虽然是艺术特长生，也不能给班里拖后腿。”

林若阳在她身后一副要杀了郭宇非的表情。

“学校不会因为你歌唱得好，就给你降100分。多向何小西学，你们俩成天在一起，也没见你有什么长进。别光想着玩，向人家请教学习的方法。”

“我自然比不过她。”林若阳不满地冷哼，突然话锋一转，“您到底想说什么?”

班主任和郭宇非突然齐刷刷地看向她，四道目光带着不满的凌厉。林若阳偏过头，假装没有看见。

“合唱比赛拿不拿名次不重要，期末考试咱们班必须是年级第一。”班主任顿了顿，“你们马上就要升初三，其他学校这时候连音乐课都停了。学校竟然还举办这种让学生分心的合唱比赛!”

班主任绝对是反对合唱比赛的中流砥柱。

“老师，您放心，我只用两星期排练，之后的时间就让大家复习。”

“这是你说的?”

“对。”彻骨的寒意袭上林若阳的心头，讽刺的话语脱口而出，“我不会耽误您拿奖金的。”

班主任狠狠地剜了林若阳一眼，将目光重新落到练习册上，一个个触目惊心的红字像烙铁扎进林若阳身体，嗞嗞地冒着热气，将她柔软的心脏煎得外焦里嫩。

“你们俩都出去吧。”班主任一发话，林若阳率先冲了出去。

林若阳大步流星走在前面，郭宇非目不斜视地跟在她身后。不知什么缘故，郭宇非总是避免和林若阳发生直接的目光接触，每当林若阳坦坦荡荡地直视郭宇非的眼睛，郭宇非总会避开她的目光。

柳下惠坐怀不乱？

分明就是伪君子！

“班长，这次又是你去告的状？”

郭宇非一本正经地说：“你把合唱节看得比学习还重要，成天吵吵嚷嚷，谁会不知道？”

“这是集体活动，我只不过觉得我是声乐特长生，想多发挥作用。”

郭宇非撇撇嘴，身为全班千年老二的他心中所想皆是如何能够超越全班第一——何小西，至于其他的事，最好一切都不要让他分心。

“我们是学生，一切都要以学业为重。班主任说得没错。”

林若阳冷哼一声：“班长，你怎么就知道分，还有没有点别的乐趣？”

郭宇非被林若阳说得脸上一阵潮红，突然从口袋里摸出一个叮当作响的黑色钱袋：“好吧，我们来打赌。我这儿有一袋硬币，撒出来的时候，如果正面多，那就是我说得对，反面多，那就是你正确。”

林若阳盯着郭宇非不停嚅动的厚嘴唇，气不打一处来：“郭宇非，你还能不能再无聊点。不是什么事都能用数硬币解决。”

“你怕了，你是懦夫，我跟你讲……”郭宇非又开始学唐僧念咒。

“吵死了！”林若阳一把抓过郭宇非手中的布袋，将一袋硬币倒在地上。整齐一致的一角硬币倾泻而出，犹如被渔民打捞上来的小银鱼，不停地翻滚，还有些蹦到圈外，试图逃出渔夫的手心。一时间，办公楼一层叮当作响，就像把学校里所有的三角铁都拿过来，声音带着磁性，拖着长音，颇有些寺庙古刹的氛围。

“林若阳！”一向以沉稳著称的班长急了，将一个个或旋转、或蹦跳的硬币踩实，林若阳灵机一动，也去抢着把硬币静止在地，顺便偷偷把反面朝上。林若阳猫腰，追着硬币四处跑，一双白色运动鞋突然踩住她正追逐的一条狂奔的银鱼。

“小西！你来得正好，帮忙数硬币。”郭宇非率先认出来人。

“啊？”何小西像个被抓了现行的小偷，面色窘迫，完全没有了学霸昔日的淡定。

“过来。”郭宇非朝她招招手。

何小西慌慌张张地跑到郭宇非身边，顺带把脚下的硬币甩进犄角旮旯。

“一个正，两个正……”郭宇非和何小西数得津津有味，林若阳不理解，何小西怎么也变得这么无聊。

“何小西，你过来干什么？”

何小西猛然抬头，神色慌乱地看向林若阳，反应半天才说道：“我来等你。”

“等我，既然是我的人，就离他远一点。”

何小西像触电般红着脸，走也不是，留也不是，郭宇非只管低头数硬币，一边用脚把它们搓成一堆：“11个正，10个反，林若阳你输了，不对，加起来怎么只有21个硬币，还有一个去哪儿了？”

“小西，我们走！”

林若阳只顾着自己对郭宇非的愤怒，一点儿也没有察觉到两团火焰正在何小西的脸颊燃烧。

数学课上，班主任在黑板上飞快地写板书，粉笔疲于奔命，发出不满的怒吼。

“啊！”一个粉笔头准确无误地打在林若阳额角，林若阳嗔怒地瞪向讲台上的发射源——“王巫婆”。不就是发呆，至于吗？

“林若阳，你到黑板上写这道题。”

林若阳如梦初醒，将摊开的数学练习册迅速合上，里面的小纸片露了一个小角。“王巫婆”总是火眼金睛，就像会读心术，只要有人敢在她的课堂上发呆、做其他的事，结局就是挨粉笔头，外加被叫到讲台上做题。做得出倒好，于树反面教材无益，“王巫婆”也就不会点破；可万一要是做不出来，那必定招来一顿冷嘲热讽。初中的学生早已跳脱小学的稚嫩，听得出老师的弦外之音，也懂得脸红了。

林若阳感到面前黑板上密密麻麻的数字字母，正以泰山压顶之势迎面向她飞来。

这是什么东西？

1+5+9+13+……+4n−3=？

林若阳于是在黑板上把所有满足4n−3的数列出来，一个一个数加，找规律。1+5=6，6+9=15，15+13=28……台下的同学们哄堂大笑，林若阳急得抓耳挠腮，手中的粉笔哆哆嗦嗦，发出恼人的恶臭，林若阳感觉自己被推到大海里，随着潮汐的涌动，阵阵眩晕。

“好了，你回去吧。”林若阳刚感到如释重负，“王巫婆”的风言风语又来了，“这也就小学奥数水平。我早就跟学校提议，别把特长生和正常学生分到同一个班。”

“王巫婆”又开始冷嘲热讽，对全班同学警告：“你们可得好好学，不能在课上干其他的，你们又不是特长生，不能随随便便唱首歌就被录取，将来都得拿成绩说话。”

林若阳感到自己被生生从同学们中丢了出来。

其实这种感觉，她已经习惯了。

还没入学，她就知道了自己的与众不同。小学毕业的超长暑假还没过半，她就被拉去初中，和完全陌生的学长学姐们一起为学校的合唱团排练。从此以后，无论她是不是在校外、是不是在课堂里，只要学校有演出任务，她都必须放下手头的事，参加排练。因为她和学校签了那份契约，又因为她是真的喜欢唱歌。

参加艺术特长生考试的那天，是个下雪的日子。为了使自己的体态不显得那么臃肿，林若阳只穿了一件薄薄的单衣。考场外的候考区，爸爸脱下自己的羽绒服披在她瑟瑟发抖的身体上，妈妈帮她揉搓冻得冰凉的小手，轮流安慰她不要紧张。她怎么能不紧张？这是全区排名第一的中学，初中只面向全区招160人，高中也不过是面向全市招200人，高中的升学率100%过一本线，每年考上985、211的人至少占60%。林若阳的闺蜜何小西早已凭借自己优秀的成绩，获得了这所学校发放给小学的推荐名额。林若阳很清楚，凭借自己卑微的排名，根本考不上这所中学。

不过，世界就是充满惊喜。

当林若阳已经认命去按片划分的普通中学时，在地税局当科员的妈妈突然告诉她，她可以通过艺术特长生的考试和何小西上同一所初中。

这真是太棒了！又可以和小西在一起。

林若阳全家只得临时抱佛脚，拉二胡的爸爸托朋友教她唱歌，经过一周的培训，“速成品”林若阳就来到了考场。

候考区里突然一阵骚动，一个穿着粉毛衣、体态臃肿的矮个女人身后跟了一个打扮时尚的女孩，以及她的母亲——一个穿着雪貂长袍、浓妆艳抹的贵妇。

“让！让！”

走廊里立刻空出一条缝。一行人身上浓烈的香水味，将林若阳死死地按在墙上。

“菲菲，跟着老师进考场。”

“葛菲妈妈，孩子就交给我吧，没问题。”

候考区突然鸦雀无声，所有人都竖着耳朵捕捉考场教室里葛菲的歌声。没有声音，连必备的伴奏也没有响起。不一会儿，悠扬的琴声传来，虽然优美，但很明显，中间断了几处。

“这所学校也招钢琴特长生?”走廊里考生们叽叽喳喳起来。

门突然开了。

葛菲趾高气扬地走出来，和排在1号的林若阳打了个照面。林若阳怔怔地看着这个浑身贵气的少女，同样的年纪，女孩身上却有着林若阳无法想象的傲慢与自信，似乎一切尽在掌握，一切都廉价地被她狠狠踩在脚下。

“林若阳，相信自己，是金子总会发光。”

时光匆匆，转眼又到了星期五。林若阳的排练紧锣密鼓地进行着，音乐课上“刘妖婆”验收了大家一周的排练效果。经过每天中午45分钟的排练，大家不仅把歌唱下来，还有几个基础不错的同学能够背唱。刘老师罕见地表扬了大家几句。酷爱装嫩的她穿了一件明黄色的套装，浑身散发着年轻的朝气。不过妖婆就是妖婆，“刘妖婆”还是很快就又露出了八婆的嘴脸。

“你们怎么没合伴奏？我告诉你们，比赛的时候要是没有钢琴伴奏，直接取消比赛资格！”

林若阳无助地环顾一周。钢琴伴奏人呢？偌大的音乐教室根本就没有葛菲的身影！

明明中午排练的时候她还在教室，悠闲地在自己的座位上照镜子化妆，一上课怎么就又消失了？倒是一到排练就消失的楚天阔，乖乖地待在座位上。这家伙，怎么一上课就知道来了？

“我们有钢琴伴奏……”林若阳还没说完就被“刘妖婆”打断。

“那她现在人呢？说真的，我真为你们俩担忧！”

“我……”林若阳张张嘴，想要辩解，可刘老师的话不假，她和葛菲就像是山上的两只猛虎，谁都容不下对方。

“林若阳，别忘了，你是指挥。收起你的小性子！”

林若阳参加艺术特长生考试的曲目是《那就是我》，是当年考场上难度最大的一首歌。林若阳自我感觉完成得很出色，她始终坚信，自己是完全凭实力考上特长生的。

入学第一课，照例是自我介绍。因为林若阳艺术特长生的身份，被班主任要求唱一支歌。

“那我给大家唱我考试时的曲目，《那就是我》。”林若阳自信满满地看着讲台下的新面孔，展开银铃般的嗓音唱起来。

一曲唱毕，同学们爆发出热烈的掌声。坐在第一排正中央的葛菲却突然间说道：“你这特长生是花钱买的吧？”

林若阳一眼就认出她来。没想到自己竟然和那个压根儿没在考场唱歌的声乐特长生分到了一个班。

“那就是我。”不知是哪个淘气的男生尖声尖气地模仿着林若阳刚才的歌，搞笑地插话。讲台下的同学们发出震耳欲聋的笑声，林若阳大脑一片空白，窘迫得满脸通红，大声否认。

“我不是！不是……”可自己的声音却淹没在四面八方的笑声里，像个在大海中挣扎的落水者，拼命也找不到方向。

“安静！”班主任拿铜锁在电脑柜上敲了好几下，这场风波才终于平息下来。

“你回去吧。”没有鼓励，没有正名，班主任的态度就像是默认一般。林若阳诧异班主任这种任由大家嘲笑自己的行为。

那时，林若阳还不能理解一个特长生的存在对整个班在年级的排名有多大影响，她只觉得自己像个跳梁小丑被当众扇了几个耳光，而班主任应该像警察一样，挺身而出，保护自己。

这件事已经过去两年，没人再提，似乎所有人都已经忘了。但林若阳永远忘不了，忘不了那种被冤枉、被鄙视的委屈。

如果班上还有第二个人会钢琴的话，林若阳无论如何也不会答应让葛菲和自己搭档。

可是，“刘妖婆”的话已经说到这份上，林若阳不能只顾着自己的私怨而任由葛菲无视合唱排练。

走出音乐教室，林若阳就想出了一个需要郭宇非配合的解决方法。

“班长，你也是负责人之一，葛菲的事就交给你了。”

郭宇非一针见血，把棘手的问题又推给林若阳：“这是刘老师给你的任务。”

“那你是不是班长？你是不是负责人？”林若阳觉得班主任真是瞎了眼，才会指定这么一个看起来成熟稳重、富有责任心，实际上满脑子都是推卸责任的伪君子！

“算我求你了好不好，我的好班长，你就去找一趟葛菲吧。”郭宇非目不斜视地走进教室，林若阳跟在他屁股后面，苦口婆心地哀求，可郭宇非像是吃了秤砣，铁了心不答应。

林若阳真心无奈，难道班长就看不出自己和葛菲之间的恩恩怨怨？为什么不能像个绅士一样，就只让自己这么一回？

“要不，我们来投硬币吧。”这是林若阳做的最后一步退让，“如果正面多，你去，如果反面多，我去！”

郭宇非耸耸肩：“抱歉，我硬币都花了。”

“你！”林若阳怒气冲冲地转过身，一眼看到了站在班门口的何小西。

带着对郭宇非的怒气，林若阳对何小西吼道：“你明天上午到我家来，我要跟你倾诉！”

何小西一反常态地对林若阳怒目而视：“我明天上午有课，去不了！”

林若阳被何小西的反应弄蒙了。平静淡定如何小西，无论自己怎样把火气撒到她身上，她都毫无怨言地接受。

今天是怎么了？

还有，林若阳明明记得何小西周六上午没课，她为什么要撒谎？

何小西像一只斗志昂扬的公鸡，重重地擦过林若阳的肩膀。葛菲如一条幽灵，从何小西身后飘然而至，戴着一副夸张的黑色墨镜，遮住了自己的大半张脸。

第五章

起来，不愿做奴隶的人们

到了周一，林若阳才知道周末两天，发生了多少件“大快人心”的事。

首先，班长郭宇非终于办了件实事，虽然没有跟葛菲谈话，但却把家里淘汰的电子琴搬到班里，以后中午排练，就有琴可以找音，如果葛菲愿意纡尊降贵，也可以用这架破电子琴给大家伴奏。

其次，就是葛菲的钢琴演奏会。演砸了，不是一般的丢人！当“小公主”身穿镶钻白色礼服走上舞台的刹那，她就发现自己被骗了！明明门票被抢购一空，台下却没坐着几个人，都是些闲来无事的老头儿老太太。本来以为凭借自己的魅力，至少可以把全班男生都招过来，结果只来了William一个。周六的时候，楚天阔联系了外校的学生，借用学校的足球场搞了个足球比赛，男生们都兴致勃勃地踢球去了，完全把她晾在一边，“小公主”受了刺激，当场罢演。

而且这刺激一直延续到一周的开始，不常来上课的“小公主”今天第一个到校，明显就是等着大家挨个道歉。

林若阳悲哀地看着如熊一般盘踞在前面的楚天阔，心想这小子今天怕是不好过了。楚天阔倒是安然自若，从上午第一节课一直睡到了第四节，没有哪个老师把他叫起来回答问题，谁叫人家是全班前五呢？

呜呼哀哉！林若阳无非是为了给何小西准备礼物，在纸条上写写画画，不仅创作成果全被没收，还被无数次叫到讲台上，到黑板上做题。还好何小西会在座位上做些手势，不过林若阳只能正确地接受其中的一小部分。

上周六葛菲演奏会的那天，声称自己有课的何小西又一如往常地来找林若阳，就好像前一天没有发生任何不愉快的事。被默默原谅的林若阳欣喜异常，忙着问何小西关于两周后她生日的准备。想想自己每年生日都因为是何小西妈妈的忌日而不能和何小西欢聚，林若阳就想在何小西生日的时候弥补这个缺憾。可柔弱如何小西，无论如何也不肯让林若阳搞一个盛大的生日party，不肯做一个光彩照人的主角。

唉！

林若阳抓耳挠腮地面朝黑板，“王巫婆”严厉地盯着不安分的她，不许她回头看何小西的提示。胡乱地填了一个答案，林若阳逃也似的走下讲台。结果就是，冷嘲热讽加冷嘲热讽，究竟等于什么，那就是林若阳的心更坚强了。

“我是艺术特长生，我脑袋笨，不学习，我爱合唱团，我爱上课走神，我爱唱歌，我不管别人的冷嘲热讽，我有才华，我就是我，不一样的林若阳。”

林若阳在纸片上写下心情随笔的最后一个字，上午最后一节课的下课铃声恰好响起。她匆匆将纸片塞进数学练习册，再一抬眼，面前熟睡的身影早已变成敏捷的猎豹，抱起足球，背上足球背包飞出门外。本想提醒楚天阔参加排练的，林若阳想想还是算了，哈哈，他把葛菲气得够呛，也算是顺了林若阳的心，不排练就不排练吧，实在不行上场的时候就让他做口型。

林若阳刚要去叫何小西一起吃午饭，就被班长叫住。

“林若阳，你跟没跟葛菲说，今天中午她也要参加排练。”

“你没说吗？”

郭宇非摇摇头：“不是说好由你说的吗？”

“我说就我说！”林若阳的火一下子蹿上来，“我去求她，你什么都不用费心!”

“若阳，你想好怎么求葛菲了吗?”

林若阳叹口气，铁筷子在堆积如山的剩饭上胡乱地画着圈，像是要把食堂黏成团装的米饭，剥离成做寿司的粳米。

“其实班长这么做实在为你着想。”何小西苦口婆心地劝道，“班长希望你们能化解心结，一直做敌人总不是办法。”

“你不懂，他这是在故意刁难我。”

“他只是希望你能像我们大家一样……”

“大家都讨厌她，我也讨厌她!”

“不，全班只有你讨厌她。”

林若阳被说糊涂了：“你不讨厌她，为什么要撒谎说自己有课，而不去她的钢琴演奏会?”

“因为大家直接把她无视了。”何小西继续说道，“你会厌恶她，是因为你太在乎她。别人不懂你，但我了解你。你一点也不是大家心目中不学无术、成天只知道瞎玩瞎闹的艺术特长生，还记得你小学一年级许下的承诺吗?”

“我要每天唱歌一小时。”

“所以不要说自己是天才，只靠那一星期的突击考上艺术特长生；不要说自己没有自尊心，不在乎老师的冷嘲热讽。你一直把自己麻痹得那么好，为什么独独面对葛菲不行?”

林若阳懊恼地说道：“我也不知道为什么。”

“因为她是你的假想敌。”

“今天的排练就到这里吧。”林若阳心不在焉地收好谱子。

“轰隆隆——”窗外传来一阵巨响，惊得连谱夹子也跌落在地。林若阳吃惊地望向窗外，连绵不断的乌云黑压压地满布天空，天空被恶意拉低，像是时刻准备坍塌下来。

“哗——”

瓢泼大雨万箭齐发，不留余地地倾泻下来，颇有种“下猫下狗”的感觉。雨滴打在窗外绿油油的树叶，像破碎的白水晶，生硬而粗犷，一点也不亚于冬日里裹挟沙砾的北风。

“砰！”门被人突然撞开。

“靠！雨怎么这么大！”楚天阔一边抖搂身上的水，一边抱怨，这场突如其来的春雨破坏了他原本既定好的踢球大计。

“喂！你别甩了！”林若阳从座位底下狠狠踢了楚天阔一脚，“你把我练习册都弄湿了！”

楚天阔回头，仔细瞅瞅林若阳的数学练习册，几滴“污水”趴在上面，慢慢变小，融进白纸里，晕染出几朵丑陋的大黑花。

什么味道？

一股被淋湿的汗味扑入林若阳的鼻翼。楚天阔散发的运动气息让林若阳有种异样的感觉，体内一股躁动的气流不断地涌动，压抑，再次涌动，林若阳的脸不由得泛起阵阵潮红，全身上下像被千万只蚂蚁爬过，其痒难耐，旋即飞起一脚踢在楚天阔的椅子腿儿上。

“转回去！”

“给我看看。”楚天阔说话的声音有些颤抖，藏在短发里的雨水尴尬地掉出来，楚天阔慌忙拿手去擦，林若阳递给他一张抽纸，同时警告。

“别再把我练习册弄脏了。不然我跟你没完！”

楚天阔低眉顺眼地把练习册拿走，问道：“这就是今天的作业？”

林若阳朝黑板努努嘴，也不说话，示意他去看黑板一角——班长板书的家庭作业。

“林若阳，我们出去谈谈。”班长不知何时出现在林若阳身后。

尽管吃饭前有过一次十分不愉快的谈话，林若阳还是顺从地跟在郭宇非后面，找了一个僻静的角落。

“你去找葛菲了吗?”

又是这个话题。林若阳气不打一处来，话也是横着出去:“没有!”

“我刚刚去找葛菲了，她说她想跟你当面谈。”

“我们没什么好谈的，这本来就是个集体活动，不是我林若阳个人的荣誉。”林若阳说完，大踏步地离开。

“你站住!”郭宇非喊了几次，林若阳都装没听见，继续向前，郭宇非一个箭步冲上去，拉住了她的校服衣摆。林若阳挣扎着要走，掺了尼龙的校服倒也给力，在弹性作用下抻开不少，林若阳像被拴在木桩上的小狼，被校服束缚，无法逃去更广阔的天空。

“你放开我!”林若阳大喊大叫，突然看到帮老师抱作业回来的何小西，慌忙向她求救，“小西，救我!”

郭宇非突然松手，林若阳猛地向后倒去，郭宇非眼疾手快，一下子扶住她。大手接触到林若阳后腰的一刻，一声惊雷怒吼，仿佛严厉的教导主任突然出现，将两个正在做坏事的男女学生当场抓获一般，林若阳慌忙站稳，刚想叫何小西一起来对付郭宇非，却发现，早就没有她的身影。

“人呢?”

“林若阳，全班只有你一个人能搞定葛菲，无论如何，为了这个班集体，都希望你能亲自去找她谈谈。”郭宇非顿了顿，“你是个善良的女孩，别跟葛菲一般见识。”

林若阳怔怔地看着班长，心底最柔软的地方像被人轻轻挠了一下，浑身软绵绵的。

“好，我去找她。”

林若阳也不知道，自己为什么这么爽快就答应了。

“看，林若阳，班长!”

林若阳和郭宇非还没踏进班门，就被William大叫着认出来，班里立刻响起一阵坏笑。林若阳不解地看向郭宇非，郭宇非不回应她的目光，低着头快步走回座位。林若阳还在愣神的工夫，William坏笑着走了过来，两只手握拳对在一起，两根大拇哥弯成弧形，在蜷缩的食指上不停地点着。

“林若阳，班长！”

林若阳一下子明白了他们的意思，又羞又怒，一掌拍向William的后背，追着他便打。

“铃——”

上课了。

“啪！”

教室突然一片漆黑，不知是谁把教室所有的灯都关了。乌云阴雨遮蔽了最平凡的日光，教室里一片漆黑，却增添了更大的趣味。

“嗷——”

有人开始模仿狼叫。

“鬼来了——”

“啊！”一些胆小的女生立刻抱头尖叫。

“哈哈——”更多的就是在一旁瞎起哄。

何小西失落地趴在桌子上，亦如每一个沸反盈天的场合，没有人注意到她内心的落寞。

为什么有她在场，他总是那么话多？而为什么在自己面前，他就只是简短地谈几句学习上的话题？他是那么优秀，那么迷人。可眼神总是不自觉地从自己身上飘走，落在那个她最不应该嫉妒的人身上。

为什么？

何小西心烦意乱，整个下午的课犹如天书般左耳进，右耳出，好不容易才挨到放学。

“若阳，我去图书馆自习，你今天自己回家吧。”何小西一脸倦容，仿佛一到阴雨天，她的心情就格外低落。

“你带伞了吗？”

何小西指向窗外，云消雨霁，彩彻区明，一点也没有要下雨的意思。

“万一呢，你先拿着我的伞吧。”林若阳把自己的伞塞进何小西书包一侧的网兜内，“拜拜。”

何小西软弱无力地挥手告别。

“林若阳，你没忘今天中午答应我的事吧？”郭宇非如幽灵般飘到林若阳的身后。

林若阳将手中的课本往书桌上狠狠一砸，迅速将散落的文具装进笔袋，一副壮士断腕的神情：“走吧，葛菲在哪儿？”

第六章

不能说的秘密

大片的水坑粘住火红的塑胶跑道，运动鞋踏在上面发出嘎吱的声响。远远的，深绿色的足球场上，孤零零，只有楚天阔一个人。林若阳顺从地跟在郭宇非的身后，郭宇非的步伐很大，似是故意要跟林若阳保持一定的距离。

“嗨!”班长出于礼貌地挥挥手，楚天阔没回头，只留给他俩一个挥手的侧影。

楚天阔一脚球飞到天上，粘在足球表面上的水滴在空中四散，如同天女散花。林若阳错愕地盯着他，雨下了整个午后，直到放学的时候才停，没想到楚天阔如此执着，地面还没干就来足球场踢球。

不知不觉，林若阳随着郭宇非来到了操场东侧——一个通往地下室的入口。

“进去吧。”

林若阳小心翼翼地往里探查，挂在蓝绿色塑料棚顶上的积水有节奏地敲打地面，在地面的水洼上，泛起层层涟漪。

“葛菲怎么会在这儿?”

地下室的位置和器材室对称，林若阳猛然想到之前关于学校“鬼屋”的传说。葛菲究竟是多乖僻，为什么要藏在这里?

郭宇非不敢去看林若阳的眼神，清清喉咙，说道:“你自己下去吧，我在班里等你。”

“没事，你回家吧，不用等我。”

郭宇非冷哼一声，真没见过哪个女生像林若阳一样勇敢。这简直不是勇敢，而是蠢！

“最多等你一个小时。”

今天要不是接到葛菲的电话，郭宇非都不知道学校里竟然还有这么一个隐蔽的场所。就算进去的人死在里面，恐怕都不会有人知道。

林若阳不耐烦地摆摆手，径自走了下去。

“咚——咚——”

随着运动鞋一步步落在打滑的瓷砖上，林若阳矫健的步伐变得迟疑，流利的双腿轮流下落改成磕磕绊绊的只靠右脚下楼梯。林若阳开始后悔，眼睛好奇地往“洞”里张望，那里就像一个黑洞，所有光都密闭其内。

林若阳心里打鼓，入口的光诡异地照进来，林若阳仰头去看和郭宇非分别的地方，那里早已没有一个人影。

何必那么认真？

眨眼的工夫，林若阳已经踏入黑洞。

远没有想象中的阴森可怖，里面无非就是一些蒙了灰、学校弃之不用的“古董”。什么旧课桌、老式体育器材之类的，唯一稀奇的，是里面一架跑调的双排键钢琴。没有刺眼的阳光，也就看不清漫天飞舞的灰尘。林若阳在键盘上胡乱地按了几个键，声音古典庄重，一看就是国外进口的好东西。林若阳就读的中学最初是美国在华办的教会学校，至少有一百五十年的历史。这间地下室虽不见得是从那时就有，不过肯定也有几十年的历史。林若阳转了一大圈都没有看见葛菲，那个该死的人偏偏在自己弹双排键的时候突然拍了一下自己的肩膀。

“吓死我了！”林若阳搓掉指头上粘的灰，努力让自己放松下来，开了个玩笑，“葛菲，你的品位可真够独特的，怎么喜欢藏在这种地方？”

葛菲不答，转而问林若阳：“你们是不是所有人都特别讨厌我？”

林若阳多么想肯定葛菲的猜测，但为了合唱比赛的大计，她终究是忍了下来。不过让她否认真相，她做不到。她不知道葛菲为什么一定要见她，她只担心自己会忍不住冲动，和葛菲彻底撕破脸。

“你很开心对不对，我开钢琴演奏会，台下一个观众都没有！林若阳，你别以为我不知道，要是没有你的挑唆，大家都会去！”葛菲见林若阳不说话，以为她是默认了自己的指控，“有本事也开个独唱音乐会啊？自卑对吧？你还真是卑鄙、无耻、下流！”

林若阳冷笑：“你看看你现在的样子，还像不像个学生？不穿校服，不上课，天天化妆，这里是学校不是你家，你想当公主回家当，有本事别来学校！没有人生下来就要服侍你。什么独唱音乐会，我不稀罕！更不会求人买票。”

“你！”

“你什么你！”林若阳秉着一股冲动，步步上前，把葛菲逼到墙角，“我告诉你，露脸出头的机会要靠自己争取，你信不信这次合唱比赛，我压根儿就不让你上！我管你爸是谁，学校怕你，我不怕！”

葛菲的脸青一阵白一阵，像被人狠狠地打了几个耳光。

“轰隆隆——”外面响起一阵惊雷，大雨再度倾泻而出。

还好是阵雨，林若阳心想，等雨停了再走，葛菲像是赌气一般，掏出最新款的苹果手机，立刻拨通了妈妈的号码。逼仄的空间内，手机里的声音被无限放大，纵使林若阳没有偷听的坏心思，却也还是听到了手机那头的声音。

“妈，下雨了，你开车来接我……”

“别再来烦我，我和你爸已经签了协议，以后你归你爸管，有什么事找他！”嘟——

葛菲僵在原地许久都没反应，林若阳偷偷地看了一眼她脸上失魂落魄的表情，刚才的万丈怒火瞬间变成了怜悯。众人眼中幸福高傲的“小公主”像被扒光了衣服，毫无保留地站在林若阳面前，林若阳知道，从此以后，葛菲都没有再在她面前骄傲的资本了。

林若阳犹豫再三，没有戳破，毕竟父母离婚是每个孩子心中最大的痛楚，不论她有多恨一个人，都绝不会用别人的伤疤来当武器。这是有天生残缺的何小西给她上的最重要的一课。

忘掉自己听见的话，林若阳告诫自己，装作没事人一样，径自走到双排键钢琴边上，尝试去找《思念》的曲调。

“你从哪里来，我的朋友……”

“是这个音！”葛菲走过来，蛮横地在双排键上灵巧地弹出一串音符，“你从哪里来，我的朋友。”

“让我自己来。”

林若阳试了几遍，终于在葛菲的指点下将主旋律弹熟。林若阳把注意力全放在手上，没心没肺地唱歌，等她回过神来，葛菲早就从密室“逃脱”了。

“葛菲！葛菲！”林若阳顺着楼梯往上跑，豆大的雨滴打在棚顶上面，发出欢快的乐音，棚顶的边缘，班长一脸淡定地站着，眼神面向暴雨中的足球场。足球场上空无一人，连“足球疯子”楚天阔也去避雨了。

“班长，你怎么在这儿?”自私如郭宇非，竟会想到自己没带伞，“你看见葛菲了吗?”

“她在你之前走了。”郭宇非边说着，边脱掉校服外套，“我把伞给她了，咱俩就凑合吧。”

林若阳还没反应过来，郭宇非就把校服外套罩在林若阳头上。

“1，2，3，跑!”

“啊——”林若阳还没反应过来，就被郭宇非拽着一路狂奔。校服雨衣虽然管用，但冰凉的雨滴还是不停地落在林若阳的脸上。林若阳尖叫着跟上郭宇非飞快的步伐，整个足球场只有他们两个小疯子横穿而过，脚下的积水飞溅，泥水溅到两个人单薄的校服长裤上，已分不清出自谁的杰作。

“哈哈——”

太刺激了！

似乎上次在雨里疯跑还是小学的时候，林若阳没心没肺地发出爽朗的笑声，郭宇非一如既往，板着严肃的面孔：“亏你还笑得出来，你把伞给了何小西，我看你怎么回家？”

“你不是把伞也给了葛菲吗？你打算怎么回家？”

郭宇非讨了个没趣，果然是不能和林若阳斗嘴。

进了教学楼，林若阳掏出手机，准备给妈妈打求救电话，突然发现一条未读信息。

“小西给我发短信了，她刚从图书馆出来，问我还在不在学校，要不我让她去给你买把伞，一会儿送到教室？”

郭宇非摆摆手：“不用管我，管好你自己就行。”

“你就是嘴硬。”林若阳摇摇头，手指在屏幕上飞舞：

我在教室，如果可以的话，再带把伞过来。

郭宇非也掏出手机看到了一条未读短信。

“她已经走了。”

“走了？”林若阳探着脑袋就要看郭宇非的手机，郭宇非冷冷地把手机收起来，顺便白了林若阳一眼，满脸都是对她耽误自己回家时间的不满。

“好吧。”

不愧是专业打小报告的班长，林若阳心中顿生敬意，手上线报这么多，连何小西的动向也尽在掌握之中。

郭宇非掸掸湿外套蒙在头上，迎着风雨走出学校。林若阳也学着他的样子，拿自己的校服长袖外套当雨衣，灰溜溜地尾随而出。

夜色中，大雨下，一男一女穿梭在灯火通明的马路上，毫无交流，带着少男少女特有的对异性的排斥，连招呼也不打，在丁字路口，径直走向两个不同的方向。

“妈，我回来——阿嚏！”林若阳推门而进，纵使“尼龙雨披”具有些许防雨的功能，但一路过来，林若阳还是湿透了，浑身抖得像含化的“绿舌头”。话没说完，就被一个喷嚏打断了。

“你的伞呢？”林妈妈昨天看了天气预报，早上特意把自己那把从欧洲带回来的雨伞塞进林若阳的书包。

“我借给小西了。”

林妈妈一脸的不相信，揪着林若阳的耳朵，怒吼：“你是不是早上又嫌沉，偷偷扔了？”

“没有！疼！我真的借给小西了！”林若阳说话的声音立刻变成女高音的音域。

林妈妈这才松手，林若阳揉着被揪得发烫的耳朵，委屈地说道：“今天放学的时候没下雨，小西要去图书馆，我怕她回家晚遇上下雨，就把伞给她了，谁知道，合唱排练突然出了点小状况，我就回来晚了，撞上大雨了。”

林妈妈一副恨铁不成钢的样子：“我说你是不是缺心眼啊！人家何小西都去图书馆自习了，你怎么不跟着去，让她帮你补补课。”

“阿嚏！”林若阳把书包扔到地上，飞去厕所。

“妈，我先洗个澡，有什么事一会儿再说！”

林妈妈喋喋不休的唠叨终于随着花洒喷出的刹那止住。

好暖！冻得冰凉的身体在接触到冰水时竟会是这样的感受，林若阳为自己的新发现而感到惊奇，似乎在这一点新发现上，她终于超过了“学霸”何小西。

自从上学开始，何小西就成了林妈妈心中的“别人家的孩子”。别人家的孩子真省心，别人家的孩子很懂事，别人家的孩子学习好，别人家的孩子帮忙做家务……向“别人家的孩子”学学，这是林妈妈对林若阳感叹最多的。

冲了许久，林若阳冰冷的身体才开始有了反应，冰水再也起不到温暖身体的作用，林若阳一声惨叫，慌慌张张把水温调到最热，沸水拂过全身的却也是另一种痛苦。

“啊——”

林妈妈一个箭步冲了进来：“若阳，你还好吧？”

“我没事。”

林妈妈狐疑地退出去：“你最近又瘦了，多吃点，别再减肥。你看看人家小西，长得多结实啊，你现在还在长身体，别关心漂不漂亮，你看看人家小西，心思全用在学习上，也不臭美，不早恋……”

林若阳终于找到了一个突破口：“小西可是有暗恋对象的人。”

“不可能！”林妈妈坚决一意孤行，“谁啊？”

“她没告诉我，反正在这点上，我比她强，你女儿我还没对一个男生动过心，女生嘛，只有小西一个！”

何小西漫无目的地在大街上游荡，任由雨水打在单薄的校服短袖上，林若阳的欧洲伞就握在她的手中。她不是一个有资本娇气的女生，淋雨又有什么可怕？林若阳的举动在她眼中无非就是多此一举，无非就是一种对世人的宣告：

何小西是我林若阳的人！

雨水淋湿了何小西的刘海，贴住上眼皮，多余的雨水干脆顺流而下，滴进何小西的双眼，同咸咸的眼泪一起，划过脸颊。

当窗外下起第一滴雨的时候，坐在图书馆自习的何小西开始不安起来。

万一若阳淋雨怎么办？她那么爱惜嗓子，绝对不能感冒。

一瞬间，何小西忘却了中午William开的关于林若阳和郭宇非的玩笑，忘却了自己亲眼见到的林若阳和郭宇非的单独谈话，她只想着林若阳不能淋雨感冒，就给林若阳发了短信。如果林若阳还没离开学校，她就改日自习，二人一起回家。

短信发出三分钟，何小西都没等到回复。

不行，我去教室找她。

何小西仓促收拾好书包，步出图书馆，当那把红伞被撑开的刹那，何小西听到了林若阳爽朗的笑声。那么明媚，那么纯净，一点儿也不符合阴雨天的气质，就如同她借给自己的这把大红色雨伞，雨水滴在上面，仿佛更加鲜艳夺目。

那个帮她撑起雨披的，是班长郭宇非。

何小西化成灰都能认出这个身影的各个角度。

上周五，郭宇非向她表白了。

第七章

心有千千结

林若阳觉得何小西说得真对，减肥降低抵抗力。淋雨的第二天，林若阳就感冒发烧，说不出话，只能请假，卧病在家。幸而何小西一大早上学的时候，悄悄把伞放在了林若阳家门口，不然林妈妈绝不可能不挤出上班前的几分钟，好好教育“败家子”林若阳。

林若阳踏踏实实地睡了个懒觉，昨晚下了一夜的雨，窗外的阳光格外明媚，天空像瓦蓝的坦桑石，澄澈透明，没有一丝污染。

真好。

林若阳顿觉诗兴大发，慌忙去找数学课上那张写了一半的、送给何小西的诗，没想到翻遍整个书包也没有找到它的踪迹。

坏了，肯定是下课的时候把它夹在数学练习册里了。

可是我的数学练习册呢?

书包里没有，课桌上没有，多半是落在学校了。林若阳只好在内心默默祈祷，千万不要让某个不长眼的小组长收走，她实在不敢想象，一个一笔没动、夹了一首歪诗的练习册，会在古板的数学老师手里变成怎样的惨剧。

撕了?

不要不要，人家冒着被罚站的危险在课上奋笔发骚，千万不要浪费我的心血啊!

念出来？

不要不要，明明是首歌颂友谊的诗，被别有用心的人听到肯定会说成是情诗的！

亲爱的
我最亲爱的女人
但愿你能感受到我炽烈的心
火在燃烧
雨在击打
我的心被你撕碎

啊！林若阳捂着通红的面颊，恨不得钻到地缝里。

观音菩萨！上帝！真主！各路大神！保佑我的小纸片一定要留个全尸！

林若阳拖着病体，在书桌前发奋了一整天，整整用废了一沓便利贴，终于把给何小西生日准备的歌词写了出来，林若阳兴冲冲地想要把自己的心血谱成曲，在房间里高歌，奈何喉咙肿胀不已，发出的声音简直就是魔鬼的低吟。

昨天真不该淋雨。

林若阳把歌词往桌上一放，把头蒙在被子里，又是烦躁，又是害羞，一方面对自己的“大作”信心满满，一方面又怕被任何人知道，被人嘲笑。自己写歌的事情是专属于林若阳和何小西之间的小秘密。

“叮咚——”

林若阳慌慌张张从床上弹起来，一看窗外，路灯已经亮起。糟糕，早上答应妈妈待在家里好好学习，结果把时间全用在写歌和睡觉上了。一件正经事没干，这可怎么交代？林若阳忙把歌词塞到枕头底下，整平床单，跑去开门。

林若阳战战兢兢地打开门，本以为会是下班回家的父母，没想到竟是何小西。

“给，”何小西把数学练习册递给林若阳，“楚天阔让我还给你。今天留了数学作业，往后再写两篇。”

林若阳接过，牵上何小西的手，满心欢喜地想把她带到自己的房间，听她好好讲讲今天学校都发生了什么，可当林若阳的指尖碰到何小西的刹那，何小西像被电击一般，猛地把手抽回来。

“啊……”林若阳张张嘴，却发不出声，她和何小西虽然也有过矛盾，可从未像这次，何小西的反应如此强烈。

自己没做错什么吧？还是今天学校发生了什么不好的事？

“你好好养病，我先走了。”

门“砰”的一声关上，林若阳倚在冰凉的防盗门边，持续了一天的激情终于冷却下来。练习册中的“歪诗”还在，那个“最亲爱的女人”却渐行渐远。权当是学校今天有一场考试，学霸考砸了心情不好。

小西，我要是能发出声音，一定帮你解开心结。

拖着病体和说不出话的嗓子，林若阳第二天按时上学。心想着排练的事情肯定会因为自己的身体而耽搁，没想到班里却呈现出另一番排练的高潮。

“若阳，葛菲让你去一趟音乐教室。”一心只读圣贤书的何小西不知为何也参与到合唱排练之中，冷冰冰地替葛菲传话。

林若阳心中掠过一丝不祥的预感，却还是依言到了音乐教室。悠扬的琴声从隔音门的门缝中流出，如同一米阳光，照亮幽暗狭长的走廊。《思念》的伴奏旋律清新流畅，看来葛菲一直都有练习。

“你来了？身体好了？”葛菲高傲地一边弹琴，一边问林若阳。

林若阳张张嘴，想要回答，却只发出如同哑巴一般的“啊”“哦”声。

“怎么搞成这样？”葛菲冷哼一声，继续弹琴，“我有件事要跟你说。我要在唱歌之前加一段舞蹈，我们昨天已经开始排练了。”

“啊——哦——啊……”

这到底是怎么回事？就一天的时间，自己就被葛菲架空了。还是从一开始就是早有预谋？林若阳感到一阵心寒，顿时觉得身边的人没有一个可以信赖。那些看起来再正常不过的行为，都在林若阳的心中画上了大大的问号。

郭宇非为什么非要让自己去地下室跟葛菲谈话？

“刘妖婆”为什么要提合唱伴奏的事？

楚天阔为什么不来排练？

何小西为什么不告诉自己！

“这周都要排舞！”

眼泪一下子涌上林若阳的眼眶。

为什么？

转身的刹那，林若阳清晰地听到她最赤诚的真心坠地的声音。

“林若阳，你怎么哭了？”郭宇非刚要去吃午饭，在班门口和掩面跑回来的林若阳撞了个满怀。

林若阳不理他，径直跑到何小西面前，何小西正认真地做题，心无旁骛，仿佛根本没意识到林若阳挡住了她作业本上的光亮。

林若阳大口地喘着粗气，浑身战栗，她觉得自己就快要窒息！为什么？为什么！何小西明明知道自己有多在乎这个比赛，可偏偏为什么，不把这么重要的事情告诉她？可以加舞蹈，当然可以，不过必须要和她商量！她是指挥！不然她绝不会主动向葛菲低头！

“何小西，林若阳找你吃饭。”正要去食堂的William用蹩脚的中文，替说不出话的林若阳把何小西唤醒。

何小西硬着头皮，用自己冰冷的双眸对上了林若阳湿润的眼睛。

“你自己去吃饭吧，我要学习。”说完，何小西又把头低了下去。

林若阳凝视着何小西的后脑勺，沉默良久，一个人朝食堂走去。教室到食堂短短的甬道像被拉长数千倍，每一步都格外渺小。

究竟是为什么？林若阳不断问自己，自己做错了什么？

看着成群结伴的小女生嬉笑而过，真不知道她们是否曾有过同样的烦恼？人们都说女生间的友谊格外脆弱，和何小西认识的第十四个年头，林若阳才明白这句话。

但愿何小西是真的因为太关注学习而没有注意到葛菲加舞蹈的事，但愿是她真的因为要学习而不陪自己吃饭，但愿一切的不安只是她的胡思乱想，但愿她们的友情没有因为任何人、任何事而破裂。

可林若阳敏感的神经犹如被琴弓拉扯的琴弦，随着一遍遍地拉弓，发出越来越尖的鸣叫。

“Hey!”

林若阳一个人了无生气地吃饭，面前属于何小西的位子空着，William端着一碗泡面坐过来。

“一个人?”

林若阳点点头。

随着面盖掀起的动作，劣质泡面特有的呛鼻的味道扑面而来，William皱了皱眉，拿起叉子小心翼翼地挑起一根塞入嘴里，轮廓分明的五官立刻痛苦地扭在一起。

林若阳觉得奇怪，学校为了照顾外籍生，特意在小卖部售卖即食汉堡。林若阳以前在食堂撞见William的时候，他都在吃汉堡，还要配上一大包乐事薯片和一瓶可乐，次次都是丰盛的美式午餐。今天怎么只买了一碗最便宜的泡面?

William费力地将一根卷曲的方便面咽下，可怜兮兮地望着林若阳，林若阳指指方便面，做出难吃的表情。

或许是在中国当了太久的“聋子”“哑巴”，William立刻明白林若阳说的是什么。

“钱。”William拍拍放在桌子一旁的钱包，“没有。”

林若阳不信，家里没钱怎么可能把这么小的孩子送出国。

William苦涩地笑笑：“葛菲的票，我买很多。”

东方西方都一样，男生为了讨好心仪的女孩都会使出浑身解数。为了满足葛菲的虚荣心，William用自己的生活费把葛菲钢琴演奏会的门票全买下来，能送同学的送同学，剩下的，只能随机发给跳广场舞的大妈。

又是一只奋不顾身的飞蛾。

林若阳叹了口气，脑海里浮现出之前撞见葛菲和外校男生约会的场景。

“我喜欢她，想让她开心。”

盯着William的双眸，林若阳选择了沉默。那是一份发自心底、澄澈透明、不带有一丝杂质的纯情，她不忍心毁坏它的美好，不忍心让残酷的真相在上面刻上一道道丑陋的伤疤，哪怕，这份美好注定被摧毁。

林若阳抢过William的面碗，起身去小卖部买了一份William的标准午餐。

“谢谢。”

看着大快朵颐的William，林若阳第一次明白了什么叫做为爱牺牲。或许她和何小西的交情真的只是泛泛，她们从没有谁为对方而牺牲，只是互相陪伴，互相慰藉。这或许就是同伴之间的友谊，始终是两个独立的个体，所以美好却脆弱。

时间一天天飞跑，林若阳的嗓子过了两天就恢复如初。但何小西不再吃午饭，每天放学，也都要去图书馆自习。林若阳孤孤单单一个人，没有形影不离的小伙伴，却也飞快地适应了。中午，她和William一起吃饭，晚上，自己一个人回家。她明白何小西是在故意躲着自己，但却始终不愿承认她和何小西已经彻底翻脸。

直到周五的音乐课，她才知道，何小西竟是葛菲所编排舞蹈的主角。

“为什么？”林若阳嗓音沙哑，还带着感冒的痕迹。

何小西不去看林若阳的眼睛，只是一味地低着头，紫色的胎记像翩翩起舞的蝴蝶，在厚刘海下时隐时现。

“我……”何小西支支吾吾，“是葛菲来找的我……我也想为班里做点事。”

虽然林若阳一直不喜欢爱装嫩、挑三拣四的“刘妖婆”，但在这件事上，刘老师以她一贯的高品位，站在了林若阳一边。

葛菲的构想是把舞蹈加在指挥上台后、伴奏开始前。按照常理，指挥上台后，给手势起伴奏。但葛菲偏要让林若阳上台鞠躬后，再下来，跳一段由她和何小西领舞、没有伴奏的舞蹈，跳完舞后，葛菲回到钢琴边，其余五名同学回到队伍中，指挥在伴奏声中回到指挥的位置。

“哪儿有这样的？”刘老师摆弄着脖子上嫩黄色的丝巾，汗水早已浸湿她身上的白色V领T恤，“葛菲，你当这是才艺展示？”

葛菲没有反驳，像是认同“刘妖婆”的观点，反倒是一心只读圣贤书的郭宇非听不下去，急得像热锅上的蚂蚁，蹿出来反驳道：“正是因为之前没人做过，所以才体现出我们班的新意。葛菲为这次的合唱比赛付出了很多，这段时间天天带大家排练……”

“林若阳不也是天天给你们排练？”刘老师直接打断郭宇非的话。

刘老师此话一出，十四把利剑直直地插进林若阳体内。十二道来自参加舞蹈的六人，另外两道带着无比锐利的阳刚之气，来自班长。

“因为排练了就要上，没有这个道理！”刘老师撂下最后一句话，“这是一项集体活动，我要的是你们班的整体效果，不是刻意突出某个人！”

五个女生吓得脸色煞白，像是人生中最珍贵的某样东西，正要被人抢走。林若阳瞥了何小西一眼，何小西低着头，死死地咬住嘴唇，眼睛里燃烧着不平的火焰。

林若阳错愕，什么时候，一直因为脸上胎记而自卑的“乖乖女”

小西，也有了出风头的愿望？

葛菲听出这话主要是针对自己，立刻变了脸："要不是有人求我，我也不想领舞……"

林若阳以为葛菲指的是自己，压抑多日的怒火瞬间迸发："我只是请你回来好好做钢琴伴奏，没让你随便加舞蹈。"

"我又没说你，干吗对号入座。"葛菲白了林若阳一眼。

"你！"林若阳的嗓子撕裂得剧痛。

"都别吵了！"刘老师适当地推波助澜，"不想上就都别上，没人求你们俩！"

第八章

爱之初体验

两周期限一过，林若阳履行了自己对班主任的承诺，中午不再组织全班同学排练，倒是葛菲，顶着刘老师和班主任的双重压力，每天中午召集跳舞的女生去音乐教室排练。

林若阳突然觉得，自己去“密室”求葛菲参加排练就是一个极大的错误！明明知道葛菲是个自私自利的家伙，还指望她能良心发现，为班集体做出牺牲？或许之前的耍大牌，根本就是在为她的抢风头蓄势。现在葛菲可以理直气壮地告诉任何人，是林若阳请她为合唱节编排舞蹈的。

千错万错都在自己！只是她万万没想到，葛菲竟会那么狠，偏偏拿她最好的朋友做武器！

楚天阔的座位一如每天排练时期的空着，没有“大山”挡住林若阳的视线，反倒显得少了六个女生的教室更加空旷。人少也好，清静，林若阳刚想如往常一样把脚搭在楚天阔的椅子上，一伸腿，意外扑了个空。

楚天阔的椅子呢？

窗外阳光正好，清风从窗缝飘入死气沉沉的教室，一群轻巧的麻雀在窗外的树杈间叽叽喳喳叫个不停，无忧无虑，好不快活。

走！去操场走走！

操场依旧呈现出明显的两极分化，一大批男生拥挤在足球场两侧狭小的篮球场里，不知从何时开始，篮球场中线和边界交叉的地方也增设了一个篮筐，三拨人挤在一个场地内，抢各自的篮板，稍不留意，一拨人的球就飞入另一拨的筐内。从太平洋彼岸吹来的NBA的雄风长盛不衰，叽叽喳喳的女生也来凑热闹，围着球框底座坐了一圈，尽管分不清谁输谁赢，只要自己心仪的男生沾到球就拍手叫好。

花痴！

林若阳的目光不自觉地飘到足球场上。105×68的标准绿茵场上空无一人，连明媚的阳光，都不免鄙视这种可耻的浪费行为。

楚天阔也不在，林若阳还以为他每天中午都会来踢球。

原本名存实亡的足球社在破格录取唯一的初中社员——楚天阔后，变得忙碌起来。从之前没有活动到一周一次校内比赛、一月一次校际比赛，外国学生参观还要举办国际友谊赛，足球社的大名一时间在学校传开了。明明这么多比赛，可为什么林若阳逛操场的每一次，面对的都是这么凄凉的绿茵场？似乎除了楚天阔坚守的身影，这里就不再有第二个人。

阳光给连绵的青草涂上一层神圣的光辉，远处，球门里一个突兀的白点如同沙滩上的珍珠，瞬间攫取了林若阳的目光。

那是一把再普通不过的椅子，淡蓝色花纹被明媚的阳光吞噬，呈现出一片闪着荧光的洁白。它骨感的身体仅由木板和铁架构成，简单、不舒适，这是一把地地道道的学生椅。

难不成这是楚天阔的？

不会吧。

初二、高二年级的教室位于学校的顶楼——四层。教学楼没有电梯，只是每天上下学爬上爬下就让同学们叫苦不迭。楚天阔又是为什么要把铁椅子搬来搬去？

不嫌沉啊！

林若阳东瞧瞧西看看，椅子贴住球框的右边立柱，椅背朝外，椅面上有两个一前一后的大黑脚印。

“嗨！”楚天阔从林若阳身后跑过，带着青春期小男生特有的害羞，声音微微发颤。他今天没有换上那件与绿茵场同色的国安球服，而是穿着校服短袖，脚下是那双平时所穿、看不出颜色的运动鞋。

全班同学都知道楚天阔是个彻头彻尾的足球迷，每每去踢球，他都会换上那一套盗版的国安标配。绿球服、黑长袜，外加一双大红色的足球鞋。每当上午最后一节课下课铃声一响，楚天阔便抱起放在教室最后的足球，拿上挂在课桌挂钩上的黑色足球背包，飞奔去操场。他没有葛菲的特权，纵使学习再好，却也不敢在教室里穿自己的衣服。林若阳不知道楚天阔究竟在哪里换装，反正，足球场上的绿草皮像是触手飞舞的热带藤蔓，楚天阔一站上去，就被绿色包围。

林若阳小声地回了句“嗨”。但见楚天阔雄赳赳地踏上椅子，伸出黝黑的双臂。白色粗壮的上门框像个倔强的孩子，和楚天阔的指尖差出了几厘米的距离。沾满污泥的黑色运动鞋折起几道深深的凹陷，脚跟离开椅面，空隙一点点加大，那双黝黑的手终于轻松地够到高为2.44米的门框。

一道金光闪过，直晃得林若阳闭上了眼，再定睛一瞧，楚天阔手中赫然多出一样“凶器”。

门锁？

林若阳大跌眼镜。

“咚咚咚——”

铁器清脆的撞击声立刻从楚天阔手中传来。

门锁，号称“凶器”，源起于英语课。初一时，教林若阳她们班英语的，是一位即将退休的女教师。老教师姓马，对所有学生都很和善。或许就是人善被人欺，马老师一来上课，大家就开始肆无忌惮地聊天，最初的时候，马老师都忍了，试图用更高的分贝压制台下嗡嗡的杂音。终于有一天，班里吵得实在过分，连马老师自己都不能make herself heard，一种无力感从她饱经沧桑的心中迸发。

“砰！砰！砰！”

马老师抄起讲台一角的门锁，一连三下，重重敲在铁质的电脑柜上。刺耳的声音振聋发聩，铁皮上下狂抖，三个着力点立刻凹下去，至今都没有添补回来。

“安静！”

那是林若阳第一次见到“班锁”的威力。一个黑乎乎、不起眼的小物件竟能在金属板上砸出三个坑，这要是被怒火中烧的“王巫婆”当成粉笔头扔向哪个倒霉鬼，岂不一招毙命？

在林若阳的大力倡导下，班里多了一条班规：门锁不许丢在讲台上。

“砰——”

楚天阔悬空的脚跟重重地落在椅子上，豆大的汗珠从他的额角流下，要是没有林若阳在身边，他肯定会掀起衣角，痛快地擦汗。

林若阳像是看透了他的心思，从校服口袋里拿出一包图案精致的手帕纸，随着塑料封皮揭开的脆响，一股玫瑰花香弥漫开来。

“给！”

这是她最爱的气味。

“谢谢。”

冰凉滑腻的纸张拂过楚天阔冒着热气的汗毛孔，甜美的玫瑰花香流进散发汗臭的身体。转眼间，雪白的手帕纸乌黑一片，楚天阔全身的污浊之气似乎消失殆尽，只感到一种异样的清爽。

“你在修球门？”

“嗯。”楚天阔感到自己的喉咙像被人突然扼住，挤出一个音，便失去了交流的能力。

“为什么不用锤子？”

林若阳清脆的嗓音如电流划过楚天阔的耳畔，疲惫不堪的身体像吃了菠菜罐头的大力水手，立刻充满活力。

“喂，我跟你说话呢!”

楚天阔跳下椅子，不敢直视这个如阳光般绚丽的女孩。

“让一下。”楚天阔生硬地把椅子扔到另一边的门框旁，隐藏在草皮下的黑色胶粒焦躁地围着骨感的铁架飞舞。胸闷的感觉越来越浓、越来越重，终于挤压的楚天阔连一个字也说不出口。直到听见林若阳的运动鞋摩擦着草皮，不满地走远，扼住喉咙的大手才终于松开，楚天阔又恢复了说话的能力。

“这周四足球社有比赛……”

楚天阔喃喃地说道，林若阳的身影早已消失在茫茫的绿茵场，唯有金黄的阳光照耀着孤寂空旷的绿地，侧耳倾听。

当林若阳为合唱比赛大伤脑筋的同时，楚天阔也在为自己的足球事业大费周折。好不容易说服足球社社长每周三举办一场校内足球赛，自己都找好了参赛的队伍，却发现学校“高大上”的足球场原来只是一个摆设。勾连球门和球网的钩子豁口过大，球一踢进门，就把球网拽下来。

这样的设施如何举办足球赛?

楚天阔每次去找社长报修，社长都是一副爱莫能助的样子。他已经找学校报修过，只是一直没有等到答复。等啊等，楚天阔从入学一直等到初二下学期期中，终于忍无可忍，直接跑去找了他在学校里认识的最大的官——教导主任。

教导主任是一个年近五旬多岁的老男人，微微发福，面露凶光，含混的嗓音粗犷有力，虽然吵吵嚷嚷也听不清他究竟在说些什么，但强硬的态度和超高的分贝都让你明白，这是一个只可远观、不可亵玩的神一般的男子。

楚天阔去找他，无疑是讨了一顿臭骂。

“踢你个屎！学习……”教导主任唠叨了一大堆，楚天阔也就听清楚这骂人的一句。

学校请人修足球门的事算是黄了，于是楚天阔决定，自己动手，丰衣足食。

于是，他把椅子从教室四层搬到足球场，拿着所能找到的最坚硬的工具——门锁，一个人头顶烈日，在绿茵场上孤独地修球门。这不仅是为每周三的常规比赛，更是为了一周后和来学校参观的韩国某私立高中进行的友谊赛。

绝不能让高丽棒子瞧不起！楚天阔发誓，一定要在比赛前修好这个丢人的球门！

在楚天阔心中，足球就是他人生唯一的事业。从小到大，他就有一个信念。他不是为了自己而踢球，而是为了一直在球坛上抬不起头的中国！这是他的使命。少年强则国强！少年足球强则国足强！首先从自身做起，他坚信，未来的某一天，他一定能代表中国挺进世界杯！

第九章

压死骆驼的最后一根稻草

你的额头
摇曳着花火
像一只蝴蝶
飞入我香甜的梦

我的心田
盛开着鲜花
像海边的灯塔
融化你曼妙的舞

没有你
我就不是我
没有蝴蝶的眷恋
鲜花只有枯萎凋落

没有你
我就不是我
少了花火的碰撞

灯塔再也没有光亮

十四年
我们在一起
我和你
你和我

数学课的时候，林若阳忍不住拿出了自己给何小西准备的生日礼物。横平竖直的楷体写在玫瑰花香的粉红色贺卡纸上，两个用水彩笔勾勒的小女孩手拉手走在放学回家的路上，笑逐颜开。

无论发生什么，林若阳都想如自己十四年来做过的一般，为何小西送上最诚挚的祝福。或许生日过完，一切的伤痛就都不复存在。

林若阳拿起笔，在后面又加了几句。

没有你
我备受煎熬
我究竟做错了什么
请你告诉我

没有你
我备受煎熬
我愿向你道歉
哪怕没有理由

不要不理我
不要孤立我
我们是最好的朋友

你快回来
回到我的身边
我
离不开你

“小西生日快乐!”林若阳强迫自己做出一副没心没肺的嘴脸，将精心包装的卡片递到何小西面前。

何小西错愕地抬起头，一道耀眼的蓝光划破林若阳的视野。一支镶满蓝色水钻的蝴蝶发卡出现在何小西浓密的刘海上，玲珑剔透的水钻散发出夺目的光芒，让所有人的目光都不由得落在她身上。

这是怎么了？何小西可是那种买了双新球鞋都要踩脏再穿出去的人。

“谢谢。”何小西的语气冷冰冰，像是充满了戒备，随手把落在面前练习册上的粉红色信封，放到左手边摞成小山的课本、试卷顶部，继续埋头奋笔疾书。粉红色的信封像个被人遗弃的婴儿，孤孤单单地待在一片被红、黑色填充的天地。

何小西始终没有拆开林若阳的礼物，林若阳重归于好的愿望再度落空了。

“William，你会不会想念在美国的小伙伴?”午饭的时候，林若阳失落地问William。几日接触下来，William不知不觉中成了她的倾诉对象。

“想。”William点点头，“我有一个小伙伴，她是我的邻居，我经常去她家的院子玩，她家有一棵柠檬树，还有一座游泳池。”

“你们情同兄弟?”

“不，比兄弟还要好。”

汉语尽管博大精深，但“她”“他”同音，再加上一个认为“兄弟”涵盖一切除爱情以外男女关系的美国人，林若阳和William的对话，每个人都理解成各自愿意相信的成分。

“你们现在还有联系吗?”林若阳所指的是William和他的“同性”兄弟。

“Facebook。”William掏出手机，给林若阳翻出一条日志，“Christine，她正在日本留学。”

屏幕上赫然出现了一个金发碧眼的美国女孩，女孩漂亮极了，一头金发如阳光般灿烂，五官精致如芭比。

林若阳惊得快掉了下巴：“那葛菲呢?”

“她怎么了?”William扑闪着修长的睫毛不解地问林若阳。

和William纯净的蓝眸对视，林若阳突然感觉到自己的念头是多么邪恶。明明一二年级的时候男女生还可以单纯地手拉着手。为什么随着年龄的增长，一切都变得那么不正常？究竟是我们变了，还是世界变了?

“没什么。”林若阳尴尬地低下头，一在William面前提及葛菲，林若阳满脑子里便都是她和外校生接吻的场景。

“Christine只是我的好朋友。我喜欢葛菲，可她一直不给我答案。我该怎么做，才能让她开心?”

葛菲沙哑的嗓音在午后密不透光的走廊里充满恶意的盘旋，透过敞开的后门，林若阳看到一群人围坐在她身边。葛菲今天乖乖地穿着校服，没有化妆，似乎从舞蹈排练开始，她就努力融入普通同学的生活。

“‘没有你，我就不是我’，真没想到，林若阳说起话来竟然这么酸，哈哈，何小西，她该不会是对你有什么特殊的想法吧？‘十四年，我们在一起’，你们在一起十四年，她那么坏的脾气，你怎么能受得了？‘我和你，你和我’，这简直都要唱起来了。哈哈……”

“给我!”林若阳一个箭步冲进去，伸手就去抢葛菲手中的信纸。

看到暴怒的林若阳，葛菲反倒兴致更佳，一边把纸片举过头顶不让林若阳够到，一边继续高声调侃：“‘我究竟做错了什么，请你告诉我’，哈……”

一旁的同学们津津有味地欣赏着二人的“表演”，没有人上来帮忙。

“给我！”林若阳猛地跳起，葛菲轻松地躲到一边，又让她扑了个空。林若阳待在原地疲惫地喘了几口粗气，突然如同一只发疯的猛兽，朝葛菲死命地撞过去。

“哎哟——”葛菲跌倒在地，林若阳居高临下，一把抢过她手中的粉红色信纸，毫不犹豫地将自己工工整整眷写的心血撕个粉碎！

“啪！”林若阳把碎纸屑拍在何小西的桌上，自始至终，何小西都像个局外人，从没把视线从摊开的数学练习册上移开。

“我们绝交！”

压在林若阳胸口上的大石骤然消失，悲伤如决堤的洪水，瞬间将她瘦小的身体摧垮。她掩面急匆匆跑出教室，泪水如断线的珍珠项链，破碎的是一颗赤子之心。

之后的音乐课，林若阳无精打采，站在指挥的位置上，她就好似被人牵制的木偶，任凭“刘妖婆”如何讥笑，就是用不上一点力气。

“没吃饱饭啊？”“刘妖婆”今天穿了一件橙色的拖地长裙，夸张地小露香肩，好像正和墙上西装笔挺的音乐家们，参加一个盛大的舞会。

“人肉节拍器！”“刘妖婆”适时地补上一刀。

全班哄堂大笑，林若阳恍然从沉思中醒来。

“啦啦啦……学音乐的人都是快乐的。”刘老师如蛇精病般开始转圈，裙摆甩动，画出无数绚丽的圆圈。

“哈……”

林若阳放肆地大笑，随着满肚的怨气，将眼泪再度宣泄一番。欢笑的泪闪着橙红的光芒，视线模糊中，“刘妖婆”的头顶冒出一圈光环，矮小短粗的身体被瞬间拉长，橙红色的身体渐渐升高，飞入窗外灿烂的骄阳。

女神，女神经，一字之差，天壤之别。

葛菲决定退出舞蹈，于是原本的三对“木兰”组合便有一组落单。落单的便是何小西。何小西自然不会主动退出舞蹈，只能补上一人。而替补队员正是郭宇非。

两个在全班看起来最正派的“学霸”，手拉手，跳起双人舞。这究竟是早恋的前兆，还是要表演一出柳下惠坐怀不乱的戏码?

不过学霸就是学霸，完全不在乎班上的流言蜚语，二人身体力行证明了一句真理：流言止于智者。

这边何小西与郭宇非跳双人舞的流言没有兴起，林若阳和William的绯闻却如发酵的米酒，霎时间传遍整个年级。

“快看，林若阳和William!”

林若阳恶狠狠地瞪向躲在行道树下窃窃私语的小女生，眼中的怒火恨不得将她们活活烧死。

女生们慌乱地低下头，直到林若阳和William的背影消失在远处，她们才爆发出更为尖刻的笑声。

“绿茶婊!”

“William不是追葛‘女神’吗?”

“架不住林若阳倒贴呗。”

“小三!”

“小婊砸!”

“哈哈……”

只有一向严禁早恋的班主任“相信”林若阳的清白，一没找她谈话，二没请家长，对于一切风言风语，采取不信谣、不传谣的态度。

做一名弃子也是挺好的。林若阳心里清楚班主任不找她谈话的原因，坐怀不乱的二位“学霸”早早就被班主任要求立下绝不早恋的决心，风口浪尖上的林若阳和William却还像没事人一般。原因只有一个，林若阳是将来参加特长生考试上高中的艺术特长生，况且学籍在一个符合她成绩档次的烂学校，而William是要回美国上高中的外籍生。无论二人因为早恋而使成绩差到何种地步，都不会影响学校的中考升学率。所以，凑在一起正合适，千万别分手去祸害其他承担着为校争光使命的乖宝宝。

不过不管别人相信与否，林若阳和William就是纯洁的朋友关系。

在他们俩的掩护下，葛菲以一个受害者的身份，引出了她的外校男友，向世人证明，哪怕她被伤害，心神憔悴，她都如女神般光芒不减！

“给！”又是一天中午自习的时间，和葛菲接吻的外校生不知从哪里搞来一套同款校服，竟然大摇大摆地走进学校，直奔林若阳所在的初二（3）班。他从鼓鼓囊囊的Nike书包里掏出一大捧玫瑰花，单膝跪地，递到葛菲面前：“请你做我的女朋友。”

“哇——”小女生们开始尖叫，躲在一旁羞红了脸。

女神就是女神，余情未了，就又有了新的追求者。

葛菲一脸淡然地接过花束，修长的手指尽量将被挤压得不成样的花捧，恢复成刚买来时的样子。在众人的注视下，她没有立即表态，而是将妆容精致的面庞深深地埋进柔软滑腻的花瓣中，极为享受地吸气、呼气。

玫瑰花香随她身体的起伏弥漫开来，扑入在场每个人的鼻翼，幸福像只欢快的小鸟，在教室里愉快地高歌。

“在一起！在一起……”不明真相的同学们齐声高喊，何小西坐在座位上，将练习册无辜地摊在桌面，满脸通红，也加入了起哄者的行列。

“在一起！在一起！”

林若阳默默地退回到幽暗的走廊，透过敞开的教室后门，注视着

“好演员”何小西全情投入到自己的角色里。多日来的“噩耗”让她筋疲力尽。丑陋见得多了，便如沙滩上的石子儿，不必挑拣出来。

“帮忙踢回来!”

楚天阔的声音突然在耳畔乍现，林若阳这才发现自己早已不知不觉站到了火红的塑胶跑道上。一颗黑白相间的小球停在了自己脚边，楚天阔正朝自己的方向奔来。林若阳玩心大起，对准小球，用脚尖奋力一踢。

“啊!”

超痛!

林若阳的右脚像是被人生生折断，眼泪瞬间涌上来，她痛苦地单腿乱蹦，五官扭曲。再看那小小的球，竟然只扭捏地向前迈了几步。

“Shit!”林若阳怒吼。今天这是怎么了，连个小球都敢如此欺负我!

“没事吧?”楚天阔慌忙跑过来，右脚控球，左手去扶林若阳。

“没事!”林若阳嫌恶地甩开他的“黑爪子”，楚天阔如蒙大赦，奋力一踢，足球发出“砰”的一声巨响，形成一条优美的抛物线，轻盈地落在足球场的另一条边界。

还挺厉害的。

林若阳一边活动酸痛的右脚，视线一边随着足球的运动轨迹转动。她现在只想问楚天阔一个问题，他的脚痛不痛?

可楚天阔压根儿就不给她问话的机会，早已化作一团“绿旋风”淹没在碧绿的足球场内。今天，没有灿烂的骄阳，阴云下青绿色的足球场在林若阳眼中看起来格外养眼。右脚的疼痛缓解了许多，她开始围着400米跑道悠闲地漫步。那颗黑白相间的小球总是有意无意地飞出绿茵场，滚到林若阳的脚下，逼得她不得不一次次把目光落在那些足球少年的身上。十双不同颜色的足球鞋像是最拙劣的渔网，让这小小的足球如一条滑溜溜的泥鳅，满天乱飞。时而飞向高空，时而又在沙沙作响的草地上翻滚……进球成为一件格外困难的艰巨任务，小球不停被阻断，不停调换方向，充满活力的同学们在绿茵场上拼命奔跑，终于，楚天阔的红色足球鞋将小球猛地朝反方向踢去。

一条优美的抛物线——

没有人阻断——

擦过门框——

球进了！

“进了！进了！”一种前所未有的满足感袭上林若阳的心头，她忍不住大叫起来，丝毫不顾及右脚残留的疼痛在塑胶跑道上蹦来跳去。来来往往饭后散步的学生们像看怪物一样地盯着她。小小的足球如一道火光，点燃她沉沦多日的神经，浑身猛烈地灼烧起来，纵使阴云压低天穹，悲伤注满心田，也都被这激情与冲动驱散。

林若阳突然闪过一个念头：

她要看一场足球赛！

第十章

被雨淋湿的初夏

“足球社加油！楚天阔加油！”

震耳欲聋的欢呼声响彻平日里无比萧条的绿茵场，星期三午后的太阳虽然躲在深灰色的乌云背后，却丝毫不影响球员和观众们的激情。穿着校服的男男女女扎堆儿坐在边线外，星星点点，好不热闹。

“加油！”林若阳独自坐在足球场的一角，挥舞双臂，疯狂呐喊，嘹亮的女高音不由得将球员的目光吸引过来。灼灼燃烧的男性荷尔蒙被运动的汗水点亮，射入林若阳瘦小的身躯，像是有千万只蚂蚁啮噬，林若阳只感到浑身麻酥酥的，体内越来越燥热……

“啪嗒——”

一颗冰凉的水滴砸在她裸露的右臂上。

“下雨啦！”一个小女生尖叫着拉起同伴往教学楼冲，不一会儿，边线上的观众稀稀拉拉少了一多半。雨滴在灰黄的草皮上溅起层层油光，随着运动员的跑动舞蹈。绿茵场上，楚天阔依然专心致志地追逐那颗小小的足球，就像自己在班主任、班长、同学的不理解中，孜孜不倦地渴望更高标准的合唱效果。

可似乎楚天阔在追求目标的道路上远比她更坚决。和足球社对垒的教师们三心二意地准备撤离，同队的高中学长们也不愿在足球场多逗留一分钟。刚才还蠢蠢欲动的男性荷尔蒙被这场突如其来的大雨浇灭，只剩下一个个疲于应战、仓皇狼狈的躯壳。唯有楚天阔一人将风雨置之度外。没有人防守，没有人传球，足球社小前锋顺利地从前场跑到后场，轻而易举将足球射入球门之中。

“1∶0!”林若阳兴奋地大喊。

楚天阔眼含笑意，雨水如奔腾的小河从他密密匝匝的头发中滑落，雨水如注，就如每次酣畅踢球时的汗水。楚天阔飞起一脚，足球从边角腾空而起，裹挟雨水，发出震天的怒吼。楚天阔的队友们早已不知所终，足球社队只剩下他一个人，孤零零地被教师队围堵。

“散了吧。”老师们无心再战，纷纷护着脑袋匆匆撤离。楚天阔却意犹未尽，似乎冰雨配美女让他有无比的成就感，偌大的操场，只剩下他和林若阳。

“喂！楚天阔！雨越下越大了！”林若阳双手搭在额前，遮住脸。雨好大，就像是台风过境。汹涌的雨柱如同冰刀，将她柔顺的发丝切割成一道道割裂的伤疤。

楚天阔像是才意识到她的存在，面无表情地和她打了个招呼。

装！

林若阳明明看见他踢球的时候不住地往自己这边瞟。

楚天阔的衣服湿透了，紧紧地贴在身上，勾勒出全身健美的曲线，好像有一团火在燃烧。

“跟我走！”楚天阔从林若阳身边飞过，凶巴巴地撂下三个字。

林若阳被雨水淋得大脑一片空白，只感觉湿衣服贴在身上，冷得直打哆嗦。她放开脚步跟在楚天阔身后狂奔，也不管溅起多少积水。楚天阔的速度犹如百米冲刺，很快，林若阳跟他差出一大截。楚天阔像是脑后长了天眼，渐渐放慢步伐，林若阳很快赶了上来。

他们跑出操场，来到一个通往地下的入口。蓝色顶棚发出魔鬼的号叫，层层涟漪将蓝色晕染，投影在瓷砖铺成的台阶上，平添一份诡异的气氛。

“下去!”

楚天阔灵巧地跑下楼梯，林若阳只感觉脚底在沾了雨水的瓷砖上不断打滑，好不容易扶着铁皮扶手挪到地下室，林若阳才发现，这里是器材室。

“给！”楚天阔从西南角的体操垫一侧拿起一件臭烘烘的校服短袖递给林若阳，指指高抵楼顶的体操垫“山”后面，“你先换上吧。”

“不用——阿嚏！”地下室弥漫着一股阴冷的氛围，林若阳的上下牙床开始不住地颤抖，发出楚楚可怜的“咔咔”声。

“穿湿衣服会感冒。”楚天阔说着背过身。

“你，不许看。”林若阳声音颤抖，一边警惕地盯着楚天阔，一边走到体操垫的后面。楚天阔始终背对着她，从放在地上的足球背包里掏出一块毛巾专注地擦头发。

林若阳迅速脱掉湿衣服，套上楚天阔给她的干校服。这衣服宽宽大大，穿在林若阳身上简直可以当裙子，上面挂了菜汤，看起来主人一点也不讲究。最让人难以忍受的是那恼人的气味。林若阳感觉自己像是浸到了酸菜坛子里，难以抑制地阵阵发呕。

“楚天阔，你这衣服怎么这么臭！”

林若阳换好衣服从垫子后面蹿出来，正好撞见楚天阔脱了上衣，将足球衫搭在体操垫的另一侧。

林若阳当场石化。

楚天阔却像个没事人，坦诚地光着膀子，任由林若阳痴呆的眼神在上面游离。一副我就是身材好的模样。

“看够了吗?”

林若阳慌忙捂住眼睛，背过身：“你快穿上衣服。”

“我的干衣服在你身上。”

天啊，这么臭的衣服竟然是楚天阔的！

“我这就把衣服还给你！”林若阳也有她的傲气，快步退到体操垫后。

“我的球衣是速干的。”楚天阔的语气不容拒绝，“你穿好，不许脱。”

林若阳背靠着体操垫，一脸的不情愿。

“别靠垫子，一会儿倒了。”楚天阔又开始对着林若阳发号施令。

“卫生委员，你跟班长真是一对儿，一个命令人，一个教育人，你们俩要其中有一个是女的该有多好啊。”林若阳依言离开垫子，心里对楚天阔的霸道不满，话也横着出去。

“我们都是直男。”

“那可不一定啊，你俩又没谈过恋爱。”

垫子后头久久没有动静，林若阳知道楚天阔说不过自己，便悠闲地哼起歌来：“终于看开爱回不来，我们面前太多阻碍……”

“你的合唱比赛怎么样?”

“什么叫我的合唱比赛，是咱们班的!”林若阳一下子来了兴致，“你为什么不来排练？想踢球？没关系啊，跟我直说就好，我可以找时间给你单独排练……”

楚天阔一听林若阳的歪理就感觉世界都在转动。

“别说我了，说说咱们班的情况。”

“除了你，大家的歌都唱得特别好。”

“别说我。”楚天阔打断林若阳的胡侃。

林若阳重重地叹了口气：“本来挺好的，结果葛菲非要在前面加个舞蹈，你不觉得特别奇怪吗？也不知怎么回事，何小西也特别赞同，对我的态度也因为这件事变了。你知道我们俩绝交了吧？都是因为这个恶毒的女人!”

楚天阔也跟着叹了口气。

“我真是不想再管合唱比赛的破事了。想想都是泪。”

“其实……”楚天阔犹豫，“其实……”

“其实什么?”

从来不打扮的何小西这几天一直戴着那枚闪闪发光的蓝发卡，湖蓝色水钻勾勒的蝴蝶，在她浓密的头发帘上翩翩起舞，点亮原本姣好的面庞。所有人都能看出来，她最近的心情格外舒畅，就连认真听讲的时候，嘴角都带着一抹笑意。

“放学后，老地方。”

何小西摊开郭宇非经过座位旁匆匆丢下的纸条，俊逸挺拔的字带着他身上淡淡的洗衣粉气味。班上没有一个男生像班长一样细心整洁，像他一样成熟稳重。何小西小心翼翼地环顾四周，同学们忙着各自的事情，不曾将目光投到她身上。何小西将纸条折了又折，折成一个整齐的正方形，塞进书包最里面的夹层。

不能让任何人看出来，何小西低下头，将灼烧的面颊深深藏进数学练习册里面，心思却再也静不下来，面前的数字、字母犹如一条条瞬息万变的蝌蚪，从她的脑海里迅速溜走，勾勒出郭宇非的一颦一笑。

生日前一天，郭宇非在何小西从教师办公楼抱作业回教室的路上拦住她，再次对何小西表白自己的心迹。第一次，何小西没有给他明确的答复，但这一次——在亲眼见识了林若阳和郭宇非在雨中狂奔后，何小西答应了郭宇非的提议。

“好吧。”

何小西也不知道自己对郭宇非究竟是什么样的心情。同学？战友？还是敌人？她分不清。从开学的第一天起，何小西和郭宇非就如同两条缠斗的蛟龙，竞争着全班第一的位置。或许正因如此，他们有了比肩对话的机会。

但郭宇非却如同从未将何小西当成对手一般，从不因为学习而找她说话，更从不向任何人打探何小西学习好的秘诀。在正派如班长眼中，男女有别的何小西就是一团空气，他必须目不斜视，平心静气。

相比之下，何小西就显得不那么淡定。她总是有意无意地观察自己的对手，想知道他究竟在干什么。自习？上补习班？请家教？但凡郭宇非有一点风吹草动，何小西就如惊弓之鸟，拼了命地鞭策自己，熬夜、加课……何小西至少要在形式上让自己心安。

她以为只有自己在关注郭宇非，没想到郭宇非却在一直默默地关注自己。那个文字俊逸挺拔的男孩，那个身上飘着淡淡洗衣粉味道的男生。

“何小西，我喜欢你。”

郭宇非说得目不斜视，镜片后的双眸闪着坚毅的光芒。

这不是何小西幻想中告白的情景。幻想中的白马王子应该单膝跪地，送上一捧鲜花，深情款款地望着她，就如“女神”葛非被外校生告白的场景。

尽管如此，何小西的脸还是瞬间涨得通红。她慌忙低下头，装作没看见郭宇非。反正他又没深情款款地对望。何小西抱着作业本匆匆忙忙地擦着郭宇非的身体而过。果然，贴得越近，清新的香味就越淡雅。何小西心中如万马奔腾，她不敢确定郭宇非的心意，毕竟他的眼神总是目不斜视地避开她。

但爱情最好的催化剂不是锲而不舍，而是二人中间刺痛对方的一颗沙子。很不幸，上天选派了林若阳——何小西最好的闺蜜，扮演这个让坠入爱河的人痛苦的角色。

林若阳自始至终不知道自己为什么会被怨恨，只因她无辜地卷入一场没她戏份的三角恋。

沙子的命运就是遭人唾弃！

第二次表白，郭宇非以完胜的姿态赢得了“学霸”的芳心。他早已看出何小西眼中闪烁迸发出的嫉妒之火，从一颗微弱的火星，变成燎原的星火。

“何小西，我喜欢你。”

同样的话，同样的目不斜视，何小西的心脏里有一只疯了的猫，在里面歇斯底里地嘶喊、抓挠。她已经摘下一部分面具，邀请郭宇非做自己的舞伴——其实这个位置一直是给他预留的，就从被第一次表白开始。

“送给你的发卡，戴着它上台，一定很漂亮。”郭宇非从口袋里捧出一只精美的蓝蝴蝶，夹在何小西浓密的头发帘上，“十四岁生日快乐。”

何小西浅浅地微笑，露出小女人的娇羞。郭宇非成熟的面孔呈现出一种诡异的神情，似笑非笑，却比哭还难看。何小西姑且把这一切都当做是郭宇非的害羞。虚荣心像个贪婪的孩子，吮吸着大人丢给他的棒棒糖，却不知吃多了，会长出难看的蛀牙。

何小西贪婪地盯着郭宇非，郭宇非突然面不改色地向前走去，何小西还在愣神的工夫，只见一身足球装备的楚天阔正抱着足球从自己身后的方向走到她面前。

“嗨！”

“嗨……”何小西讪讪地回应。她的心里七上八下，也不知刚才和郭宇非亲密的举动被他看见了没有，至少现在刘海上的蝴蝶发卡一定正不知羞耻地闪烁着招摇的蓝光。她多么想把它一把扯下来，藏进口袋里，等有一天，那些亮闪闪的水钻都掉了，再别到头发上。但楚天阔的眼神并没有在她的发卡上停留，何小西膨胀的虚荣心也不允许她这么做。

她和郭宇非会是真爱吗？学霸如何小西也无法用精密的仪器测量这份感情，只是她知道，她再也没法把心思专注到枯燥乏味的练习题上，原本静如止水的心追随郭宇非身上淡淡的洗衣粉味，心甘情愿被千军万马踏过，内心犹如古代战场，烧杀声不绝于耳。

学不进去，直接体现在成绩上。这周的数学晨练，何小西考了全班第五，郭宇非却稳居第一。

何小西和郭宇非相约的老地方，就是郭宇非表白的地方。学校的教师办公楼和教学楼本来可以通过二层的一个空中走道相连，但不知什么原因，空中走道在何小西还没入学的时候就被封死，只留下一个封了窗户的躯壳，和一大块位于其下的阴影。那片阴凉是很多早恋男女的避风港。很少会有人从那里经过，光是摇摇欲坠的空中走道就让人看得不免揪心，加之里面黑黢黢的空间，墙皮剥落，杂草丛生，全校的蜘蛛聚集于此，疯狂地织起连成一面的大网。

但何小西喜欢穿过这里，这让她想起孩童时代和妈妈一起去探险的破楼。

何小西的妈妈酷爱探险，总喜欢带何小西去一些奇奇怪怪的地方。小区旁的“烂尾楼”是她的娱乐场，倒塌的墙壁、裸露的钢筋、杂草下掩盖的不明生物……这些妈妈留下的爱好是比妈妈本尊，陪伴何小西更长时间的伙伴。

何小西开辟了穿过空中走廊下的阴影从教师办公楼回教室的小路，那里只有她一个人，现在多了郭宇非。

但她忽略了一个一直出现在她“私有领地”的人——楚天阔。

楚天阔穿过阴影去办公楼的原因很简单。

近！

从操场一出来，首先面对的就是教学楼的侧门，而办公楼唯一的大门却和教学楼的正门相对。难道要飞跑上楼梯，穿过熙熙攘攘的楼道，到达正门再跑下台阶，绕一个大弯去老师办公室吗？不，急着踢球的楚天阔当然要选择捷径！楚天阔又不是娇滴滴的女生，怕脏、怕黑、怕蜘蛛网，他大可毫无畏惧地穿过空中走廊下的阴影，直抵办公楼。

再说，他去办公楼的几率微乎其微。

可就在何小西收到郭宇非纸条的那个放学后，班主任找他谈和韩国学校足球友谊赛的事。

楚天阔毫无意外地撞见何小西和郭宇非约会的场景。他从心底里不相信坚定如班长也会早恋，可他不能不相信，因为那时，班长正抱着何小西失声痛哭。

楚天阔没搞清楚情况，刚想从后面拍拍郭宇非的背，作为兄弟，安慰他，但何小西的眼中立刻射出一道怨毒的寒光，将他伸出的右手生生刺了回去。

郭宇非感受到了何小西的异样，慌忙止住哭声，面对墙壁，没有回身去看楚天阔。男儿有泪不轻弹，在同学面前流泪，班长该多没有面子啊！可楚天阔运动神经过于发达的大脑始终转不过这个弯，傻乎乎地转到班长面前，情深意切地关心道："班长，你怎么了？"

楚天阔那天特别郁闷。自己究竟做错了什么？为什么班长拒绝跟他说话？是哥们儿就把心里的不痛快统统发泄出来！现在算什么，无缘无故就被孤立了？

"楚天阔，'其实'什么？你究竟要说什么？"林若阳被楚天阔吊足了胃口。

阳光射进蓝色顶棚用锋利的刀刃将连绵的冰山切出一个小洞，清新的氧气溶进去，浸润憋闷许久的肺。

"雨停了，走吧。"

楚天阔套上足球服，也不等林若阳，直接走出器材室。

"喂！楚天阔！你究竟要说什么！"

第十一章

第一次参加排练的人

“楚天阔，你知不知道，你这种行为最过分！”林若阳疯狂地踢楚天阔的椅子腿儿，可楚天阔如一座大山稳稳地趴在桌子上装睡，任凭椅子在水泥地上发出沉重的碰撞声，“你还是不是个男人？有什么就说什么呗！气死我了！”

“林若阳，班主任找你。”郭宇非突然走过来，传达班主任的指示。

林若阳好久都没跟他说过话了，本来二人就没有什么交集，好不容易搞一次合唱节，偏偏班长对于一切与学习无关的事都提不起任何兴趣。

“班长，是不是你又告状了？”

郭宇非绷着一张扑克脸，回到自己的座位。

林若阳看看教室后面的表，不到十分钟就上课了。班主任这时候叫她去，是叫她下午第一堂课迟到吗？林若阳讪讪地笑，反正自己是个艺术特长生，在老师眼中，上不上课，她的成绩本就没有任何意义。

何小西抱着厚厚的一摞练习册进来，吃力地放到电脑柜上。往常她绝不会这么晚才把大家的作业抱回来，因为她一吃完饭，就要开始埋头写作业了。

林若阳从讲台和黑板的空隙里，擦着何小西的身体而过。何小西没有任何异样，神态自若地在讲台上将不同组的练习册分配好，放到每组第一排的桌面上。林若阳感到一阵野火从她身上掠过，直到步入班主任的办公室，这种坐立难安的灼烧感才渐渐偃旗息鼓。

“老师，您找我？”

班主任今天格外和善，竟然对林若阳露出自己那一口四环素牙微笑：“你这次数学晨练考得不错啊，全班第四，比何小西还高一分。”

一股寒意浮上心头，林若阳怎么都觉得这话是在骂她。

“学习好是好事，但合唱比赛的事情可不能落啊。”

林若阳紧绷的心一下子舒缓下来，身上忽冷忽热的感觉褪去。原来这才是这次谈话真正的主题。

“今天周四了，还有两个星期就比赛了，别的班每天中午都在排练，咱们班可不能落后。得争个名次。”

林若阳没说话，暗自诽谤，当初不是你不让排练，怕影响大家的成绩吗？

“好久没听同学们唱歌，我都有些想念了。”班主任尴尬地笑笑，看林若阳一直没有反应，终于使出了杀手锏，“你将来考高中的艺术特长生时，学校会优先考虑在文艺活动中有突出表现的人。合唱节是个值得把握的机会，你明白了吗？”

林若阳还是没有说话。她明白，在班主任的心中，促成所有事的原因，都是现实利益。

“你是个聪明的孩子。好好努力，从下周起，每天中午，我会跟你们一起排练。”

班主任说到做到，周一上午最后一节是她的数学课，一上课，她就宣布，中午所有人必须统一回班参加合唱排练。

班长带来的电子琴终于派上了用场，在一片热闹的排练气氛中，林若阳像个孤零零的小丑，身为指挥却插不上嘴。班主任像是重返二十岁，活力四射，执掌着合唱的生杀大权。她不住地夸赞葛菲，说她的钢琴弹得好；她不停地表扬参加舞蹈的五女一男，尤其是班长郭宇非，说他牺牲最大，为“艺术献身”了……合唱排练变成了班主任随意施展才华的舞台。整整一个中午，合唱只演练了一遍，所有人都得到了表扬，除了指挥林若阳。

“哈哈……”所有人都在笑，爽朗地笑，超乎分贝地笑，处在变声期的男孩们毫不顾忌正在变长的声带发出凄厉的笑声……

“砰!”门被人从外面踹开，楚天阔抱着足球愣头愣脑地钻进来。

“还排练?”在楚天阔印象中，排练都是早早结束的，自己明明差十分钟上课的时候才从操场往教室跑，怎么还是撞见了?

“楚天阔，今天中午排练，你没上数学课吗?”何小西先声夺人。

楚天阔窘迫地挠挠头，不安地看向班主任。幸而今天班主任心情大好，也知道楚天阔肩负着足球社和韩国学校的友谊赛，并不打算难为他。

“算了，大家散了吧。楚天阔，足球赛一结束，就要来排练啊。”

同学们一哄而散，林若阳回到座位，面对空白的数学练习册发呆。

“她怎么来了?”楚天阔身上残留着运动完酸臭的汗味，对林若阳说道。

“排练。”

“以后天天来?”

“对。”

“你怎么了?”

“没事。”

“心情不好?”

“没有。”

林若阳只想一个人静一静，让她好好想想以后该如何面对中午永无止境的尴尬。面对庞大的合唱团，她是被架空的指挥，所有要出风头的人全都跳了出来，小丑们群魔乱舞，把她挤走，按照各自可笑的方案，破坏林若阳苦心经营的一切。

她好想放弃，好想拍拍屁股走人，可班主任提出的中考优待又让她动摇了。能够留在高中本部是她一直以来的梦。

她究竟该怎么办?

班上45个同学，各有各的想法，何小西不理她，她就真的没有一个可以出主意的人了。

“我该怎么办?”

“大家来，再唱一遍!”班主任势头很足，翌日中午，如约而至。

先是一段无伴奏的舞蹈，接着葛菲自己起伴奏，指挥在伴奏声中臊眉耷眼地走上来，双手一挥，大家开唱。

“砰!”

门被人从外面踹开，堵在那里的小女生被撞了个趔趄。

“啊!”

“对不起!”楚天阔把女孩拉起来，葛菲的钢琴伴奏也自动停了下来。林若阳还在前面挥舞着双手，面前的合唱队却自动将歌声变成闹人的小声议论和嘈杂的笑声。

“安静!”

班主任一声吼，所有人抖一抖。

“抱歉，我来晚了。”楚天阔把足球放到地上，轻轻一脚，足球沿着狭窄的过道滚回教室的后墙。

林若阳诧异地看着跑得满头大汗的楚天阔。他来做什么?

“指挥，我该站哪儿?”

“啊?哦……第三排从左数第五个。”林若阳一时间没有反应过来，可还是轻松地在脑中倒背如流的站位图上精确地找到楚天阔的位置。

“借过。”楚天阔挤进去，在人群中引起一阵不小的骚动。前排的女生不悦地皱了皱眉，的确，楚天阔踢完球后的汗臭是真的让人受不了。

“重来!”看着楚天阔，林若阳感觉自己像是重新获得了掌控一切的力量，她大手一挥，音乐起。

“你从哪里来……”

“啊……”楚天阔不会唱，也混在里面起哄，“啦啦啦……”

“停！”班主任不等林若阳收势就打断了大家的合唱，“刚才谁啊？一直啦啦？”

“老师！是楚天阔！”

楚天阔恶狠狠瞪向站在自己前面女生的后脑勺。如果不是老师在场，绝对开始“国骂”了。

“林若阳，楚天阔这是怎么回事？”

林若阳瞟了楚天阔一眼。

他之前死活不来排练，我能怎么办？呵呵，当时就差把足球场给拆了，是你非拦住我的。哼哼。

可林若阳就是对楚天阔不来排练的事有多不满，她都绝不做打小报告的事。

“咱们班就你一个特长生……”

“葛菲也是。”林若阳打断了老师的话。

“是，葛菲也是，但葛菲负责了钢琴伴奏，又帮忙编了舞蹈……”

“舞蹈不……”

“林若阳，你让我把话说完！”班主任大吼，“对人最起码的尊重都不懂吗！你们家就是这么教育你的？特长生还就是特长生，学习不好，连做人最基本的道理都不懂。”

“你什么意思？”林若阳胸中本来就憋着一股火，“瞧不起人啊！我是特长生怎么了？我参加学校的活动，为学校争来了荣誉。有什么不对吗？从我来到这个班，您就一直对我有意见……”

“你有什么话，跟我私下谈。大家都散了吧。”

班主任如一道风，转身出了教室，林若阳面前的同学立刻四散奔逃，她感觉自己的脸颊滚烫，像被人狠狠地扇了一巴掌，她用冰凉的手冰镇灼烧的脸颊，却摸到了冰凉的眼泪。

“你……”不知什么时候，楚天阔站到了林若阳面前，一脸的愧疚，“还好吧……对不起，我……”

“你走吧……我想一个人……一个人……”林若阳一边捂着脸，一边朝教室外跑。

“你教我唱歌好不好？”

林若阳背对楚天阔用力地点点头，她的脚步不曾停下，一溜烟跑进厕所，把自己反锁在狭小的空间里，面对灰色的墙壁啜泣。

不要哭，不要哭，你是坚强的林若阳。“王巫婆”一直都是这样，你难道还没习惯吗？你和别人不一样，你有音乐特长，你有音乐的梦想，你是用音乐生活的人。学音乐的人都是快乐的。

不要哭，求求你，不要哭……

“呜……”

好累！

痛哭后，发泄完，虽然浑身无力，但林若阳却感觉浑身轻松。

班主任对她一直就是这个德行，又有什么好难过的呢？无非就是又当着全班面前放了一个屁！以后，再也不跟她争辩了，反正又没用。她说再多的难听话也自己不会掉一块儿肉！

林若阳擦擦眼泪，打开厕所门，门外，一队女生正屏息凝视地盯着她，眼神里满是好奇与关切。

“嗨！”林若阳微笑着跟她们打了个招呼，自信地从呆滞的人群中间穿过，现在，除了红肿的双眼，任何人都看不出她刚才哭过。

“你明天有球赛吧？”

楚天阔震惊地看着她，阳光下，林若阳秀气的面颊上还挂着泪痕，他有些迟疑，不知该不该说些安慰的话。但见她一脸笑意，便随即爽快地摇摇头。

“没有！”

“那好，明天中午排练的时候，我给你单独辅导。”

林若阳没有蠢到去找班主任谈话，班主任自然也没有主动找她。二人心中始终都存在着隔膜，只是之前从未爆发过。班主任不爱搭理拖全班后退的艺术特长生，艺术特长生同样不想因为班主任给自己找不痛快。

那就互相都忍耐些吧。

忍耐，是林若阳在准备合唱比赛的过程中，学到的另一样东西。

第二天，天气一片晴好。班主任借口准备星期四早上的数学晨练，没有莅临排练现场，林若阳明白，她是在躲着自己。没来更好，林若阳可以按照自己的进度带着大家排练。

“嘴再张大！”

“调不对，‘哪’低了半掉，钢琴给一下音。”

“钢琴左手没弹出3/4的音型。”

“好，今天就练这么多。散了吧，楚天阔，我现在单独教你。”

当楚天阔跟在林若阳后面唱出第一句的时候，林若阳就知道楚天阔为什么不来参加排练了。当初刚入合唱团的时候，“刘妖婆”就曾以一副骄傲的姿态恭喜过各位新入团的艺术特长生，说上天赐给他们灵敏的耳朵，这是迈进音乐大门的门票，这个世上有很多人，根本听不出音乐的旋律。起初林若阳不信，认为听力正常的人就能听出音准。为此，林若阳还跟“刘妖婆”争辩过，当时“刘妖婆”笑而不语，只是告诉她，每届学校合唱节，每个班都会出现那么一两个人，始终找不准调，那是先天的原因，上场只能对口型。

听着楚天阔奇怪的调调，林若阳决定，让他滥竽充数。

“不行，我要唱！大家都能唱，连William也唱，为什么让我对口型?”

林若阳一直都很佩服楚天阔对足球的执着。可这份执着不是只针对足球吗，怎么也开始针对唱歌了？

“我喜欢唱歌，我之前从来没唱过，这两天来排练，我突然爱上唱歌了。”楚天阔说得信誓旦旦，林若阳实在不敢相信，这个糙汉什么时候变成文艺小青年了？

“你别唱了，好好踢球吧。明天不是韩国人来咱们学校参观吗？你专心准备和他们的比赛吧。”

“明天比赛的时候，你会去看吗？”

“会！”为了让楚天阔放弃学唱歌，现在立刻奔向足球场，林若阳爽快地答应，“你今天不训练吗？”

“明天的比赛很重要，所以今天不能踢球。”

“为什么？”

“万一受伤呢？”

林若阳因为怕嗓子充血，从来没参加过什么过激的体育运动，运动伤害对她而言，只是个似曾相识的词汇。

“受伤？”

楚天阔一副嫌弃的表情。

“我告诉你，我现在浑身是伤。看到没有，”楚天阔突然从足球包里掏出一个蓝色的卷儿，“这是护腰，时刻都得备着。”

“你肾不好？”

楚天阔白了她一眼：“是腰！”

翌日。

中韩足球友谊赛的消息早就在班里炸开了锅。全班同学大家都想去看球，一个个寻思着借口跟林若阳请假。林若阳心里也长了草，反正班主任不来“监视”，便自作主张取消了中午的排练。

绿茵场上，碧空万顷，万里无云，烈日当头，连吹过的风都是热的。林若阳坐在边线一角，不一会儿，就感觉薄薄的校服裤子被汗水浸湿，死死地粘在大腿上。

也不知楚天阔有没有戴护腰上场？要是戴了，得出多少汗啊？

此时此刻，楚天阔正将球传给一个高中学长，一群人围住他，从林若阳的方向，压根儿看不见那颗众人追逐的小球。

“加油！”

林若阳喊声刚毕，只见足球从人群中飞向蓝天，划出一道优美的抛物线。

“足球社加油！”整个操场被瞬间点燃。

套着橙、绿两种颜色号码褂的两国球队，如箭一般四散开来，朝着足球穷追猛打，霎时间，足球场上响起雷鸣般的加油声。今天的球赛，不仅仅是学校足球社的荣誉之争，更是两国足球之间的荣誉之争。

“跑啊！快跑……”林若阳也不打算保护嗓子了，扯着脖子地叫嚷，“楚天阔！快跑——靠！”

足球边线上突然冒出一个穿橙色球衣的韩国学生，一脚截住足球，猛力向球门射去。

绿色球衣的足球社守门员还在和坐在边上的小女生打情骂俏，压根儿没有意识到抢球的环节已经结束。

球进了。

高丽棒子们欢呼着把抢到球的哥们儿举起来，在一片骂声的中国土地上，欢庆胜利的时刻。

裁判员举牌，1∶0，比赛继续进行。

“嘘——”

裁判员一声令下，楚天阔铆足了劲跟着足球狂奔，从后场跑到前场，又从前场跑到后场，抢到球了！林若阳高兴地一拍大腿，绿球服一个不剩全都跟在楚天阔的左右，橙球衣们像是被我大天朝的气势压倒，都只在各自防守的区域里奔跑，像是彻底放弃了抢球大战。一群绿衣服像移动的小山包，从后场到前场，穿过中线——

“砰！”

一道橙色的风景线从楚天阔面前飞过，足球贴着草皮飞向在一旁等候多时的韩国球员。楚天阔来不及反应，直接被面前的韩国人绊倒，重重地跌在草皮上。

林若阳腾地从地上站起来。只见楚天阔趴在地上，右手捂住后腰，表情狰狞。

“嘘——”裁判员吹哨，示意比赛暂停。

刚才绊倒楚天阔的韩国人试着将楚天阔扶起来，可楚天阔死死地捂住后腰，动弹不得。

空气像是凝固一般，球场上下所有人都不敢动，呆若木鸡地立在原地，关切地注视着和绿茵场融为一体的绿色的楚天阔。

林若阳的眼泪瞬间充满眼眶。昨天还在开楚天阔腰伤的玩笑，没想到……干什么这么拼！把自己弄成这样真的好吗！不就是个足球梦！一个强壮的身体才是革命的本钱！他才这么年轻，顶多十五岁……

医务室的担架由校医从操场的入口拿进来，不一会儿，楚天阔便趴在上面，被两个足球社成员抬出来。担架擦着林若阳的身体而过，林若阳看到楚天阔死死地握紧拳头，全身像被雨水浇过一般，留下被晕染开来、深色的绿意。

林若阳无法体会楚天阔所承受的疼痛，但她知道，那一定很痛，痛到无法忍受，痛到撕心裂肺。

足球赛因为楚天阔的缺席而被叫停。韩国队1∶0获胜。但他们这次没有欢呼雀跃，一脸的淡然，相比之下，足球社的垂头丧气是足球场上最夺目也是最丑陋的风景。

“你还好吗？”

周五一大早，楚天阔照常来学校上课。没有想象中的拄拐，也没有想象中的步履蹒跚，楚天阔像个没事人一样。

“我去器材室帮你把足球包拿回来了，你快缠上护腰吧。”

“谢谢。”楚天阔从挂在桌侧挂钩上的足球包里掏出蓝色的护腰，手脚麻利地撩开衣服给自己绑上，“我没啥事，假摔。”

“假摔？”

“别担心了。”楚天阔淡然地笑笑，“我今天中午不踢球，别忘了，你可答应要教我唱歌。”

林若阳一想到楚天阔那对永远听不准音调的耳朵就头大。不过想想他现在是病号，林若阳也就答应了。

“好吧。老规矩，我先带大家排练，剩下的时间教你。”

第十二章

秘密的开始就不再是秘密

自从葛菲和外校生走到一起之后，William整个人都变得颓废起来。就像是不告而别一般，他也不来学校了。林若阳的午餐只好一个人解决。现在，看着周围一圈嬉笑打闹的小伙伴，她也没什么不好受的。习惯了一个人，其实也挺好的，更清净，更自在。人生中能遇见一个能陪伴你一路前行的人是一件天大的幸事，也正因如此，孤独才是人生应有的常态。

我们都是一个人生，一个人死，一个人思考，一个人彳亍前行。

林若阳端着盒饭在一群低下的脑袋顶上找座位，虽然用餐时间座位紧缺，但一个人的位子却向来好找。

“借过!”林若阳高举着盒饭在座位间穿梭，选了墙角的位置。她最近添了一个新爱好，那就是观察别人。

观察别人真的很有意思。譬如，现在坐在林若阳前面一排的四个女生，虽然有说有笑，但背对她挨着坐的那两个，一个右撇子，一个左撇子，偏偏选了个左右手打架的方位。为什么？是无意识？怕是互相之间，谁都没有留意过对方的生活习惯。

林若阳原本只喜欢站在舞台上任其他人观赏，可现在她觉得那样真的好幼稚。刺目的舞台光一照，台下的一切，什么也看不见。

林若阳的视线在食堂里飘荡，突然被两条腿攫取了目光。

这两个人有没有病啊？在一个可以明明容纳四人的小方格里，坐了个对角线的位置。互相不认识？两个单独吃饭的陌生人？那又何必让两个人挨着的腿时不时地蹭一下？

有奸情！

林若阳眯缝着眼，努力辨认二人面孔，突然一道蓝光闪过，面对着林若阳的人终于将头抬起来，露出了自己的真容。

那只湖蓝色水钻勾勒的蝴蝶别在她厚厚的头发帘上，困在两个人占据的四人方格里。

何小西？

班长……

什么学霸能“柳下惠坐怀不乱”？全是骗鬼的！

何小西和郭宇非恋爱谈得再隐秘，还是被林若阳撞见了。

林若阳一手支着脑袋，另一只手在桌子上胡乱地敲打。眼见何小西吃完起身，郭宇非刚要跟着撤离，突然一个黝黑的身体坐在了班长对面。

楚天阔？

傻不傻啊！是想告诉他们，你已经知道他们的秘密了吗？

只见班长勉为其难地坐在原地，嘴巴对着楚天阔说话，眼神却一路追随何小西，到还饭盒的地方，再到食堂的出口。

“班长，你在找什么？”

郭宇非随口扯了个谎：“没什么，刚才看见一个初一小孩，像我的小学同学。”

楚天阔突然一脸严肃：“班长，你是不是喜欢何小西？”

郭宇非的脸阴晴不定，真没想到楚天阔说话竟然会这么直接。

“咱哥们儿之间有什么好藏着掖着的，喜欢就是喜欢嘛，追不到，我帮你。”

郭宇非心想，你哪只眼睛看出来，我需要别人帮助才能把何小西追到手？他心里虽然这么想，话却不敢这么说。

“别瞎猜了，你一会儿踢球吗？”

“不踢了，腰疼。”

郭宇非恍然大悟：“你昨天去医院，医生怎么说？”

“还能怎么说，让我静养，不让我踢球呗。”

“那就听医生话，别踢球了。”

楚天阔连忙摇头：“我可不敢保证，医生以前就不让我踢，可我一不踢球，我就脚痒痒。”

郭宇非被楚天阔逗笑了：“你说你踢球有什么好的，又不能考特长生加分，还把自己弄得一身伤。找个有意义的事做。”

“可我就是喜欢踢球。”

“那以后身体要是不行了呢？”

“还可以当裁判，当教练，实在不行还可以去当足球赛事的志愿者。班长，”楚天阔虽然敬佩郭宇非学习好又是班干部，但实在是对他的絮叨难以招架，“您能不教训我了吗？还是说说你和何小西的事吧。”

又绕到了这个话题。郭宇非转念一想，既然之前两次在秘密基地都被楚天阔撞见了，也就没什么再隐藏的必要。不过暴露了自己，却不能让流言伤害到何小西。

“我喜欢何小西，向她表白了，但她拒绝了我。”

坐在二人身后好几排的林若阳，只能看见两个人翕合的嘴唇，却什么也听不见。

“你从哪里来……”

什么叫做听不准音，那就是他只会唱12345，却不知道，哪个音的调更高一些，唱出来，2比1低，5比1低都是正常情况，而且，他们根本不知道唱过的12345都固定在哪里，一切都是游离的。

“不对，你听好，你——”林若阳只好一个音一个音地带着楚天阔唱，楚天阔倒是很认真，也不管周围同学异样的目光。之前音乐课上，他一直是靠做口型蒙混过关，但既然选择来参加排练，他就一定要在舞台上发声。

“从——”

“从——”楚天阔跟在林若阳后面，林若阳一会儿向上指指，一会儿向下指指，示意楚天阔应该把音调再往上升或是再往下降。

“哪——”

……

“你从哪里来。”

“你从哪里来。”

“准了！准了！就是这个调！”林若阳激动得不停地拍手，“再来一遍！”

“你从哪里来。”

音乐课前，林若阳已经带着楚天阔找了一遍调，内心祈祷，一会儿上课的时候不要发生任何意外。其实，林若阳一直有件事搞不明白。为什么楚天阔对她的态度会突然发生180度的转变？明明他一直都嫌弃自己幼稚，从不愿跟她讲一句话。究竟是她不再幼稚了，还是楚天阔不再膜拜成熟？

“音乐课，别忘带谱子。”

越是滚瓜烂熟的时候，越是要照着谱子练习。林若阳在班里吼了一嗓子，大家吵吵嚷嚷地向音乐教室走去。

“走吧。”林若阳见楚天阔还赖在座位上不动，便去催他，“马上打铃了。”

“你从哪里来，我的朋友……”楚天阔如魔怔一般小声地一遍遍唱着，林若阳突然出声，倒把他吓了一跳，“怎么了？”

“去上课吧。”

“我怕一会儿唱不好……”

“谁叫你之前一直不来排练？”林若阳佯装生气，“之前要是来排练，何必临时抱佛脚？”

“我之前一直觉得你很烦。”

“你说得还真直接。”

楚天阔慌忙改口：“可我现在觉得你是真的单纯、人好，真心想让咱们班在合唱节上拿奖。”

“So？”林若阳顿了顿，“你现在终于不再命令我了？”

“命令？”楚天阔不知林若阳所指。

“呵呵，现在你终于对我说人话了，原来就是直接下命令。什么‘跟我走’‘去做值日’，总算良心发现了。”

楚天阔嘿嘿一笑：“你是个好人。”

好人又怎么样？还不是一样被排挤？一样被架空？林若阳觉得自己就是人善被人欺，自己以一颗不带任何私欲的赤诚之心对待集体的合唱比赛，换来的却是一群心机婊的暗算。谁不想出风头啊？可能不能为大局考虑一下，把舞蹈加在最前面真的合适吗？

刘老师一直站在林若阳一边，却因为损害了六个人的利益而始终得不到认可。比赛前的倒数第二次排练，“刘妖婆”也算是默认了这加的不是地方的伴舞。

“是谁啊？男生里面，有个人一直在跑调。”“刘妖婆”今天穿了件湖蓝色的公主裙，配上一双银色的高跟鞋，简直就是在模仿灰姑娘。

林若阳机敏地瞥向楚天阔，但见楚天阔嘴唇抿紧，面无表情。

“林若阳，你们班是不是一直排舞，都不练歌了？这是合唱比赛！比的是你们班的合唱，少在那些花里胡哨的东西上下功夫。”

刘老师的话正中林若阳的心思，林若阳微笑着点头称是。“刘妖婆”看自己的学生，少有的赞同自己的看法，内心一阵欢喜。

“直接从合唱的地方开始，再来一遍。”“刘妖婆”不想看他们六个人蹩脚的舞蹈，干脆在每次走台的时候直接忽略。

林若阳面对着合唱台上的同学们，左手一挥，钢琴伴奏起，双手再一挥，悠扬的歌声从同学们的身体里迸发出来："你从哪里来，我的朋友……"

我的朋友，你在哪里？

优美的和声中，林若阳没有听到任何一个不和谐的声音，她的目光不自觉地停留在楚天阔的脸上。楚天阔卖力地张大嘴，露出一排雪白的牙齿。

他在做口型，却做得比任何一个张嘴唱歌的人都标准。

合唱比赛的最后一个步骤，就是选择上场穿的服装。林若阳想在班里开个会，等周末的时候就把这件事解决了。

"班长，咱们用不用在全班商量一下合唱节的服装？"

郭宇非正在抄黑板上的家庭作业："随便啊，你想问就问。"

林若阳心里边一股火涌上来，她盯着郭宇非良久，强迫自己保持镇静。

"好，那我现在就问。"林若阳三步两步跨上讲台，"关于咱们班的合唱比赛，大家有没有想过穿什么？"

台下立刻沸腾起来。

"穿短裙！这样跳舞好看！"

"不行，万一走光呢？"

"那就再买条安全裤。"

"太麻烦了，还不如直接穿校服。"

"校服？那也太丑了。"

"我说的是高中部参加活动穿的制服。"

"那还不如直接管合唱团借服装呢。"

"穿裤子！"

"穿制服！"

"穿短裙！"

“穿长裙!”

……

同学们倒是热情高涨，但就是没有达成一个统一的结论。

林若阳按按微微有些发胀的太阳穴：“这样吧，大家有什么意见，周日上午之前给我发短信，咱们少数服从多数。”

林若阳做出了决定，台下却没有一个人附和，全都沉浸在自己的世界喋喋不休。

“唉。”林若阳回到座位，重重地叹口气。

楚天阔转身，关切地问她：“你明天有课吗?”

“没有。”

“有事吗?”

“没有。”

“我也没有。”

“楚天阔，你到底想要说什么?”林若阳本来就被合唱比赛的破事弄得焦头烂额，说出的话火药味十足。

“你要有事就算了。”楚天阔说话的声音越来越小，“我就是想约你出去……教我唱歌。”

看来楚天阔还是不死心，林若阳都对楚天阔绝望了。明明中午练得好好的，怎么一上音乐课就又找不准调了？还真是执着啊!

不过林若阳转念一想：“我可以教你，不过你要答应我一个条件。”

“什么条件?”楚天阔暗淡的眼睛瞬间被点亮。

“帮我给大家选衣服。”

“好。”楚天阔爽快地答应。

“明天九点，学校门口，不见不散。”

林若阳做了一个梦，梦见自己穿着白色的睡袍，提着一盏熏黄的灯，飘过一片漆黑的森林。树影婆娑，阴风呼啸，她漫无目的地游荡，前方突然出现一片诡异的绿光。一个身影从绿光中走到她面前，她伸出手，随即感受到一阵冰冰凉凉的感觉。

“这是打开生命之门的钥匙。”

手心里赫然多出一把金光闪闪的钥匙，林若阳浑浑噩噩地盯着来人，它模糊的轮廓随着不断明亮的绿光显现，勾勒出一个她再熟悉不过的面孔。

楚天阔！

“啊——”

林若阳从梦中惊醒，冷汗在皮肤上聚集，被透过纱窗的暖风吹拂，冰冷刺骨。

怎么会梦见他？

森林、钥匙、生命之门，这些都寓意着什么？

这一觉睡得她格外疲惫，身体里一股无名的力量悄悄地涌动，林若阳烦躁不安，床上天天伴自己入眠的玩具熊在今天早上看起来格外幼稚可憎。

蠢死了！

第十三章

骚动的青春期

第一次和男生单独出门，林若阳有一种说不出的感觉。尽管明明知道，两个人无非是“师徒”关系，但或许是夜里做梦的缘故，她忍不住想打扮得漂漂亮亮地出门。

穿什么呢？

林若阳打开衣柜，里面花花绿绿的儿童服饰立刻涌了出来。不是米老鼠，就是小泰迪熊，就没有一件成熟一点的衣服。自己都多大了，妈妈还是把自己打扮成一个卡通图案装饰的乖乖女。她渴望成熟性感的衣服，就像葛菲穿的那样。林若阳忽然想起自己还真的有那么一件裙子，纯白的，收腰，V领，无袖，裙摆在膝盖以上，那是参加区艺术节准备的演出服。不那么夸张，穿出去正好合适。

“你在干什么？弄得这么乱？一会儿自己收拾。”

又不敲门就进来！一股无名之火从林若阳的心底冉冉升起。

“我那件白连衣裙在哪儿？”

“你自己的衣服我怎么知道！”

林若阳不理妈妈，干脆在衣柜里继续乱翻，衣服撒在地板上，花花绿绿，林若阳终于在柜子最底下找出了那件被压得皱皱巴巴的连衣裙。

“我要换衣服，你出去！”

林若阳说不出的烦躁，今天就是见谁跟谁打。

“你怎么说话呢？穿成这样，见谁啊？”

“去见同学。”

“哪个？”妈妈不依不饶的问话让林若阳更加恼火。

“说了你也不认识！”

“不认识我也要问！”

“这是我的隐私！我长大了，你少管我！”

“那你就别出门！”林若阳的妈妈干脆一叉腰，堵住林若阳的房门。

“让开！”

“说！去见谁！”

妈妈不依不饶，林若阳急于脱身：“去见何小西，行了吧？”

“那你为什么说我不认识？”

要说去见楚天阔，你还不得以为我们是去约会？

“行了，我们约的九点，要迟到了。”

尽管连衣裙皱皱巴巴，一点也没有白莲花的美感，可林若阳还是觉得自己棒棒哒。至少这是第一次和妈妈抗争胜利的结果。

楚天阔早已在校门口等候多时，他今天穿了一套足球服，黄绿相间，巴西队的队服，黝黑的四肢露在外面，颇有一种南美球员的感觉。

林若阳从楚天阔面前飘过，双手藏在背后，右手朝他挥了挥，算是叫他跟上自己。二人一前一后，保持五步的距离，朝离学校一站地的批发市场走去。

从小到大，批发市场是林若阳和何小西的天堂，二人一有闲工夫就结伴而去。琳琅满目的小玩意儿是小女生的最爱，什么最新出的圆珠笔，毛茸茸的发卡，还有各种各样便宜又新潮的衣服，就算没带足够的钱，光看一圈儿，也让二人感到满足。

林若阳至今都还记得，有一次和林若阳逛批发市场，路过一个买发卡的商店，林若阳瞟了一眼门口挂着的小物件，便直接忽略去了下一家。何小西却拉住了她。

“若阳，你想买‘小帽子’吗？”何小西从缀满发卡的塑料条上摘下一个不足手掌大小的太阳帽，紫色，装饰着紫色的羽毛，淡粉色的小花，还有闪着蓝色荧光的渔网，“我看电视，发现很多选秀歌手头发上都别这个。你将来上电视唱歌，戴上这个一定好看。”何小西一边说着，一边帮林若阳别到头上，“真好看，你照照镜子。”

林若阳任由何小西把她拉进店里站在镜子前。林若阳真心觉得这个浮夸的发卡让自己看起来好蠢，可何小西一直在旁边夸赞她戴上去之后有多漂亮。

“我不……”

何小西像打了鸡血一样，根本不给林若阳插话的机会，帮林若阳设计发型，一旁的售货员也跟着起哄，不停地夸何小西眼光好。

或许真的像小西说的那么好看？林若阳有些动摇。看着镜子中的自己，一股陌生感涌上林若阳的心头。或许正如何小西所言，自己应该尝试一种全新的风格。

“若阳，你说我戴会不会也很好看？”何小西突然回头问林若阳。

“不是你的风格吧？”何小西比自己还素净，林若阳怎么也想象不出来她戴上去会有什么样的效果。

“我也试试。”何小西拿了一个玫瑰粉色的“小帽子”别在自己头上，“好看吧？很时尚，对不对？”

林若阳也不知道是不是自己的审美出现了什么问题，何小西和售货员全都沉浸在对这件饰品的无限欣赏之中。何小西像压抑多年突然爆发的火山，脸上的笑意止不住，话如洪水般滔滔不绝。

“阿姨，多少钱？”

“15一个。”

“20俩。”何小西看了林若阳一眼，那眼神里闪着摄人心魄的光，容不得林若阳拒绝。

“好吧。”林若阳不情愿地递过一张10元钞票。

售货员欣然接过两人的钱，何小西将“小帽子”戴在林若阳头上，自己对着镜子好半天，才将新买的发卡别在厚厚的头发帘上。

“上学的时候一起戴怎么样？”何小西提议。

林若阳早已忘记当时自己是怎么回答何小西的，她只知道，两顶“小帽子”自从买回来，谁都没有再戴过。

商场里冰冷的凉气迎面扑来，满身大汗的林若阳打了个寒战。

“你打算什么时候教我唱歌？”楚天阔以进进出出汹涌的人群做掩护，在林若阳耳畔轻轻地问。

“选完衣服。”

一进入商场，林若阳和楚天阔的距离缩小到一步。一步的距离，林若阳刚好可以跟楚天阔说上话。

“你觉得这个怎么样？”林若阳拿出一件红色复古连衣裙，衣服的标牌上，写着50一件，“女生穿。”

楚天阔抓耳挠腮，没了球场上的来去自如。

“挺好的。”

林若阳掏出手机，正打算给选好的衣服拍照，只见屏幕上显示着何小西的未接来电，正在迟疑的工夫，葛菲的电话突然打进来。

“喂？”

这些奇怪的人怎么都在找自己？

“你衣服穿多大的？”电话里传来机器运转的嗡嗡声，葛菲语气急躁，“腰围多少？”

“一尺六，你要干什么？”

“给你做衣服。”葛菲说完，手机挂断。

林若阳真想抽自己一个耳光，明明已经决定不再管合唱比赛的事，看她们尽情表演，为什么还是犯贱，非要来挑衣服！

林若阳，你能不能有点志气！

“葛菲把大家的衣服包了，不需要我们了，走吧。”林若阳低着头，沉默良久，突然朝楚天阔露出了一个大大的微笑。

“你哭了?”

“你是在夸我的眼睛变得水汪汪吗?”

楚天阔呆呆地盯着她：“其实……其实……”

“我没事。”林若阳吸吸鼻子，转身走出批发市场，“我有些累了，想回家，改日再教你唱歌。”

楚天阔点点头，默默地跟在林若阳身后，穿过僻静的小巷，走过热闹的马路，两人一路无言。

“前面就是我家了。”林若阳在一棵梧桐树下止步，斑驳的树影在地面上勾勒出一幅明暗交错的地图，披在她身上，“你走吧。”

楚天阔含含混混地答应：“你还好吧?”

“我很好，你不用担心。”

楚天阔注视着林若阳。晶莹的泪光在那双算不上楚楚动人的大眼睛上跳跃，笑意如同透过树叶缝隙溅在上面的阳光，散发迷人的光芒。

“是金子总会发光。”

“嗯。”林若阳用力点点头，不再去管呆立在原地的楚天阔，大步朝家的方向走去。眼泪在一瞬间奔流而出，都说笑着哭最痛，林若阳终于明白这句话的含意。

“你刚才和谁在一起?”林若阳还没掏出钥匙，妈妈已经打开大门。

“何小西。”林若阳脸上的泪痕还没有干。

“何小西刚刚来家里找过你。”

周一早读，林若阳被突然调到教室的第一排，用班主任的话说，是让她乖乖地待在老师眼皮底下好好学习。可林若阳知道，一定是妈妈给班主任打了电话。妈妈无论如何也不会相信她和楚天阔之间什么都没有，与其越描越黑，倒不如什么也不说。大人们就是烦，一定要管东管西，像监视小偷一样，把一切纯洁的情感都想得那么龌龊。

“要将早恋扼杀在摇篮里!”

“我和他只是同学关系。”

“普通同学也会一起出去玩？你当我没谈过恋爱啊!”

“我们有正事……”

“什么正事？何小西都告诉我了，你们班那个富二代家里就是做服装生意的，把所有人的演出服都包了。大家都知道。你少骗人，说，你们去哪儿约会了!”

“你宁肯相信何小西，也不肯相信我吗?”

“对！人家何小西学习好，踏实认真，你怎么能跟她比。”

“我到底是不是你的亲生女儿!”林若阳“砰”地摔门，躲在自己的小房间，号啕大哭。

“你开门！我话还没说完呢!”

林若阳将头埋在枕头底下，撕心裂肺地痛。

时隔一天，林若阳的眼睛依旧红红的，坐在第一排，呼吸着新鲜的粉笔末，感受从老师口中时刻飞射出来的唾沫星子，林若阳头痛欲裂。

学习好，人品就一定好吗？林若阳看向坐在教室中央的何小西，英语老师在黑板上写着板书，她却始终低头奋笔疾书，根本不去看黑板，摊开的数学练习册上密密麻麻画着彩色的笔记。没有人会去管好学生在课堂上干什么，因为这是优等生的特权。

小时候，林若阳总觉得好好学习是为了满足父母的期待，一瞬间，她忽然明白了老师常说的一句话，学习不为别人，只为自己。如果她的学习成绩能和何小西对调，那么现在，所有人的天平都会倒向她的一边。

真可悲!

如果真有那么一天，林若阳一定不会成为她现在最讨厌的人。

“林若阳，你来翻译这个句子。”

林若阳从神游中惊醒，看着一黑板圈圈点点的英文，蹦不出一个字。

学渣就是学渣。

“你坐下，何小西，你来翻译。”

何小西迅速从数学模式中转换出来，准确无误地回答了老师的问题。

人家不用听讲就什么都会，林若阳，你们从小一起长大，怎么会差这么多？

好不容易熬过上午，林若阳半点胃口也没有，干脆趴在课桌上，消磨排练前的休闲时光。一个简简单单的合唱比赛，怎么会惹出这么多事？先是跟葛菲打，接着又跟何小西绝交，何小西跟班长谈了恋爱，班长对自己爱搭不理的，跟从没说过话的楚天阔好不容易成了朋友，现在也不能一起说话了。

怎么这么烦！

自动铅笔在课桌光滑的表面上委屈地转着圈，留下点点石墨的黑印。

“林若阳，你妈来了。”

林若阳目光呆滞地从班长身旁走过，郭宇非像个忠心耿耿的骑士，始终目不斜视。

“今天来找您，是想问问若阳最近的情况。”林太太穿着一件规整的黑色套装，趁午休的工夫赶到学校，“电话里说不清楚，只好耽误您午休的时间。”

“林若阳最近挺好的，为班里的合唱比赛尽心尽力。”班主任打着官腔，对林若阳不待见，对她的家长自然也不会有多热情。

林太太在官场中摸爬滚打多少年，自然听出了班主任的弦外之音，但为了女儿的未来，她还是决定继续问下去：“这学期也不剩几周了，明年就要中考了。依您看，若阳能不能升本校?”

班主任的嘴角不自觉地上扬，尽管努力克制，还是忍不住嘲笑林太太的想法：“如果是凭成绩，肯定考不上。不过您要是有其他路子，也可以试试。”

“我是说考特长生。”

“那我就不清楚了，高中的艺术特长生要参加全区的考试，另外，就算考试过了，给特长生的录取分数只能降20分，以林若阳现在的状态，加了这20分也考不上。”

林太太的脸上有些挂不住：“若阳学习不是很努力，而且学校经常放学留她排练到很晚，她回家都没时间学习，直接就睡了。”

“以她的刻苦程度，要是再谈了恋爱，估计连现在的成绩都考不出了。”

“若阳……”林妈妈突然看见林若阳面色凝重地站在班主任身后，刚才那么伤人的话，她应该也听到了。林妈妈感到前所未有的自责，早知学校如此见“分”眼开，就不该让女儿来这所学校。

“不管您信也好，不信也好。我跟楚天阔什么都没有!”林若阳强压憋闷在心中多日的委屈，眼泪抑制不住掉下来，对林妈妈吼道，“打过电话还不够吗？还要来学校干扰我的生活？您女儿需要一个能够交心的人。您不是，何小西也不是!”

林太太惊异地看着林若阳，林若阳满脸通红，恶狠狠地瞪着她，眼神中的戾气是她从未见过的。怕是女儿误会自己跑到学校是来告状的，林妈妈只觉一阵寒心。

哼！误会就误会，我是你妈，你还能拿我怎么样?

“我是为你好。”林妈妈白了林若阳一眼，女儿的突然发作真是让她在老师面前丢尽了面子，“老师，我先回去，若阳麻烦您了。”

“没事。”班主任朝林太太摆摆手，“我就不送了。林若阳，送送你妈妈。”

林若阳和林太太打擂般地对望了三秒钟，旋即决定各走各的路。

“林若阳，你怎么哭了?”楚天阔抱着足球，和林若阳在教学大楼的侧门相遇。

“我们不该避嫌吗?”

楚天阔擦了擦额头上的汗：“为什么?”

“那天何小西来我家要衣服尺寸，我跟我妈说我是和何小西一起出门的。后来，她在楼上看到咱俩在梧桐树下讲话。”

“这有什么？是阿姨想太多了，我们只是纯洁的朋友关系。你说呢?”

“你是没有关系，学习好，什么都是对的。”

楚天阔想了想：“以后学习上有什么不会的，可以问我。”

林若阳很不给力地有些迟疑：“让我再想想。”

想，林若阳一想就到了周三，又到了楚天阔足球比赛的日子。

楚天阔在足球场上望眼欲穿，足球边线上稀稀拉拉的人群像显微镜下疏离的人体口腔上皮细胞，每个人都被放大数十倍，每张面孔都清晰可见。

没有那个笑容灿烂的女孩，没有那个如火般燃烧的身影，一颗心，空落落的。

“比赛开始——”

直到球传到楚天阔脚下，楚天阔才真正意识到比赛已经开始。楚天阔心不在焉地追着球，思绪又飘到歌声洋溢的教室。

“你从哪里来，我的朋友，好像一只蝴蝶，飞进我的窗口……”

楚天阔不知不觉放慢奔跑的步伐，脑中的旋律渐渐从口中悄悄流出。

“砰——”

楚天阔不知被谁撞了一下，跌倒在地。

疼!

有旧伤的腰疼，来不及收回的右脚更疼！

“楚天阔！”

楚天阔的耳畔响起林若阳清脆的声音，恍惚中，他看见林若阳带着一团火向他极速冲来，疼痛如贪婪的巨蛇，将他的意识一点点吞噬干净……

“我们从第……”

“轰隆——”

晴朗的天空不知何时被阴云覆盖，林若阳话说到一半，就被惊雷打断。

她知道今天是足球社的比赛，楚天阔没来排练，一定是去踢球了。也不知他的腰伤好没好，虽然他说是假摔，但林若阳不信一个人能把不痛演得那么痛。

“我们从……”

“演出服到了。”林若阳再次被打断，葛菲摆弄着手机，“来几个男生帮我下去搬。”

林若阳面前的合唱队立刻作鸟兽状散去，男男女女沉浸在迎接新衣服的无限的欢乐之中，唯有林若阳感到深深的不安。

最后一次排练，“刘妖婆”带大家去了比赛场地。为了撑足学校“德智体美劳”全面发展的门面，学校不惜花大价钱，租了区里的工人俱乐部，完成这一场没有盈利的演出。各个班也不惜血本，似乎除了林若阳的班级有葛菲这样得天独厚的条件外，都自掏腰包准备演出服，有租的，也有买的。反正所有人不管是真是假，全都一副乐在其中的样子。

何小西别着郭宇非送给她的蓝蝴蝶发夹站在舞台的正中央，浓密的刘海遮住难看的胎记，却遮不住何小西内心炽烈的焰火——她要成为所有人的焦点。

郭宇非站在何小西身旁，眼神目不斜视，避开林若阳的手，像个忠贞不贰的护花使者，可谁又知道，那深不见底的双眸后面究竟隐藏了多少不可告人的心思。

William站在最后一排的正中间，些许憔悴的面庞还是掩盖不了精致五官的魅力，西方人独有的深邃轮廓在舞台灯的照耀下更加挺拔俊朗，英气勃勃。

葛菲坐在钢琴后面，趁着排练的工夫，时不时玩玩放在钢琴上的手机，不知又是哪个男朋友发过来的。

楚天阔的位置空空如也，从昨天中午开始，他就没再出现过。

受伤？发烧？他还能不能参加星期二的演出？

“不用给他留位置。”“刘妖婆”喝令站在楚天阔身边的男孩。

林若阳惊异地看向“刘妖婆”：“楚天阔不参加比赛了吗？”

“刘妖婆”意味深长地看了林若阳一眼，没有回答。

“生病了？”

林若阳按下“发送键”，她终于想好了给楚天阔的答案。

第十四章

洋娃娃和小熊跳舞

腰肌劳损外加右脚大脚趾关节骨裂，在未来的很长一段时间里，楚天阔算是告别足球了。不能重返绿茵场，也不能参加合唱比赛，楚天阔平躺在床上，夹板固定的右脚搭在蜷曲的左膝盖上，优哉游哉地仰望浅绿色的天花板。

因为热爱绿茵场，楚天阔酷爱绿色。绿色是自然，是流动，同样，作为红色的对立面，又能让人想起红色所蕴含的澎湃激情。楚天阔支持国安，喜欢巴西足球，皆因为他们球服上，那令人舒畅却又能点燃激情的绿色。

如果用颜色来形容林若阳，那一定是绿色和红色。

“叮——”

楚天阔解开屏锁，林若阳的短信映入眼帘。

期末考试在即，学校才不会牺牲正课时间来举行合唱比赛。星期二下午的第二节，是雷打不动——充当自习的班会。仅牺牲下午第一节的正课来举办合唱节，是学校最好的权宜之计。

虽然校方是如此考虑，但无论是学生还是任课教师都辜负了他们的一番苦心。此赛当天上午，每个任课老师走进教室的第一件事，就是询问合唱比赛的相关事宜。

“准备得怎么样?”年轻的英语老师如是问。

“给我演一遍。”强硬的物理老师命令道。

“能拿第一吧?”书生气十足的语文老师弱弱地说。

几乎每节课都变成了排练场，还不如一大早就开始比赛，似乎唯有一向分比天大的班主任在比赛前的最后一节课，生生地往大家旋律萦绕的大脑里灌输玄而又玄的数学符号。

“铃——”

一个小时之后，就在十三时零分，期待已久的合唱比赛，正式拉开帷幕!

“尊敬的各位老师——”

“亲爱的同学们——”

“大家下午好!”

“合唱的旋律伴随着青春的步伐走进这个夏天……”

两位主持人浓妆艳抹，穿着华美的礼服，在舞台灯光的映衬下，散发着青春的色彩。林若阳清楚，这是高中生特有的风貌，和他们这些没完全长开的初中生一比，更衬得女生漂亮、男生帅气。

所以学校各类演出活动露脸的机会统统让给高中生。连这次合唱比赛的演出也是，开场的第一个节目，是校合唱团参加区艺术节的曲目，由高中合唱团担当，初中部的梯队，只有坐在台下鼓掌的份。

林若阳一直站在幕后，谁叫周五郭宇非抽签的时候，中了头彩。

“咱们班第一个上场。”林若阳的右手在手机上飞快地打字，虽然发给楚天阔的短信都石沉大海，但林若阳仍然向他实时转播合唱比赛的最新动态。

为了弥补，没教他唱歌的遗憾。

“感谢校合唱团带来的精彩演出。友情，是青春永不磨灭的话题。思念，是对友谊最好的追溯。成长过程中的苦辣酸甜，最终都会随着时间的流逝，变成人生长河中最灿烂的星斗。下面有请初二（3）班为我们带来童声合唱《思念》。”

同学们按照排练好的队形跑上舞台，一个个第一次穿高跟鞋的女生东倒西歪、不会走路，一个个第一次扎领结的男生被勒得喘不过气，拙劣的舞台妆画出一个个腮红不均的“鬼脸”，在单薄的铁架上，感受舞台灯炽烈的烘烤。

“手机关机！”刚从舞台上下来的“刘妖婆”突然出现在林若阳身后，没收了她的手机，“电磁干扰懂不懂？”

林若阳没来得及抢回来，就到了指挥偕钢琴伴奏上场的时间。

昂头向上45°，眼睛看二楼观众，舒展、挺拔。舞台经验丰富的“刘妖婆”把自己三十多年的“文艺气息”悉数传给林若阳，台下掌声雷动，耀眼的舞台光带着母亲手掌的温度，轻轻拂过林若阳精致的五官，小巧而挺拔的鼻子、清澈空灵的双眸、饱满圆润的嘴唇还有不带一丝污垢、洁白如雪的肌肤……

享受。

一切都已成定局。

音乐是快乐的源泉。

林若阳优雅地伸出右手，和葛菲对望，邀请钢琴伴奏与她一同鞠躬。起身，大踏步地走到葛菲身后。

“1、2、3！”何小西轻声下着口令，六个人从各自的位置跑到舞台中央，开始了那段无伴奏舞蹈。

“蓝蝴蝶”随着何小西的舞动上下翻飞，却在强光的直射下，形成刺目的镜面反射。脚下，女生们黑色的细高跟轻盈地踏出鼓点，可郭宇非却一次次紧张地迈错步子。林若阳站在幕侧，将这些瑕疵看得清清楚楚，暗自祈祷一切都能平安无事。原本平静的内心像被乱石击中，紧张如汹涌的大海，一浪高过一浪。

终于，何小西的纤纤玉足被郭宇非那双笨重的黑皮鞋绊倒，重重地跌倒在地。林若阳想冲上去，将她扶起来，可如果连指挥都乱了方寸，他们的演出必然以悲剧收场。

这只是舞蹈的瑕疵，这是合唱比赛，绝不能连合唱都牺牲！林若阳看了葛菲一眼，示意她直接开始起伴奏，另外四名女生急中生智，将何小西仓皇扶起来。终于在葛菲的钢琴声中，结束了这场闹剧。

镇定。

镇定。

林若阳面带“祥和之意”地走到合唱台中央，刘老师教过她，无论在舞台上发生什么都要保持镇静，作为指挥，尤其不能慌乱。

背对观众，林若阳夸张地对合唱台上的演员们勾起嘴角。

笑。

这是友谊之歌，是多年重聚后的欢唱，虽然上学的时候和同学相处的过程中免不了冲突、碰撞，但所有的点点滴滴，都是日后重聚时最珍贵的回忆。

林若阳将双手放在胸前，两块笑肌微微发酸，终于，面前一张张愁眉不展的“鬼脸”变成了世界上最美丽动人的笑脸。再熟悉不过地进入旋律，林若阳双手一挥，同学们清脆的声音随着4/4拍的手势倾泻而出。林若阳什么都不记得了，不记得被“刘妖婆”没收的手机，不记得刚才出糗的舞蹈，不记得被架空的尴尬，不记得缺席的楚天阔。

享受。

洋娃娃和小熊跳舞，唱着欢快的歌。

音乐是快乐的源泉。

你从哪里来
我的朋友
好像一只蝴蝶飞进我的窗口
不知能作几日停留
我们已经分别得太久　太久

你从哪里来

我的朋友
你好像一只蝴蝶飞进我的窗口
为何你一去便无消息
只把思念积压在我心头

你从哪里来
我的朋友
好像一只蝴蝶飞进我的窗口
不知能作几日停留
我们已经分别得太久　太久

你从哪里来
我的朋友
你好像一只蝴蝶飞进我的窗口
难道你又要匆匆离去
又把聚会当成一次分手
难道你又要匆匆离去
又把聚会当成一次分手
又把聚会当成一次分手

多年以后，每当林若阳听到这首曲子，脑海里总会浮现合唱比赛时的场景。一切就如同昨天，同学们一张张充满稚气的脸，就定格在舞台上，定格在这个热情洋溢、漏洞百出、少了楚天阔的午后。

第十五章

失联是解决问题的最佳方法

就算林若阳摆出比阳光还灿烂的笑容，都阻止不了合唱比赛注定的悲剧。获奖名单出来以前，是评委点评，学校从区里文化局请来的一个“大师”，对初二（3）班的演出格外“关注”。

“同学们的表现都非常好，这个嘛，非让我指出不足，那我就不客气了。”在经历一番“违心”的赞扬之后，“大师”直奔主题，“有的班也不知道是怎么想的，比如今天第一个出场的班级。这是合唱比赛，歌唱得挺好，本来能拿高分的。偏要在之前加一段舞蹈，还是无伴奏，让人看了都不知道想要表达什么。不过也值得表扬，出了状况能及时补救，对于业余选手来讲，挺不错。”

林若阳坐在台下，双手环抱住双臂，强劲的空调风吹得她阵阵发冷。脸上青一阵，白一阵，幸而坐在角落里，才没人看出她的异常。隔了一排的何小西，在林若阳斜后方嘤嘤地啜泣，另外四个参加舞蹈的姑娘围在她身边，不住发出低声的安慰，还不忘咒骂所谓的“大师”一点也没有艺术鉴赏力。

被人当着全校师生的面狠狠扇了一个耳光，初二（3）班的脸算是丢大了。“罪魁祸首”葛菲安然地坐在林若阳前面玩着手机，林若阳身边的男生们叽叽喳喳地说些猥琐的黄段子，几乎湮没了评委的指手画脚。唯有何小西如被利剑击中，诚然，若不是她在舞台摔倒，这蹩脚的舞蹈只会成为大家沉默不语的心照不宣。

葛菲突然在座位上扭动起来，似乎在找一个玩手机最舒适的姿态。越来越多的同学转过身，去安慰梨花带雨的何小西。可郭宇非像个木讷的呆子，和林若阳一样，眼睛盯着明亮的舞台，思绪却飘到脑后。

“吵死了！”葛菲突然回身朝何小西大吼。何小西的哭声猛地一滞，忽然变成窒息的抽动，让旁人看不下去。

“你干吗！你自己不关心班集体，还不让别人管啊！”一个舞蹈演员朝葛菲吼回去。

“神经病！”葛菲白了她们五个一眼，干脆捧着手机离席。

林若阳这才想到，比赛已经结束，“刘妖婆”该把自己的手机还回来了。

林若阳跟在葛菲后面，像极了尾随而出。二人一前一后穿过幽暗狭窄的出口，走进宽敞明亮的大厅，林若阳便从葛菲身边猛地冲过，只听见一阵狂野的爆笑从葛菲口中传出，林若阳大惊，该不会是这次打击太大，葛菲疯了？

林若阳不敢再往前走，站在原地，痴呆地看着葛菲。

葛菲笑了好一阵，披肩发散乱地抖动，像极了杨丽萍演的梅超风。

“你是不是特别开心？”葛菲平静下来的第一句竟是对许久不曾说过话的林若阳。

“有什么可开心的。”

“你不是一直不想加舞蹈吗？被当着全校人的面骂，你会不开心？”

神经病！

“我看你倒是开心得不行。”林若阳转身要走，却又被葛菲叫住。

“我就是开心，你看何小西摔得那样，小婊砸终于遭报应了。”

“你嘴巴放干净一点！”就算林若阳和何小西绝交，她也绝不许任何人侮辱自己的朋友，“这舞蹈是你非要加的，还挑拨了我跟小西的关系，你就没有一点羞耻心？”

葛菲不怒反笑："你跟我还真是一样的傻啊。"

林若阳生病请假的星期一，葛菲鲜有地乖乖在教室上课，准备中午的排练。林若阳没来，葛菲有些小小的失落。上周五放学后在"秘密基地"的谈话，让她对这个昔日的对手，有了全新的认识。林若阳的顾全大局、忍辱负重，是她所不具备的才能。

父母，是葛菲最大的痛。葛菲的爹葛大壮是典型的暴发户，初中毕业就离开农村，到大城市打拼，搬砖、洗碗、当保安……几乎什么都干过，终于在第五个年头，在郊区的某个批发市场里，葛大壮租到一个服装摊位。

就是在服装摊上，葛大壮邂逅了葛菲的亲妈——同乡王新莲。王新莲比葛大壮大三岁，是某公司的采购员。那天，王新莲的公司委派她来找定制服的厂家，葛大壮只做成衣生意，但一听有钱可赚，人穷胆大，便指望依靠二人的老乡关系拿到这笔订单。

王新莲本来都选好另外一家商铺，但一见到葛大壮，立刻改变了心意。葛大壮年轻的时候很帅，浓眉大眼、鹰钩鼻，皮肤白皙，身材魁梧，相比之下，王新莲只有自惭形秽的份。身高一米五，体重五十五公斤，像个圆滚滚的土豆，二十好几的人了，还一脸的青春痘。

葛大壮忍了，为了这笔订单，"王姐"地叫着，最后改口"新莲""莲儿"。

葛大壮和王新莲结婚了，因为王新莲不仅能帮葛大壮拿到自己所在公司的订单，还能介绍其他公司的大生意。都说女大三抱金砖，葛大壮一跟王新莲结合，命运立刻翻转。

葛大壮有钱了，不再做制服生意，改走国际时装路线，同时，改了土气的名字，休了土气的老婆。

葛菲一直跟在王新莲身边长大，直到小学毕业，由年轻高雅的继母领进艺术特长生的考场，回到父亲葛约翰的身边。

虽然葛菲的生活不缺乏物质，但她的内心总是深深的自卑。

为了保持身材，葛菲不吃午饭。星期一的中午，她没有像往常一样躲进“秘密基地”，而是在座位上思考：林若阳没来上学，中午的排练还要继续吗？

“葛菲，我想跟你谈谈。”何小西挡住了葛菲左侧明媚的阳光，阴影笼罩在她黯淡无光的面庞上，让本来就没什么存在感的“学霸”，更生活在阴影里。

“什么事？”葛菲高傲地扬起尖尖的下巴。

“关于合唱节，你有什么想法？”

葛菲上下打量何小西，她要是有什么意见，为什么不对她的闺蜜，同时也是合唱节的负责人林若阳讲？葛菲没有说话，何小西表面上的平静，只能骗骗林若阳这种没经过大起大落的“小白兔”，葛约翰身边的莺莺燕燕随便拿出来一个，都比何小西更难斗。

“我想在合唱之前加一段舞蹈，你领舞，好不好？”

葛菲没有答复。

“其实，我一直很想跟你做朋友。但是你知道的，若阳一直对你有敌意，号召大家不去参加你的钢琴演奏会。这次合唱比赛，她也不希望你参加。”何小西顿了顿，接着说，“有些话，我不该对你讲。但我真的不认同若阳的某些行为。”

“哦？”葛菲挑眉，虽然当时林若阳听到了自己打给生母的电话后没有反应，但她真的好怕林若阳识破了自己的伪装，然后像最恶毒的长舌妇一般，把它撕下，展现给每一个人。

“虽然是竞争关系，但也不能把别人的隐私当做打倒对手的武器。葛菲，你听明白了吗？”

葛菲冷笑，心中对林若阳的好感荡然无存，取而代之的是更加强烈的厌恶，是对林若阳人品的鄙视。

何小西赢了，用自己连蒙带猜的谎言赢得了葛菲对林若阳的仇恨和最彻底的报复。

“其实何小西她根本就不知道我父母离婚的事。”葛菲一脸平静地对林若阳说道，“是我自己心虚，对号入座。以为你们是连心都长在一块儿的闺蜜，她对你的中伤，说实在的，没有人会不信。”

林若阳深深地叹了口气：“真不知道，何小西为什么这么恨我?”

“这些玻璃心的妹子，也不知道你什么时候就给得罪了。”

林若阳呆了半晌，突然说道：“我要跟何小西摊牌。”

“你还不死心吗?”

林若阳冷哼：“如果连相交十四年的朋友都会捅刀子，又让我如何相信你?”

“这么快就学会了?”葛菲笑笑，“说实在的，我真想和你交个朋友。不过我初三的时候就要出国了。期末考完试，我要办个临别party，你一定要来，让我见识见识，‘小白兔’怎么跟‘心机婊’摊牌。”

“不劳你费心。”林若阳半开玩笑地说，“还是学机灵点，不要再被骗了。”

葛菲望着林若阳远去的身影，连日来的阴霾一扫而空。

都说有个可敬的对手是人生的一大幸事，因为没有一个朋友，能比她教会你更多的东西。

直到期末考试结束，“刘妖婆”才把林若阳的手机还给她。林若阳以为仰仗着自己和“刘妖婆”的关系能够网开一面，结果“刘妖婆”还是一丝不苟地按照学校的规章制度办事。拿到手机的一刻，林若阳都快气炸了！短短十天的工夫，手机竟然欠费停机了！

老妖婆，你究竟拿我的手机干了什么！知不知道，我在等一个很重要的回信！

没有手机的十天里，林若阳的生活过得格外的安静。她变成了绯闻绝缘体的伪“学霸”，学渣的成绩，却如学霸般两耳不闻窗外事，一心只读圣贤书。

合唱比赛一结束，林若阳就开始上家教课，这次不是妈妈看不下去她的成绩，威逼利诱的结果，而是林若阳主动提出来的。

“我想好好学习。”

林妈妈听了女儿的宣言，激动得热泪盈眶。

“没关系，不着急，只要你能比分数线低20分以内就行。”

“不，我要超过何小西！”

林若阳的决心之大，令林太太动容。她从没见过女儿能在书桌前不东张西望地写上一个小时的练习题，也从没见过女儿在临考前碰都不碰手机，更没见过哪个老师夸过自己的女儿聪明。虽然比赛结束后，距离考试只剩五天，但林妈妈坚信，临阵磨枪，不快也光。

相比于母亲的自信，林若阳内心更多的是深深的焦虑。学校的每次大考，都是按上一次考试年级排名分的座次，林若阳上次月考考了全班倒数第一，蜷缩在角落里的座次第一次像今天这么刺目。

“听说你最近在发奋？”葛菲上次只比林若阳高了一名，坐在林若阳前面，语气中略带嘲讽。

“是的，我要好好学习，为中华民族崛起而奋斗。”

葛菲笑笑：“Good luck！”

“你这个美帝的走狗，马上都要出国了，还来参加考试？”

“为了给你创造一个前进一名的机会。”

林若阳装出一副慷慨赴死的样子：“不用，你赶快化成一只蝴蝶，飞去美国的大地上吧。”

林若阳一引用《思念》的歌词，葛菲便想起了一件事：“对了，‘刘妖婆’让我通知你，结业式后，去音乐教室找她。”

“呵呵。”

十天了，楚天阔该回条短信了吧？

可谁能又想到，“刘妖婆”会把林若阳的手机搞到欠费停机。十天下来，也不知道楚天阔给没给她发过短信，万恶的座次表还把楚天阔和林若阳分到两个天壤之别的考场，根本没有见面的机会。

楚天阔有没有参加考试，直到结业式公布排名的时候，林若阳才得知。

“郭宇非，班、年级第一。”班主任带头鼓掌，“班前进一名，年级前进七名。”

“楚天阔，班第二，年级第九。班前进三名，年级前进十七名。”

“何小西，班第三，年级第十七。班后退两名，年级后退十六名。”

班主任念着，何小西将头深深地埋进臂弯里。

“之后的，大家自己看。对了，还要表扬一名进步突出的同学。”班主任的眼睛在班里转了两圈，落在眼前林若阳的身上，“林若阳这次考了全班倒数第十，终于远离年级倒数第十了。”

同学们起哄地鼓掌，林若阳怎么听这话，都有种讽刺的意味。

“我曾经答应过大家，谁的成绩能在年级里一次提高五十名，我就给他奖赏。林若阳这次提升了五十六名，我给她准备了一份礼物。”

林若阳坐在教室第三排第一个，单手拿住班主任递来的光盘。

“你为咱们班的合唱比赛付出了很多心血，这是演出的视频。马上升初三了，希望你能保持现在的态势，就算是特长生，合唱团的事也可以放下了。”

“哦。”林若阳还没明白班主任最后一句话的意思，就已经和葛菲一起，来到了音乐教室。

“咱们的合唱团要去录音棚录一张光盘，会占用大家暑假的时间。”“刘妖婆”话一出口，台下抱怨声连连。

“刘老师，”林若阳举手，“我们升初三的，假期都报了课外班，没时间。”

“能进录音棚是件光荣的事，不是每个人都有这样的机会。有课外班的可以调课，不能参加这次的录音，是你们的损失。”

“可是……”

“没有什么可是的。从下周一开始，每天早上八点在学校集合。”

“我报了化学班，要提前学……”

“不要跟我说，你自己想办法。”“刘妖婆”的手机突然响了，“散了吧。”

林若阳脸涨得通红，急得都快哭了，旁边的葛菲还是一脸淡然。

“你不是要出国吗？暑假不用准备？”

葛菲看了林若阳一眼：“要准备啊，而且，周一我要开party。”

“那你为什么不跟她讲？”

“直接消失不就好了。”

林若阳愕然地看着葛菲，目送她消失在自己的视野里。

“楚天阔，你这次考了全班第二，棒棒哒！身体怎么样？我的手机被‘刘妖婆’没收了，今天才还给我。”

“上次说到，咱们班第一个上场。舞蹈的时候，何小西被班长绊了一跤，很狼狈。被当众批评了。什么奖都没拿到。不开心。”

“看到了，请回复。我很担心你。”

林若阳将这三条短信发出去，就静静地守在一边等回信。楚天阔却像从这个世界上消失了一样，一天，两天……始终没有答复。

连初三报到的日子都没见到他的身影。

第十六章

最后一次疯狂

林若阳直接翘了学校的录音任务，去上化学课，果真如葛菲所言，失联是解决问题最好的办法。林若阳没有接到“刘妖婆”对她威逼利诱的短信，学校方面，也如同失联的楚天阔，没有询问过林若阳的行踪。

下了化学课，林若阳直奔葛菲预订的五星级酒店。下课的时间有些晚，林若阳迟到了，大家已经全部到位，就等她一个人开餐。

葛菲穿了一件蕾丝黑裙，小露香肩，脚下一双十厘米的红色高跟鞋，丝毫看不出初中生的模样，倒是一屋子穿着运动装的同学们，透露了大家的真实年纪。

“你今天真漂亮。”

葛菲没有说话，拍拍自己右手边的空位，示意林若阳坐过来。空位的另一边是神情尴尬的何小西。何小西今天穿了一件粉色的小碎花布裙，纯棉质地，上面微微有些褶皱，虽然没有葛菲的衣服性感华美，看起来也是精心挑选过的。那只“蓝蝴蝶”依旧趴在她厚厚的刘海上，对着面前的郭宇非翩翩起舞。

谈了恋爱的人就是不一样。

葛菲的左首边坐着六个男生，紧挨着她的，是她的外校男友。今天William也来了，坐在班长的左边，还有三个，是曾经和葛菲谈过恋爱的男生。楚天阔没来，林若阳有些失望，明知道他和葛菲不是朋友，又怎能指望他会在这里出现。郭宇非有意无意地坐到了何小西的对面，目不斜视，朝着葛菲的方向，从表情上看不出任何端倪。可谁又能知道，桌子底下正发生着什么？

“你们喝酒吗？”葛菲问。

郭宇非一本正经地说：“未成年人禁止饮酒。”

“来瓶82年的拉菲。”葛菲直接无视郭宇非的存在。

空气凝固了一下，旋即被何小西化解。

“我也不喝酒。”

“都不喝？”葛菲高傲地巡视一周，眼睛落在将红酒瓶放进冰桶的服务员。

“我喝！”林若阳大义凛然地举起面前透明的高脚杯，“给我倒满！”

服务员诧异地看向她，葛菲“扑哧”一声笑了起来。

“喝红酒要慢慢品。林若阳，你就别逞能了。”

“你以为我没喝过酒吗？”林若阳站起来，走到冰桶旁边，左手拿起厚重冰凉的红酒瓶，右手开始粗暴地拔瓶塞。

酒壮㞞人胆，想想一会儿就要和何小西摊牌，林若阳心里比任何一次站上舞台都紧张。她怕葛菲说的都是真的，她怕何小西善良的背后是满满的罪恶，她怕自己多年的美梦被践踏得一丝不挂。

因为付出了，所以才痛恨背叛。

“小姐，我来吧。”

服务生善解人意地拿过林若阳手中的酒瓶，用开瓶器轻松地取走木塞，按照她的要求，将高脚杯倒满。

葛菲一脸嫌弃地别过脸。

“葛菲，我敬你！”林若阳举起酒杯，一饮而尽。

苦！

林若阳只想把高脚杯摔在地上。

红色的液体如蜿蜒的毒蛇，在林若阳的舌尖、腔道吐着邪恶的芯子，不一会儿，毒液变成熊熊烈火，将林若阳体内的液体蒸发殆尽，眩晕如沙漠中彳亍的旅人，远处美丽的蜃景在向她招手，眼前华丽的水晶灯有了分身术，连缀成一排，将包厢金碧辉煌的天花板，缀得更低，直直地向林若阳扑面而来。

“何小西！你为什么要把我架空！”

林若阳一遍遍地告诉自己，葛菲是在骗她，但潜意识中，早已相信了她的话。

“你为什么要害我！你说啊！”

见何小西没有反应，林若阳一下子扑到她身上，拼命地晃她，何小西一脸惊恐地看着林若阳，林若阳的每一寸肌肤都泛着密密麻麻的红点。何小西知道林若阳的父亲对酒精过敏，没想到第一次喝酒的林若阳，也出现了同样的反应。

“若阳，你喝醉了。别闹了。”何小西温柔地抵抗，以弱者的姿态抗击林若阳的猛攻。

酒精点燃怒火，驱逐林若阳脑中残存的理智。

“我让你不承认！你这个骚货！”

“啪——”一记响亮的耳光打在何小西的脸上，打醒的不只是正在撕扯的当事人，还有一直在旁边看热闹的各位。

“林若阳，你撒什么酒疯！”之前煽风点火的葛菲也坐不住了，愤怒地指向门口，“今天是给我送别的，你要是再闹，就请你出去！”

看到葛菲指向门口的手指，William不解其意地走了出去。

眼泪划过林若阳的脸颊，和她的主人一起跌在坚硬的木椅上。葛菲的话从她的耳畔溜走，她的眼中只有渐渐迷离的何小西。

“小西，我错了，呜……为什么会变成这样……我会改的……”林若阳试图去抱何小西，却被郭宇非用力推开。

何小西也开始抹泪，低着头，一句话不说，身边围了一圈递纸巾、安慰的人。林若阳这边哭得天昏地暗，所有人任由她眼泪、鼻涕齐飞，也没有一个人去管她的死活。

林若阳哭得嗓子都哑了，这边终于安静下来，何小西一直哭得压抑无声，顺势说了句原谅林若阳的话，以大度的胜利者姿态完败林若阳。

之后发生的事，林若阳就不记得了。她只知道再度睁开眼，自己已经躺在了病床上。

“我怎么了？”林若阳看着病床前一脸焦急的父母，弱弱地问。

“谁让你喝酒的！过敏会死人！”林妈妈脸上的泪痕还没褪尽，就已经换成平常的“泼妇”姿态。

“我……”林若阳的鼻头一酸，抱住妈妈“伟岸”的腰便要哭起来，却发现肿胀的双眼根本滴不出眼泪。

“呜……”林若阳只能干号，没想到嗓子也充血了。

林若阳的父亲林伟民拍拍女儿的头，语重心长地对她说：“答应爸爸，以后不管受了什么委屈，都不要借酒消愁。”

林若阳蹭着妈妈的连衣裙点点头，那上面熟悉的味道和爸爸手掌沧桑的纹路，是抚平心伤最好的良药。

升初三的暑假照例要提前开学。

和大家分别仅一个月，林若阳却感觉自己像走进一个全新的班集体。不仅是教室从高瞻远瞩的顶层换到了阴暗的一层，更有“缩水”的班集体等待着她。葛菲连同另外三男一女准出国准备考高中，另有两名外地生回到自己的老家参加中考，William回到国际部，楚天阔“人间蒸发”。

转学、休学、出国……林若阳傻傻地从各种渠道打听楚天阔的消息，得到了各种匪夷所思的答案。她又不是老师喜欢的乖乖女，况且还有妈妈来学校问过她和楚天阔“谈恋爱”的事，她实在没有胆量，跑去找班主任要个官方说法。

似乎越想躲着班主任，班主任越要将她“挖”出来。开学第一天的早读，班主任宣布了一条新的处罚措施：凡谈恋爱者，学校会按退学处理。

班上的小情侣们互相对望、祈福，秀恩爱的在各种社交网络上隐身遁形，就连正常的打招呼也都变得偷偷摸摸。谁知道学校会不会哪根筋搭错了，真的要把谈恋爱的学生退学？

矫枉过正！谈恋爱是青春期的正常需要！林若阳虽然也对学校的新举措不满，但毕竟制裁不到她身上，也就不去跳着脚地反对。

“我不希望板子打在咱们班任何一个人身上。如果有谁知道情况，直接告诉我，在学校找到你之前，我先帮你解决。”

班主任此话一出，无疑是在鼓励班上的告密风潮。虽然每个班里都会有那么一两个被众人鄙视的“告密者”，但林若阳怎么也想不到，同学们竟然会以为，那个人是她。

她才是深受告密荼毒的人！想想上学期的合唱节，排练还不到一周，她就被班主任叫去谈话。林若阳始终认为，班里真正的告密者是郭宇非。因为每次林若阳被班主任叫去谈话，郭宇非都在场。

但这次的矛头，无论如何也聚焦不到郭宇非的身上，因为被告密的人就是他。

“肃清”行动第三天，班主任已经挨个找班里的“公开”情侣谈过话，只剩下一两对“地下”情侣找不到头绪。第四天的时候，林若阳在同学们满是戒备的目光中，被班主任叫去办公室单独了解情况。

谁都清楚，班主任是要让林若阳告密。林若阳和大家一样，深受告密之害，痛恨告密，就算和何小西撕破脸，也绝不会把这对“地下情侣”告诉班主任。班主任和她似乎心有灵犀，叫林若阳去办公室，竟没有提班上还有谁谈恋爱的事。

“你上次期末考得不错。”班主任对林若阳难得态度和蔼，“上学期你妈妈来学校找我，谈你升本校高中的事，我看现在还算靠点谱。”

“我妈妈找您谈升本校的事？什么时候？”

“你那天也在场，还气冲冲地跑了，多伤你妈的心。”班主任喝了口水，“我看你现在心思在学习上，没了合唱的事对你也好。还有一个好消息，你的学籍不在学校，但学校和你的学籍所在校有扶持计划，你可以参加他们的推优计划，以外校生的名义跟本校签约。”

林若阳还沉浸在误会妈妈的罪恶感中，听到班主任的话立刻兴奋起来。

“什么时候能签约?”

“主要看这学期期末的成绩，只要能进全区前100，就能签约。”

林若阳的心瞬间凉了。全区前100，她连年级前100都进不了。

“您找我来，就只有这一件事吗?”林若阳心想，不就是为了利诱她告密，至于画一张看得见、摸不着的大饼吗?

“学校办了一个培训班，专给像你这样，有上进心，目标本校，但基础薄弱的学生。每周日上午八点到十二点，总共十八周，学费两千五。”班主任递给林若阳一张宣传单，“回去跟你妈妈好好商量。”

林若阳看了宣传单上授课人的一栏，上面赫然是班主任的名字。

“没事我就先走了。”

“等等，把郭宇非叫过来。”

林若阳以为班主任叫班长来办公室，无非是商量班里的事。可谁又能想到，郭宇非一回到教室，就用最恶毒的眼神死死地盯着她。

“何小西，班主任找你。”郭宇非言语生硬，目不斜视地瞪着林若阳。

何小西顺着他的目光看了一眼在座位上安静做题的林若阳，然后一脸平静地走出去，再回来的时候，已经变成掩面痛哭。

“林若阳！就算我们不是朋友，你也不能这么做!”何小西在林若阳面前鲜有地大吼，林若阳不明所以，刚把头抬起来，何小西已经拿着纸巾跑了出去。

到底怎么了?莫非班主任找她谈她和郭宇非的事?

当事人都明确表态，林若阳百口莫辩，一时间，全班同学人人自危，生怕被告密者——林若阳嗅到什么风声，在班主任面前参上一本。

没有人跟林若阳说话，林若阳就像一个硕大的病毒，所到之处，人人遁逃。

“我知道你们认为我是告密者，但请你们相信，真的不是我。”林若阳抽出一天中午，以“S”形从第一组第一个一直说到角落里的最后一名同学。大家用看外星人的眼神打量她，但之后的日子，也没有人跟她讲话。

中午在教室自习，沉闷的低气压在林若阳周围笼罩。在仅剩36人的班集体里，她被彻底地孤立了。

孤立又怎样？

林若阳已经不是当年的林若阳。她索性躲去图书馆，坐在陌生的其他年级“学霸”周围，感受那前所未有的来自同伴的巨压。

图书馆，真的好陌生。在学校待了两年多，除了陪何小西来过，林若阳还从未自己到里面看书，更不用说自习。以前和何小西一起回家的时候，每当林若阳要参加合唱排练，何小西就会在图书馆等她。何小西自习的样子很美，浓浓的书卷气从她浓密的刘海中冉冉升起，嘴角轻轻的一抹笑意，是解决难题满足的幸福感。林若阳没有排练时，何小西也会去图书馆。把作业摊在面前，林若阳常趴在何小西对面睡觉，偶尔醒来的时候，她会把何小西文具袋中的笔全都“分家”，静静地等待何小西发现时微愠的表情。何小西会嘟起嘴，拍打林若阳交叉的双臂，还不忘拿自己填满文字的练习册和林若阳空白的作业做个对比。

绝大多数同学都不会在中午来图书馆，毕竟都是些害怕安静、坐不住的青春期少年。何小西也如此，如果不是所有人必须在做完值日前离校，放学后，何小西也愿意和林若阳在空荡荡的教室，一边聊天，一边写作业。

所以中午，图书馆自习室里坐的，都是一批极品学霸。

且不看坐在座位上的学霸们，为了防人干扰，专有一批站在书柜

旁写作业的人，学校的书柜为了满足各年龄段身高的需求，只有一米五高，以林若阳的身高，稍微踮脚，就可以趴在书柜顶板上写作业。正常人都会觉得这个姿势太难受，但那是因为他们不理解学霸们的世界。学霸最讨厌的，不是难受的姿势，而是有些不自觉的人来打扰，尤其是那些问问题的人。林若阳在图书馆自习的最开始，也干过这件“令人发指”的事。那天，她的对面坐了一个（1）班的学霸，两个人做着相同的数学模拟卷。林若阳被一道几何题困住，便向她请教。那个女生嫌恶地瞪了她一眼，以飞快的语速，压低声音给林若阳讲了一遍。林若阳没听明白，想要再问，她已经收拾东西，逃到书柜后面了。

日子一天天过去，林若阳已经不指望被洗白。焦灼的人际关系和日益紧迫的升学压力甚至让她产生过自杀的念头，但当她把刀片轻轻抵到手腕上时，却又退缩了。肯定会很疼，还是活着吧。

林若阳想想上初三的这一个月，才发现自己好久没唱歌了。

第十七章

铁打的营盘流水的兵

“音乐是快乐的源泉。”

林若阳记得，这是第一次到合唱团报到时，“刘妖婆”对她说的第一句话。那个时候，她觉得“刘妖婆”真的是一个非常奇怪的人。总是穿着与她年龄不相符的衣服，打扮得花枝招展，还时不时地做些“蛇精病”的行为，最最可恨的是，那张恶毒的嘴。林若阳不知道有多少次被“刘妖婆”搞得当众下不来台，不过离开合唱团久了，她竟然莫名地怀念起来。

平时合唱团排练的时间被枯燥乏味的正课取代，之前下午只有三节课，上了初三，便多了一节。第四节下课的时候，合唱团的排练还没有结束。林若阳趁着晚自习前的休息时间，曾跑到音乐教室看过。有熟悉的旋律，也有陌生的，有熟悉的面孔，也有陌生的，只有教室、合唱台、谱架子和白墙上贴着的那些音乐家头像依旧是老样子，似乎从来就没有改变过。一个熟识的师妹告诉她，有一天，“刘妖婆”忘记关窗户，结果夜里的秋风把李叔同的照片吹到肖邦脸上了。师妹笑得开心，一边笑一边讲自己如何费尽周折，把李叔同贴回原位。

铁打的营盘，流水的兵。学校的合唱团始终都在，改变的是一个个朝气蓬勃的面庞。今天林若阳去，还会有初二的师妹给她讲合唱团的趣事，等他们也升入初三，还有人记得林若阳的存在吗？

林若阳去的那天天气微凉，可“刘妖婆”穿了一件美丽“冻”人的土黄色紧身裙，将她整个人包裹得如同一颗圆滚滚的土豆。

林若阳笑了，眼睛却湿了。

不过这似乎是最好的结局。

一日，林若阳被上午接连的两次物、数考试折磨得头痛欲裂，用过午饭后，便去操场透气。操场上增添了新的面孔，之前常见的几个“篮球学长”还在，不过也有几个消失了，不知是考了其他高中，还是上了大学彻底解放了。

妨碍课间操的球门不见了，偌大的足球场上放了几块体操垫，阳光洒在练仰卧起坐的同学身上，带着深秋的冰凉。足球社不见了，从学校广播的活动通知中“人间蒸发”，如同不知音信的楚天阔一样。

上初三后，林若阳不再给楚天阔发短信，对于没有教他唱歌，林若阳感到很遗憾，但是对于这种不负责任的失踪行为，林若阳十分气愤！她想把足球社的现状告诉楚天阔，让他赶快回来挽救自己的事业，可女孩子的自尊心和日益激烈的“恋爱肃清”风暴，还是打消了她找班主任联系楚天阔的心思。

林若阳单调地学习，人生如同片片凋落的树叶，留下光秃秃的树枝，枯燥地勾勒出两点一线。

因为和郭宇非谈恋爱，何小西被请家长了。

在班主任找郭宇非谈话之后，郭宇非就单方面跟何小西提出了分手，如同一场闹剧，何小西最初很淡定，在两人的“秘密空间”里和平分手。谁想到第二天，何小西就发疯了。一改往日乖乖女形象，在班里撒泼，掀了郭宇非的桌子，接着痛哭流涕地跪在地上，苦苦哀求郭宇非跟她复合。班里同学都震惊了，谁也想不到，一直平和恬淡的背后竟然有如此强大的破坏力！

郭宇非异常坚定，一定要跟何小西一刀两断。何小西不能接受，还跑到郭宇非的家中大吵大闹，郭宇非的父母只能向学校求助。

何小西的父亲何谦来学校的那天，和林若阳打了个照面。林若阳很尴尬，和何小西闹掰，却又不能不理睬这位看着自己长大的叔叔。

“若阳，多帮帮我们家小西。她没有妈妈，需要别人的爱。”

林若阳点点头，不忍拒绝。何谦看起来又苍老了十岁，头发斑白，一点也看不出他曾经是林若阳心中的第一个白马王子。

何小西和郭宇非的情史在班里不断发酵，因为何小西的不理智行为，众人都站在郭宇非一边，各种关于何小西倒追郭宇非的“下贱”行为被大肆传播，郭宇非漠然地忽视这一切，在林若阳看来还有推波助澜的意思。

因为班主任的一次谈话，他们的恋情便一文不值。

何小西在家里休息了一个星期，再回学校的时候转去了（1）班。毕竟是学校的“种子选手”，学校会尽一切可能保证她中考之前的状态。

何小西出现在新班级的时候，不再戴那只“蓝蝴蝶”了，她的刘海更长了，完全遮住了黯淡的双眸。她把郭宇非送给她的生日礼物砸成粉末，顺着马桶冲进下水道。什么用幸运硬币买来的爱心？什么要彼此安慰相互扶持？什么要一辈子？哼，爱情？

何小西再也不会相信男人了！

若不是急着去把喝醉酒的父亲接回家，何小西的妈妈也不会出车祸。就因为当年是妈妈倒追的爸爸，爸爸就可以成天泡在外面，对妈妈的付出看都不看！被伺候得服服帖帖，到头来却出去和小姑娘鬼混！何小西的记忆里满是妈妈对急着出门的爸爸撕心裂肺的恳求。何小西曾经在妈妈的示意下，抱住爸爸迈出屋门的大腿撒娇耍赖。可何谦只是把她抱起来，扔到妈妈怀中。那时，何小西只有三岁。

记忆变成模糊的潜意识，不时从梦境中跑出来，将何小西惊醒。

妈妈死后，何谦待在家里的时间变长了。但何小西却不想再看见这个害死妈妈的“元凶”，何小西总是躲到林若阳的家里，两个小女孩凑在一起玩很正常，更何况林太太可怜何小西小小年纪失了母亲，也不管什么“头七”之类的习俗，恨不得把她过继来当女儿。

后来，当工人的何谦下岗失业，在保险公司找了一份推销员的工作。推销员工作时间不定，为了让女儿过上更好的生活，何谦加班加点地卖保险，很少在家，何小西渐渐习惯了一个人生活，也不天天往林若阳家跑了。

母爱的缺失和对父爱的拒绝，何小西极度渴望一份理想中的爱。

明晓溪的小说看得她心神荡漾。她不向往郭敬明笔下的繁华都市，不喜欢韩寒笔下的残酷俊冷，她只喜欢明晓溪，给女主角编织一个玫瑰色的梦。一个优秀的骑士外表高冷，目不斜视，心却永远系在女主角身上。女主角的生活充满浪漫的奇遇，一个个骑士把她捧在手心上，为她争风吃醋。

她把郭宇非当做那个优秀的骑士，悄悄的，在自己的梦里。

终于有一天，他表白了。何小西像尹夏沫一样地拒绝，却没有等来欧辰地痴心守候。那个雨天，她看见骑士和自己最好的朋友一起在雨中欢快地狂奔，她不能接受。一直活在林若阳的阴影下，何小西不能让她把自己的玫瑰色的梦也涂上灰色！

她要让林若阳尝尝被人背叛的滋味，听听最珍贵的东西破碎的声音。

“小西！”

何小西在狭窄幽深的走廊里游荡，被突然出现的林若阳拦住了去路。何小西的眼睛像没有瞳孔的撒旦之子，藏在乱糟糟的刘海后面，看不真切。

“什么味道？”林若阳下意识地掩鼻，何小西全身散发着流浪汉的恶臭，头发打绺，夹杂白花花的头皮屑，湿湿地贴在脑袋上。

“走开。”何小西声音沙哑。

“小西，有什么可以让我做的……”

“走开。”何小西如同梦呓。

如果林若阳能预知未来，她当时一定会拉住何小西。

“我受不了了！”楼道里传来女生凄厉的尖叫，将考场内紧绷的弦彻底崩断。四个班的监考老师齐刷刷地跑了出去，但见“声源”靠在（1）班的外墙上，一脸的愤恨。

“别给自己太大压力，放轻松。”年级组长是个和蔼的胖大叔，和颜悦色地安慰道。

“这日子没法过了！要不把何小西转到别的班，我就从楼顶上跳下去！”

“生活多美好啊，”胖大叔学过相声，平时看起来就憨态可掬，“有什么话好好说，学校帮你解决。”

“何小西实在是太臭了！”

“我会劝她洗澡的，你先回去考试吧。”胖大叔松了一口气，本以为是有学生承受不住天天考试的压力试图轻生，原来只是同学间平常的矛盾。

平常的矛盾，胖大叔想得太简单了。当何谦第二次收到老师的短信，约他到学校一坐的时候，何小西失踪了。

何小西是在一个午后失踪的，带着她的一身臭气，消失在大家的生命中。老师、同学、她父亲还有校工一起，翻遍了整个校园，都没有看到她的踪影。她应该是离开学校了，也不知是如何骗过死守校门的保安。没有人记得最后看见她是在什么时候，一切都如同一场灵异事件。何小西平日生活的点点滴滴被学生们添油加醋，演绎成中国版的女高怪谈。

第十八章

冉冉升起的学习之神

“我要回美国了。”William站在讲台上，穿着国际部的校服，“和大家在一起两年，在国际部半个学期，还是觉得（3）班好。”William说着一口流利的汉语，如果不看他的金发碧眼，根本听不出他是一个外国人。

“那就待在（3）班呗。”台下有人接话茬。

“别走了。”说着就有几个男生跑上去堵门。

William尴尬地笑笑，低头看向面前的林若阳。

“对啊，别走了。你还欠我好几顿午饭呢。”

“以后来美国，我请你。”

几个男生跟William勾肩搭背地开着玩笑，突然，班里乱哄哄的气氛被让出门口的男生打断，但见班主任右手端着茶杯，左臂夹着一摞卷子走进来。

“准备考试!”

考考考，老师的法宝；分分分，学生的命根!

都说高考是决定命运的时刻，那么中考，就是决定入场券的时分。上不了好初中，就上不了好高中，上不了好高中，自然上不了好大学。中间环节，一处都不能有闪失。虽然大量的事实证明，再差的高中都能出现考上清华北大的“学神”，再强大的北清“学神”也有流落到卖猪肉的境遇，但在应试教育的流水生产线上，一个个被“机器运送”的学子们还是被前仆后继地推上来，面对残酷的“贴签配发”。

中考的压力，不逊于高考。一个个十四五岁的稚气少年被圈禁在密不透风的教室，做着毫无新意的复习工作。初三的新课早被挤压到之前的学时，一遍遍的复习工作，按照学校从各种渠道打探得来的、标准不一考试大纲，凌乱而有序地删减内容，充斥着从早七点半到晚五点的正课时光。

每个班都会有个别神经衰弱的同学，为渺茫的前途操心不已。毕竟这是步入青春期——自我意识觉醒后，人生做出的第一个重大决定。

不过林若阳还好，多年的舞台经验教会她处变不惊。着急是没有用的，只要一切都有条不紊地进行，难题自然迎刃而解。

林若阳被家教带着进行完第一轮复习的时候，学校的一轮复习只进展了三分之二。面对即将到来的期末考试，林若阳信心满满，期待着能再度来回一鸣惊人。

最好是年级第一，嘻嘻。

林若阳捂着被美梦充红的脸颊，对着面前的物理讲义贱贱地笑了。

夜深沉，月影妩媚，白色的孤灯点亮漆黑的居民楼，笔尖清脆的沙沙声淹没了连绵的鼾响，将美梦编织成凝聚汗水的云锦。

第二天的期末考试，林若阳被分到了第二考场，几次大考，林若阳的成绩一直稳步提升。原来学习好并不是什么难事，她上次月考年级排名第八十，比上学期期末提高了四十四名。保持一个良好的态势让林若阳满是前进的动力，不过距离和本校的签约条件，还有很大差距。

语文考试结束，林若阳坐在教室里自习。周围坐的同学彼此熟识，虽然不是一个班，但成绩相近，于是纷纷将竞争包裹在友谊的面纱下，“友好”地对题。

神烦！

林若阳在座位上“辗转反侧”，一个低沉的声音将她解救出来。

“林若阳！”

林若阳看向门口，郭宇非阴晴不定地站在那里，目不斜视。自从林若阳被全班当成告密者后，郭宇非就再也没跟她说过话。有了何小西的事，林若阳对这个没有担当、只会学习的班长更加鄙视。

“什么事？”为了躲避“人心惶惶”的对题，林若阳顺着班长的“台阶”离开座位。

“合唱比赛的光盘在你手上吧？”

林若阳充满戒备地点点头。那可是班主任给她的第一个奖赏。

“明天带来给我。”郭宇非下达命令后，转身离开。

“你要干什么？”林若阳朝他的背影大喊。

“毕业资料。”

林若阳怅然所失地站在原地：他们要毕业了。

除了春节七天，寒假都被学校拿来补课。《三年高考五年模拟》取代《轻巧夺冠》成为老师制胜的法宝。看着紫色的语文厚本和红色的数学厚本渐渐朝最后一页迈进，第一批签约的幸运儿们已经脱离它们的怀抱，到新建的精英（5）班，提前学习高中的知识。

学校第一批只签约了不到30人，按照80%的初三第一学期期末成绩和20%的之前大考成绩排名，郭宇非综合排名年级第三，顺利签约本校。年级第一、第二没有和学校签约，以他们的成绩，丝毫不畏惧经历中考的考验，肯定能考上其他区更好的高中。

其实以郭宇非的实力也不惧参加中考，考进全市最棒的高中不在话下。可或许是为了过一个没有压力的初三，或许是为了提前学习高中的知识，他离开（3）班，去精英（5）班继续当第一。

（3）班签约了5个人，能装下45名同学的教室只坐了30个人，教室最后一排出现了久违的空当，没有谁再为狭小的座位空间你挤我我挤你，一张张孤立的课桌成了一座座孤岛，四面八方都留着安全距离。

“若阳，你再加把劲，学校还有第二批签约。”初三的第二个学期，班主任对林若阳的态度越来越客气，“上学期期末你考了年级第56，全区第224，年级前进了24名。只要这次一模，你能考进全区前100，学校就跟你签约。”

林若阳敷衍地笑笑，绕了半天还是同样的条件。

“毕竟多年来的经验，初中升本校的学生就是比外面考进来的优秀。”班主任熟悉的口吻让林若阳重获久违的反感，“以后有什么困难，尽管来找我。虽然尖子生都去了（5）班，你还是可以找他们一块学习。”

“您还有事吗？”

“叫你来，就是给你信心。行了，回去吧。”

看到班主任对自己的态度一点点好起来，林若阳终于鼓起勇气问出了困扰她许久的问题：“楚天阔为什么不来上学？”

班主任惊讶地看向林若阳，舒展的眉毛渐渐皱起来。

“你问这个干什么？”

班主任语气生硬，刚刚的好脸色瞬间被乌云笼罩。林若阳没来由地胆怯：“就是问问，没什么。”

走出办公室，林若阳不住地埋怨自己。是不是好学生当久了，以前的血性统统没有了？

楚天阔，第一批都签约了！再不回来上学，连第二批都没戏了！

林若阳知道本校高中对楚天阔的重要意义。如果没有“后门生”家长的捐款和“示范校”头衔带来的教育局支援，哪个普通中学能够拥有如此完善的硬件设施？光说400米橡胶操场，纵观全区，只有两个。一个在“市重点”——林若阳就读的学校，另一个在向“市重点”冲刺的“区重点”。一般的学校连个像样的操场都没有，更不用说国际标准的足球场。

没有足球，楚天阔的生命就不完整。这是他亲口对林若阳说的。

在一节充斥着繁杂符号的数学课上，楚天阔和林若阳曾畅谈过各自的梦想。

“林若阳，你唱歌这么好，将来一定会去参加选秀吧？”

“是啊，不过我更想当演员。很多台湾演员都是选秀出身，陈乔恩、杨丞琳都是，你看她们多好，又能演戏，又能唱歌，还主持节目。我想让全世界的人都认识我。”

“可你说的两人我都没听说过。”

林若阳撇撇嘴：“你成天就知道踢球，一点也不关心偶像剧。”

“别人演的就算了。不过如果是你演的，我肯定去看。”

“算了。”林若阳偷偷看了眼班主任，班主任正陶醉在自己的讲课之中，丝毫没有注意小声嘀咕的他俩，“你将来想踢球？”

“肯定啊，一辈子都要踢下去。”

“做职业球员？”

楚天阔沉吟片刻，一本正经地说：“这个不好说，除非巴萨能跟我签约。”

“那是什么？”

“一个足球俱乐部，里面都是国际顶尖球员。”楚天阔一脸平静，仿佛天下事尽在掌握之中。

“可国足不是很弱吗？”

“弱又怎样，我会让中国挺进世界杯的。”楚天阔信誓旦旦地对林若阳说道，“中国的足球教育是个大问题，你看啊，就说咱们学校还算好的，可你不知道吧，这群校领导闲着没事就来找足球社的碴，设施坏了也不维修，没有一个制度保障，国家的足球事业怎么能发展起来？”

林若阳也不知道为什么自己那天突然有了哲学家的情怀，竟然跟楚天阔谈论起如此重大的国家问题。

“咱们学校还算好的，至少有标准场地。”

“是啊，为了这个足球场，我也必须考上本校高中。”

“我也想上本校啊，你知不知道，高中合唱团还能有出国机会，那将是我迈向世界的第一步！”

“加油！”

“你也是。”

年少时，总以为一切都轻而易举，天不怕，地不怕，伸手就能够到天边的月亮。

“刘老师，我想报考艺术特长生。”

“刘妖婆”上下打量林若阳：“听说你最近成绩不错，年级56，考本校应该没问题。”

林若阳一脸愁容，一模越来越近，她生怕自己考场失利，一战回到解放前。

“不是不保险嘛，我跟我妈商量了好几天，还是想试试。”

几日不见，“刘妖婆”一改往日的少女风格，化身制服诱惑，她今天穿了一套深绿色套装，颇有美军制服的意味。

“当艺术特长生你可得想好，高中特长生比初中的正规，是要签合同，负法律责任的。学校的任何一次活动都不可缺。你做得到吗？”

林若阳知道“刘妖婆”指的是自己缺席合唱团录音的事。

“我知道，就是想先报个名，等一模成绩出来以后再决定。”

“刘妖婆”中肯地点点头：“艺术特长生考试在一模的那个周六，先初试，再复试，之后还要去区里考一次，全程录像。隔周的周一就能知道成绩了。你为合唱团付出不少，专业也不错，初试走个过场就行，别太分心。”

“谢谢刘老师。”林若阳一把抱住“刘妖婆”，“刘老师，您今天真漂亮！”

“少讨好我，快回去复习吧。”

林若阳一蹦一跳地回到教室，本以为“刘妖婆”会因为之前的不愉快而故意刁难自己，没想到还卖了自己这么大一个人情。

一模亦如平时的一场场考试，等待结果远比参加的过程更惊心动魄。考完试，林若阳就迫不及待地去网上找参考答案，世界上，果然有很多和她抱有同样想法的人，一回到家，非官方版的答案已经遍布各大中考论坛，很快，培训机构也出了各自的官方版本。这些版本或在某些地方有误差，但林若阳都按自己全错的情况，给自己打了一个有可能的最低分。

满分530，林若阳自己估分485，语文作文按保底分考虑，应该不会有太大问题。想想去年本校的分数线加上体育40分是525，林若阳觉得自己升本校应该没问题。

可问题就在于，成绩的突飞猛进在她看来仍旧如同一场梦，直到现在，她还恐惧自己会随时跌落到入学时的情况。

星期六的艺术特长生考试，林若阳浑浑噩噩地度过，反正“刘妖婆”答应让她过初试，等一模成绩出来后，再做决定。

考场里出现了一个衣着华丽的女生，亦如当年的葛菲，被“刘妖婆”第一个带进考场，林若阳知道，她肯定能考上特长生。

可这又怎样，原本眼里不容一粒沙子的小女生已经长大，成为一个对万事睁一只眼闭一只眼的人。

“你确定自己能上485？”

“我每道题都对过了，作文分按二类算，不加体育，最差485。”

“真这么有信心？”

林若阳看着愁眉不展的妈妈，用力地点点头。

“这周日有很多重点高中举办校园参观活动，你应该明白，如果你这回一模能考进全区前100，全市的高中任你挑。”

“所以呢？”

“我们不一定在一棵树上吊死，除了本校高中，你还可以有更好的选择。”

犹如打开一扇窗，林若阳忽然看到了一片从不敢想象的秘密花园。

林若阳所在区的教育水平整体不高，如果可以的话，去其他区的学校碰碰运气，说不定瞎猫碰上死耗子，能上个更好的高中。

“可不是不知道排名吗？”

“说不定你们老师那里已经有了。你给她打个电话问问。”

一想到班主任的嘴脸，林若阳更烦了：“我不打。”

林妈妈怒其不争地看了女儿一眼，拿着手机，默默地走到阳台。

“喂，老师，我是若阳的妈妈……”

林若阳捂住耳朵不想听，偏偏那声音如树根一样死命地往她的脑袋里钻。

“我女儿这次一模考得怎么样？”

班主任在那头很嘈杂，说了好长一段话，连林若阳的妈妈也听不真切。

“哦，好吧，我让她好好复习。谢谢您，再见。”

林妈妈撂下手机，转而对林若阳说：“你们学校今天也是开放日，负责接待的已经拿到了全区前100的名单。你们班主任去找人帮忙问了，一会儿打过来。”

“我不想管。”林若阳跳到床上，把头埋在枕头底下，“你自己折腾吧。”

“什么叫折腾？这可是你人生的大事！”林妈妈把枕头夺走，“要不咱们直接去学校看？”

“不去！”

林若阳从床上跳起来，直接冲出家门。

烦！

直接中考就完了，偏还要有这么多名目来折腾人！

烦！

不就是个考试？怎么花这么长时间出成绩！

烦！

自己怎么也开始为这种毫无意义的事担忧起来。

林若阳坐在小区花园的长椅上，眼泪毫无征兆地流了下来。走出幽暗的单元楼，满眼的绿带着凉风吹进林若阳的世界。圆形的小花坛被蜿蜒的石子小径切分成一块块独立的区域，却都在夏初这个时节，选择了绿——作为它们的主色调。春日里粉红的桃花凋落了花瓣，只剩下绿得凝重的树叶缀满纤细的枝条；左首边原本白色的玉兰树没了清纯与芳香的点缀，被身后剪裁整齐的灌木丛夺去了观众的目光；偏安在圆形边界的红色半弧长廊也被苍绿的桦树叶感染，在火热的红色里掺入绿色的忧伤。绿色如同无止境忧郁的海，吞噬了小区花园中的仅剩的姹紫嫣红，任缤纷的情绪如珍珠般藏进蚌壳的怀抱。

时至今日，升本校对于林若阳又有什么意义？

当初，若不是看何小西考上市重点，她从没想过自己会升入这所中学。她没有何小西异于常人的学习能力，甚至没有那些好学生的上进心，她没有想过生命价值、人生理想这类的宏大命题，她没有思考过人生，亦没有慎重地思考过未来。

未来是什么样？

本校，这是更好的平台？

人应该上进。有了成绩作为资本的林若阳第一次考虑这个问题。升本校如同一种惯性，签约是个体没有参与选择的选择。班长签约了，很多人为他感到惋惜，以他年级第一的成绩，本可以选择全市任一一所最好的高中。在学校的中才情合计时100天大会上，郭宇非在面向全年级的演讲中给出了答案：

“我爱这所学校。教育是当一切知识都忘记以后留下的情感。”

尽管林若阳不屑于郭宇非冷血的性格，但这句话，她信了。

藏在绿中的知了如看到指挥上场的双手，突然整齐地聒噪起来，一个黑色的身影焦急地从林若阳对面的绿荫中走来。

林若阳低头看地，沉浸在自己的思绪之中。

“若阳，若阳!”

林若阳猛然抬头，惊异地看向来人。那是一张饱经沧桑的脸，鼻架上的厚底眼镜早已遮不住松垮的眼袋，皱纹像钧瓷的开片，成为干瘪皮肤的一部分。来人头发花白，嘴唇龟裂，老年斑如地图爬满他的面庞。身上的黑色T恤被汗渍染上点点白印，像缺少巧妇而不知将洗衣粉彻底冲净的粗汉一般。可林若阳知道他不是，因为他是将何小西一手拉扯大的人。

“何叔叔。”林若阳强压住内心的波澜，平静地问好。

自从何小西出事以后，林若阳就再也没有见过她父亲。

“你们家最近有谁需要买保险?”

林若阳讪讪地笑笑，像看见新大陆一样地盯着何叔叔。叔叔从不向他们家推销产品，因为他不愿坑自己的朋友。

“这是我们公司最近推出的一款新产品。”何叔叔递给林若阳一张保险宣传单，“回家问问你父母。”

宠物保险?

林若阳家又没有养宠物，何谦是知道的，林若阳像看废纸一样地将保险宣传单翻进来。花花绿绿、制作精良的背面是一张被订书钉固定的、自制的黑白照片。

何谦有些尴尬地看到林若阳翻到何小西的照片，继而收住话头，不再推销自己的产品。

“还没有小西的消息?”

何谦重重地叹了口气：“就当我没生这个女儿。”

“小西一定会回来的。她跟我说过，会照顾你一辈子。”

何谦看着林若阳出神。一样的年纪，花一般的少女，如果她的女儿还在，是否也会像林若阳一样，为即将到来的中考奋斗。小西可比林若阳优秀多了，就算发挥失常，也必定能升入本校，为全家争光。老何家从没出过一个上大学的人，何谦的全部希望都寄托在何小西身上。

林若阳看见泪水渐渐在何谦浑浊的眼睛里汇集，鼻头一酸，也欲掉下泪来。

“何叔叔，以后您就把我当成自己的女儿。我和小西从小一起长大，一直都是最好的朋友，我会替她照顾您的。”

“真的?”

“真的，何爸爸。”

泪珠从林若阳的眼角悄悄划落，将她灿烂的微笑点染成一幅最绚的云锦。何谦望着面前的“女儿”，似乎又恢复了以前的活力。头发不再惨白如纸，脸上千沟下的“地图”也冲淡了不少。

何谦感激地拍拍林若阳的肩膀，轻轻地摇头：“不用了，你不用替她照顾我。叔叔只想求你一个事。”

“什么事?”

“替我在这里等小西。我要去找她，无论她在哪儿，我都要找到她。我昨晚做了一个梦，梦见小西像狗一样，戴着狗链，锁在铁笼里。她在等人救她，她在等我救她。我要去找她。我要去救她!”何谦越说越激动，干脆一把握住林若阳的手，林若阳吓得要将手抽出来，却发现自己根本挣脱不出来，“你一定要答应我，千万不要搬走!如果哪天小西回来而我又不在，至少她还认得你。”

“我答应你，何叔……何爸爸你抓得我有些疼了。”

何谦从刚才激动的状态瞬间抽缩，又恢复了保险业务员唯唯诺诺、谨小慎微。

“对不起。”

林若阳起身，对何谦说道：“您放心，我会一直等小西的。我还要复习，就先回家了。”

“走好。”何谦将刚才那张保单硬塞进林若阳的手中，“权当帮叔叔凑个路费。”

林若阳点点头，一溜烟地跑进单元楼。

疯了，疯了，他们一家都疯了!

第十九章

白色谎言

“我回来了。”林若阳将保险单随意地放在玄关旁的原木色鞋柜上面，一股红烧带鱼的香味迎面扑来。林若阳推开厨房门，从身后抱住正在做饭的妈妈。

“你这孩子……”

“妈——”林若阳将头死死地贴住妈妈有些浑圆的后背，熟悉的油烟味和四十岁的妇女甩也甩不掉的赘肉，共同构成她心底的避风港，林若阳鼻子一酸，眼泪滴入母亲被汗水浸透的睡裙上。

“快出去！厨房危险，别再把你烫了。”林妈妈扭头去撵林若阳，但见女儿一副梨花带雨的模样，林妈妈不由得心头一紧，连动作也停滞了，“傻孩子，不就是个中考吗？条条大路通罗马。考上哪儿都一样。妈妈只希望你能开心地生活。”

“呜……我们一辈子也不要分开，永远不！”林若阳说道。

“天下没有不散的宴席，总有一天你会有自己的家庭，妈妈也不能陪你一辈子了，那不成妖精了？”

“没有那么一天！”林若阳将头猛然抬起，看向妈妈，“我不会抛下你的。”

一股刺鼻的煳味从咕噜噜冒泡的锅底笃定地传来。林妈妈不再理会林若阳，转而去“抢救”锅里的红烧带鱼。林若阳识趣地松开环抱住母亲的双手，想要帮忙，却被妈妈强行推出厨房。只见爸爸手捧着一个叫个不停的手机迎面走来。

“你妈的电话。”

林若阳接过爸爸递来的手机，亮光的屏幕上赫然是班主任的名字。

“妈妈，班主任的电话！”林若阳隔着厨房门大喊，林妈妈急匆匆地一边用围裙擦手，一边走出来，在林若阳热切地注视下，接通了电话。

“喂，王老师……哦，是这样啊……没事，我会让她好好复习的，我们商量一下……谢谢，再见。”

林若阳眼睁睁地看着妈妈的脸色，一点点从霜打的茄子恢复到往日的平静，既而又笑逐颜开。林若阳看得糊涂，也不知班主任用了什么手段。

“你们学校要跟你签约。”

“太好了！咱们今天出去吃吧，好好庆祝一下。”林爸爸搓着双手，发出爽朗的笑声。他很清楚自己女儿几斤几两，这简直是有生以来最大的意外之喜。

林若阳却很平静：“那她有没有说我这次考进全区前100了吗？”

林妈妈意味深长地看了女儿一眼：“能和本校签约我就烧高香了，还管进不进全区前100？”

“就是，”林爸爸也在一旁起哄，“已经很不错了。想想去哪儿吃吧。”

“那就是没进了？”

看林若阳是要打破砂锅问到底，林妈妈干脆全盘托出：“成绩还没发下来，不过你们学校已经拿到全区前100的名单了，没有你。”

“没有我？”

林妈妈点点头，生怕女儿不知什么时候爆棚的上进心会爆发。

林若阳如释重负地松了口气，转而对爸爸说：“妈妈都已经做了好饭了，中午就先在家吃，改天我想好了，再去外面庆祝。”

林妈妈诧异地看着女儿，觉得眨眼间，女儿长大了。

终于签约了。

第三批签约的同学一大早就被叫去校会议室，丝毫不给他们听教师讲评试卷的机会，生怕他们知道一模成绩。

长方形的校会议室坐落在教学楼一层最西边的角落，常年被浓密高大的树荫遮蔽得暗无天日。一张黑色的长木桌摆在中央，周围摆放着沉重的木质黑色软椅，学校的奖杯、奖状锁在不靠窗户一面的实木博物柜里，却像见不得天日的丑闻，蜷缩在黑暗之中。

因为是第三批，林若阳以为来个教导主任就能给打发了，却没想到连校长、书记都来了。校长五十多岁，头发有些花白，穿着一件浅灰色西装，笑容可掬地坐在背对窗户一排的正中央。书记坐在他的右首边，约莫快六十岁了，头发却被染得同他身上穿的西服一样乌黑醒亮。红色的党徽别在他的左胸前，却也如同橱窗里的奖状一般，黯淡得没有光泽。一般单位里校长和书记因为权力斗争向来不和，但白书记是个知趣的人，从不和校长争权，成天品品茶，作几首歪诗，表面上倒也受校长“尊重”。负责教学的郭副校长坐在校长的左首边，打量着面前准备签约的十名学生，不时和校长耳语几句。校长只是静静地听着，脸上的笑容从来没有变过。

“你们几位都是学校培养的精英。我们每年高考都是初中升本校的学生在市里争排名。你们对学校有情感，学校对你们也有。升入高中后，学校的各项优待政策都会优先考虑你们。今年暑假，第一批签约的学生将会被学校公派到美国旅游，也有你们的名额……”进行“利诱”的是向来不苟言笑的教导主任，此时此刻，他平日里威严的声音给人一种可信之感。

“有人准备放弃签约吗？”

会议室内里鸦雀无声，渐渐的有三只手举了起来。

“学校不是不想放你们走，只是如果你们去其他学校，其他学校肯定会更珍惜人家培养的学生，再说，以你们的成绩也未必能考上比本校更好的高中。你们可要考虑清楚。”

萝卜加大棒，可耻的心理战术！林若阳对此嗤之以鼻。

“还有谁不签约？”

一只手悄悄地落下去，只有两只手依旧坚定地举了起来。

“听说你签约了。”

林若阳从食堂回教室的路上，被郭宇非拦住了去路。

“嗯。”林若阳不愿与郭宇非多说，何小西和他的绯闻犹如遮在她眼前的一块红布，让她无法直视。

“真没想到，”林若阳本以为郭宇非会对她冷嘲热讽，只听得郭宇非继续说道，“你不觉得亏吗？”

“有你亏吗？”

郭宇非直直地看着林若阳，这是同学三年来，郭宇非第一次直视林若阳的双眼。

“你知不知道，你这次考了全校第二？”

犹如五雷轰顶，林若阳呆立在原地。

“我离开（3）班的这段时间，你真是进步不小啊……”

林若阳六神无主地从郭宇非身旁飘过，早不知他又在唠叨些什么。

林若阳不后悔签约，她只是感到气愤！为自己被学校愚弄而气愤，为自己无法掌控自己的命运而愤慨！全校第二，以学校的排名，肯定在全区前100，既然拿到排名表，为什么还要撒谎？怕好学生另择高校？还是怕拿不到好生源，让三年后高考蒙羞？怪不得签约结束后，林若阳被单独留下来，说学校要给她奖学金去美国旅行，怪不得学校要把她的学籍转入本校，怪不得……学校不该是无条件地为学生好，为何要像一场交易，一定要做得那么“各取所需”？

“你这回一定考得不错，签约了？”“刘妖婆”穿了一件大红裙子，在绿树环绕的校园显得格外突兀，“你初试过了，复试就别参加了，给考不上的人机会吧。”

林若阳茫然地点点头，这或许才是学校对待学生应有的态度。

从林若阳签约之后，郭宇非就像变了个人，对待林若阳关爱备至，颇似一个体恤下属的好领导。每逢课间，郭宇非都会在班门口“恭候”林若阳的“大驾”，总要和她说上几句话，如果林若阳不出班门，郭宇非便仗着“老班长”的身份肆无忌惮地走进（3）班，非要和林若阳说上几句。

郭宇非不是一直瞧不上自己吗？怎么突然情格大变？也不畏惧班里的流言了？林若阳一到下课就备感惶恐，希冀（5）班能迟些下课，好给她留些冲进女厕所的时间。于是，厕所里总会有一个隔间时常上锁，像个缺德鬼一般，也不避讳卫生间里奇怪的味道——排泄物的异臭和手帕纸的“奇香”。

受不了！

讲评卷子的英语老师万恶地拖了堂，郭宇非大剌剌地走进（3）班，站到林若阳的身侧。

“你们还在做其他区的一模题？”郭宇非说话总带着一股居高临下的口吻。

“嗯。”林若阳哼了一声，继续整理老师上课讲的笔记。

“你都签约了，干吗还学习？你看我，成天就是放松。完全裸考，这次中考肯定不能为学校争光了……”

林若阳把笔记重重地撂在桌子上，起身便走。郭宇非急忙认错，发誓不再打扰她，却在临走的时候，借了她的数学练习册。

“我们成天学高一数学，都快不会用初中方法解题了。借我看一节课，中午还你。”

送走这个“瘟神”，林若阳耳根终于清净了。

每年都会有和学校签约的学生在临报志愿的时候变卦：第一、二批签约进（5）班的学生在享受高一知识的提前洗礼后，选择另攀其他区的高枝；第三批签约的学生被同区稍差一点的学校“腐蚀叛变”——那些常年被压在“全区第一”之后的兄弟学校会铆足了力气去撼动压在头顶的巨石。如果说第一、二批学生是潜力股，那第三批就是走势最俏的黑马，一、二批忙于“拔苗助长”，大多荒废了应试技能，而第三批在一模中涌现而出的尖子生，才是真正比拼中考成绩的“种子选手”。

“快看，全区第一，竟然报了这所学校。”家长们在教育报上惊异地发现了这则新闻，“你看，录取线还没有市重点高，肯定是个新兴的强校。”于是，学生们纷纷报考，学校选择的范围广了，自然能找到更好的生源，而好的生源才是高考成绩的决定因素。因为无论是市重点还是区重点，教育软件的缺失，都可以靠形形色色的课外班弥补。

中国的学校究竟是什么？

林若阳百无聊赖地坐在书桌前，摊开的数学练习册犹如一张五彩斑斓的脸谱，将她的心猿意马掩饰得不露痕迹。

“我在桥下等你。”

纸条握在林若阳的掌心，团起来，又展开，凝滞的思绪如被一根纤细的羽毛轻轻插入，绒毛虽小，却惊起无数波澜。这张夹在数学练习册里的纸条没有署名，但林若阳大致能猜到出自谁手。想不到，想不到，郭宇非竟然是这种人。林若阳替何小西感到惋惜，却更深地感觉到一丝寒意。

“刚才又有中学给我打电话，说你要是跟他们签约，他们资助你高中时期去美国一年的交换生学费，生活费也有补助。”林妈妈推门而进，一脸得意。

林若阳匆匆将纸条压在练习册下，转身看向妈妈，不悦地说道：“我已经和本校签约了。”

“签了又怎样？本来就是违法的，又不受保护。签约报外校的年年都有，有什么不行的。”

为什么大人的世界总是这么功利？为了自己的利益，一点底线也不要吗？林若阳怔怔地看着妈妈，突然觉得这个高大的女人瞬间抽缩成一只玩偶，俯在脚下，仰望着自己。

“我知道你喜欢你们学校，就是跟你汇报一下情况。”林妈妈心有不甘地退了出去，自从女儿的成绩飞速提升以后，林妈妈对她的态度尊重了许多。

没有升学压力的林若阳在（3）班紧张的学习氛围中显得格外突兀，因为距离中考只有不到两个月的时间，学校没有将第三批签约的学生分进（5）班，而是让他们仍留在各自的班里。林若阳俨然成了班里的“小老师”，同学们凡是遇到不会做的题，都来找她解答，也不再孤立她。林若阳惊异地发现这些常人眼中的难题在她手中全能迎刃而解。林若阳被冠上了“学神”的外号，从此在班里成为人人尊敬的大人物。

“放学后老地方见。”

什么老地方？林若阳压根儿不记得自己什么时候和郭宇非约着见过面。数学练习册夹纸条还不算，郭宇非干脆将纸条放进林若阳的位肚。

这算什么？无压力下地恋爱过家家？

女生讨厌的男孩，越是追求，女孩的厌恶感只会越深。

是时候向郭宇非摊牌了，否则他只会得寸进尺！

林若阳以为自己很成熟，但这次，她还是天真得像个孩子。

“你找我有什么事？”

连接教学楼与办公楼的“天桥”下面，埋藏了何小西与郭宇非无数的美好回忆。如今，蜘蛛网织成了更大的一片，粘结着无数昆虫的残骸，将那些回忆牢牢地禁锢在岁月的流逝中。

郭宇非从口袋里掏出一枚发卡，递到林若阳面前。一枚蝴蝶发卡，被纯洁无瑕的白色水钻点缀，在阳光的阴影中闪闪发亮。林若阳的眼前突然浮现出何小西的那只湖蓝色的燕尾蝶……

“你什么意思?”林若阳再度看向郭宇非的时候，明亮的双眸里多了一丝恨意。

郭宇非苦笑：“其实，我一直喜欢的人是你。”

惊雷乍响，林若阳惊恐地捂住双耳，身体不由自主地向后退去。不堪重负的蜘蛛网应声断裂，残破的回忆如张牙舞爪的小妖挣脱而出，围在林若阳身边，不肯离去。

“你总是不理我，只有有求于我的时候，才肯跟进我说话。我爱找你的麻烦，是因为我喜欢你，喜欢看你开心地大笑，我一直在默默地关注着你，没想到却让总在你身边的何小西误会了。我在看你，她却在看我，也不知从什么时候开始，我发现了她对我的心思。你总是不理我，我接受了她，希望能让你看一眼我，但你没有，你依然很讨厌我……”

“哗——”大雨倾泻，转眼又到了初夏。

林若阳双眼空洞地望着雨帘背后的芸芸众生。今年的雨下得比去年更大，即使躲在天桥下，仍旧有雨滴飞溅到林若阳的身上，给她炽热的身体带来一丝凉意。

“我用尽我的零钱为你和她一人买了一枚发卡，在她生日的时候送了她一枚，今天我想将另一枚送给你。”

林若阳环抱双臂，依旧失神地看向外面，猝不及防的同学们或用手护头，或三三两两挤进一件校服长袖“雨披”下，不一会儿，熙熙攘攘的校园，一下子被蒙上了一层冷色调，天地间，唯有苍翠的树叶褪尽铅华，露出欲滴的嫩绿来。

“既然不爱她，为什么不早点告诉她?”

郭宇非沉默片刻，用不带任何情感色彩的语调说道：“感情这种事，一个愿打一个愿挨。我也不想看到何小西现在的样子。我今天告诉你这件事，一是因为你现在签约了，可以把精力从学习上移开一部分，二是怕这些话再不说就没有机会了。”

“你说得真轻巧，好好的一个女孩就这么被你毁了。”林若阳冷哼一声，“不能因为一句不喜欢，就把一个无条件对你好的人当猴子一样耍！你太自私了！”

郭宇非将“白蝴蝶”放回自己的口袋里：“我特意等到你不再忙学习的时候向你表白，我怕你分心，考不上理想的高中。我真的自私吗？”

林若阳盯着郭宇非看了几秒，义无反顾地冲进漫天的大雨里。这次，没有人和她一起狂奔，没有人跟她挤在一件校服的长袖下面，只有郭宇非一个人躲在角落里，凝望她轻盈的步伐。

楚天阔回学校了。

郭宇非在心底对着林若阳的背影说。

他问起了你。他的手机丢在医院了。他让我把新号码留给你。他问我要你的号码，我说我没有。我不会给你。

郭宇非从口袋里掏出了张写了一串号码的纸片，伸出右手，任凭暴风骤雨将上面的文字打碎。

湿透了！

林若阳懊丧地对着卫生间洗手池前的镜子发呆，湿嗒嗒的衣服贴在身上，又冷又痒，想想上次淋成落汤鸡的时候还是一年前，那个时候成天为了合唱节的事烦心。如今的生活真是少了太多的乐趣。上次，幸亏有楚天阔解围，想当时还为了那件汗臭的校服嫌弃过他，如今穿着湿衣服，才发觉自己当时真是身在福中不知福。

“学神！你怎么全湿透了？”林若阳猛然从回忆中惊醒，透过镜子看到平时坐在自己身后的徐婧怡。自从上了初三，林若阳都没太留意过周围的同学，和徐婧怡也就是见面打招呼，偶尔讲讲题的关系。

“嗨。”林若阳热情地挥手，却也不解释，徐婧怡走过镜子的视力范围，迈入厕所纵深的隔间，突然又退回来，重新出现在镜子里。

“楚天阔刚才回学校办事。听说他上个学期因为腰伤休学。这个学期报了个托管班，一模成绩可好了，和咱们市最好的高中签约了。”

林若阳心头一紧，微微有些失落。

“是吗？那挺好的。”

“你不知道吗？合唱节的时候，看你们关系挺好的。”

“普通朋友。”林若阳脸色发青，舌根微涩，竟是再也转不动。林若阳大踏步走出厕所，想要赶紧逃离徐婧怡这个“八卦精”，没想到徐婧怡竟以为她是要去找楚天阔，急忙“神补刀”道：“他根本就没进班，直接去的办公楼。班长刚好撞见，我们才知道他回来。你找不到他的。”

“我要回教室，没想去找他。”

林若阳不曾想过自己是以一副怎样的模样走出卫生间，她只感到无数双目光如打量外星人般投向她，仿佛要将她的身体穿透。

林若阳不想早恋。不是每一个有艺术特长的人，都注定荷尔蒙过剩！

多年以后，林若阳才意识到，自己的初恋在还没有成形的时候就已经被扼杀在摇篮里！

第二十章

是时候说再见

一模的余兴还未消散，二模已经悄然逼近。林若阳浑浑噩噩地交了最后一科的试卷，便昏昏沉沉地走出校门，一种无力之感从她的心底油然而生。但觉一模后便是晴天的众位考生难得的喘息，却为学校的二模成绩笼上一层挥之不去的阴影。

因为二模考砸了，学校又加紧了学习策略。晚自习的时间也被各科占来组织考试，一时间，那些不用参加晚自习的签约生，也要每天下午五点放学后留校。一小时的晚餐时间，接着便是漫长的考试时光。

告白后，郭宇非终于恢复了正常状态，即使和林若阳面对面碰见，他依旧目不斜视，如同不认识她一样。林若阳倒变得坦然，主动向郭宇非打招呼。郭宇非很少在楼道里出现，听说他最近忙着重拾初三知识，校方对他寄予很大期望，希望在沉寂多年后，能重出一个市状元。

接受完物理考试的洗礼，林若阳拖着疲惫不堪的身躯走进被夜色笼罩的操场。夜幕被四周高大的建筑物切割成一个小小的窗口，如井底之蛙一般，只能仰望头顶的一格星空。月亮低垂着，谦逊地缩成一牙儿，将满天繁星映衬得璀璨夺目。操场上空无一人，寂静得唯有草丛中的虫鸣。教学楼的窗口依次暗了下来，只剩星光与居民楼的灯火，将林若阳的身影在红色塑胶跑道环绕的绿茵场上拖出长长的斜影。

清爽！

林若阳深吸一口气，清凉的夜风让她的脑袋渐轻下来。今天妈妈临时有事，要晚些才能接她回家。林若阳惬意地享受着片刻的安宁，不知不觉哼起歌来。

“你从哪里来，我的朋友……”

不经意哼起上学年合唱比赛的歌曲，林若阳无意识地走圈，从北侧的灯火通明的居民楼走到西侧黑漆漆的教学楼。

“砰！”

“啊！”如被一颗陨石击中，林若阳抱头蹲下，只见一颗足球蹦跳着向边界的铁丝网远去，一个黑影从她面前奔过去，稳稳地将球控住。

林若阳一边揉脑袋，一边抬眼望去。刚刚如释重负的脑仁此刻又叫嚣地沉了起来。

黑影转身，面向她，既不道歉，也不蹦跳着折回绿茵场，只是呆立在那儿，等待林若阳发作。

“踢球不会看着点！”林若阳站起来，愤愤地向前走去，也不管漆黑一片，恶狠狠地白了他一眼。只听到身后传来一阵窸窸窣窣的碎响，黑影不再踢足球，而是跟在林若阳身后，她走一步，他跟一步，真真如影子一般。林若阳开始以为那只不过是一个和楚天阔一样喜欢踢足球的男生，可黑影并不急于踢球。林若阳不由得心头一紧，怕是学校进了坏人。

林若阳向后偷偷一瞥，还未看清那人的脸，便快步向前跑去，那黑影也跟进在后面跑起来，很快两人在塑胶跑道上的斜影交叠在一起。

“林若阳。”

一个低沉的声音在林若阳的耳畔炸响，一股从记忆深井升上来的味道将她包围。那股运动的汗味彼时闻起令人生恶，此时此刻却如一股清泉，流遍她的全身。

“好久不见。”

“好久不见。”

楚天阔长高了却又胖了许多，犹如一头笨重的棕熊，动作却依旧灵巧。

“你……”二人同时发声，千言万语，瞬间凝滞。

“你先说。”楚天阔绅士地退让。

“不，你先说。”林若阳却更期待楚天阔的问题。

楚天阔不再推辞：“我听班长说你签约了，恭喜，挺让我意外的。”

“你这一年都去哪儿了？”

“我吗？”楚天阔笑笑，“休学住院，恐怕以后再也踢不了足球了。”

林若阳轻声“啊”了一声。

“怎么，你现在还在合唱队吗？”

“不在了，上了初三，一直忙中考，好久没唱歌了。”

一股无名的忧伤在二人之间升起，千言万语如鲠在喉，却一句也吐不出来。林若阳和楚天阔默默地呆立，星光如酒，给二人的面庞蒙上一层发光的薄纱。

林若阳的手机突然狂躁地响起来，她慌忙拿出来，妈妈的大头像在上面正催促着她快接电话。

“我妈来接我回家了。”

楚天阔轻“哦”了一声，有些落寞地在身后的足球背包里翻找着什么。

“喂，放学了……我马上出来。”林若阳最后看了楚天阔一眼，挂断电话。

“我……”二人异口同声。

楚天阔不再推让，将一个皱皱巴巴的牛皮四开本子塞进她手里：“这些乐谱你收好，一定要继续唱下去。”

“即使踢不了足球，也不要放弃你的梦想。这个世界上有很多与足球有关的职业……”

“铃——”妈妈的大头像又在林若阳的手机屏幕上出现。

“你快回家吧。以后有机会我再来找你。”

林若阳点点头，慌乱地把乐谱本塞进书包藏好。千言万语迎面扑来，楚天阔突然想起自己还有太多的话没说。

“我将如何联系到你？”刚一开口，林若阳便从他的视野里消失了。

中考一天天临近，终于到了回家复习的最后两周。林若阳待在家里无所事事，成天翻着楚天阔给的乐谱。合唱谱，乍看之下竟有几分陌生，林若阳回忆了半晌，才又想起合唱声部“S.A.T.B.”的站位，画满蝌蚪的五线谱又重新在她的脑海里奏响曼妙的旋律。

让一个五音不全的人收集乐谱，如同让一个没有味觉的人胡乱添加调料，失败的次数虽多，却总能找到一两个出人意料的闪光点。

林若阳胡乱地翻着乐谱，右手轻打节拍，嘴里小声哼唱和声的主旋律。都是些唱过的曲子，没什么新意。林若阳百无聊赖，一股倦意袭来，眼神开始迷离……

“菊花残，满地伤……”林若阳打了个激灵，忽而从床上爬起。《菊花台》也被编成合唱曲了？林若阳惊奇地发现，越往后翻，里面竟然还有《放牛班的春天》！林若阳如获至宝，小心翼翼地捧起乐谱，轻轻将乐谱与本子的开合处重新粘好。

真的要好好谢谢楚天阔。林若阳掏出手机，给楚天阔发了一条短信。

“谢谢你的乐谱。”

林若阳将手机放在桌子上，本以为这次依旧会石沉大海，却没想到手机瞬间响了起来。

“你是谁？”

林若阳只觉见到的不是楚天阔，而是化身为他的鬼魅。

中考如同一场没有睡醒的午觉，浑浑噩噩地消失在为之奋斗三年莘莘学子的生命里。

或许三天真的太短，不能体现那三年的全部价值。

中考完才发现，全班重聚有多困难。旅游的旅游，报课外班的要上课，两个多月的超长假期与以往似乎并没有什么不同。改变的只是结束后，教室里全新的生面孔。

“若阳，高中还来合唱团吧。”“刘妖婆”难得一身黑色，坐在照相机前的第一排，对站在身后的林若阳问道。

“嗯。”林若阳点点头，“我刚得了一本很赞的乐谱。”

“是吗？借我瞧瞧，看有没有适合高中生唱的……”

“来，大家看镜头。”摄影师朝照毕业照的师生们大喊，“1，2，3，茄子！”

十五岁青葱韶光被永恒地定格在这一刻。

从此，林若阳的身边不再有熟悉的朋友，本来说好和她升入同一所高中的郭宇非，以市状元的成绩毁约去了全市最好的高中。

从同一个起点出发的少年们，沿着各自不同的轨迹，走向人生的彼岸。

贰

那些无法穿越的城池

第二十一章

神秘客户

十年后……

这个世界上最不缺的就是贱人！

一个星期前，林若阳和唐婉莹还是从同一间寝室走出来的好姐妹，可现在，唐婉莹就端着饭盘在林若阳前面的前面排队，可林若阳非但不想和她打招呼，甚至想把手中的饭盘直接扣在她那头飘逸的亚麻色大波浪上面。那头迎风飘扬的“骚发”曾无数次俘获大学校园里男生的芳心。每当轻风拂过，温婉的薰衣草香像被勾兑了雌性激素，在蓬松的发间荡漾。毛扎扎的触感撩拨周围人最细微的毛孔，直到根根白得透明的汗毛竖起，点点鸡皮疙瘩在皮肤上浮现。唐婉莹最喜拉上林若阳自拍，将毛茸茸的脑袋藏在林若阳干净利落的短发后面，靠不平等的距离关系构建出两张一大一小的脸。

反正林若阳无所谓，不知从什么时候开始，林若阳变得对一切都无所谓了，尤其是在高考过后，当学习成绩变得不再决定一切之时。

有人陪也行，没人陪也无所谓。大学的时候林若阳经常披头散发在校园里游荡，后来唐婉莹实在看不下去，硬拉她做了个不需要天天打理的发型。

无所谓啊。

殊不知短发比长发更需要打理。

此时此刻，唐婉莹的手蜿蜒地伸向前面一个穿黑西服的高大背影。

真是一对狗男女！

一星期前，陪在王伟身边的人还是林若阳，唐婉莹不过是一个硬插进来的大灯泡。如果不是出差临时提前回家，林若阳也不会看见那让她恶心到现在的画面：自己的闺蜜和男友一丝不挂地在她和王伟平时做爱的床上吹箫。

恶心至极！

林若阳搬出了和男友的爱巢。在这个陌生的大都市里，何处是她的家？

当年高考填报志愿的时候，林若阳义无反顾地选择了北京的大学，以她的成绩，当地的任意一所学校任她挑选。她上的大学并不是多么优秀，只是为了能来北京。在应试教育模式化的培养下，向更好的地方挺进已经成为她潜意识中的全部。首都带着迷离的光芒，如磁石般吸引着她。她从未想过北京究竟适不适合自己，她只知道这是一座充满了机遇的城市。现在她才意识到这个决定有多么错误！拎着箱子，孤零零地走在马路上，孤独如潮水般涌来。

“林若阳。”一个低沉的男声在林若阳身后炸响，林若阳猛然回身，只见曹健正一脸贱笑地看着她。

林若阳和曹健是高中同学，当年高中时，曹健也没她学习好，上的大学也没她好，怎么进了一家公司后，曹健反而成了比她更优秀的销售达人？林若阳想不通，更想不通他这一脸微笑背后，藏的到底是什么心思？

“借我加个塞。”

还未等林若阳同意，曹健就已经挤了过来。林若阳看看他油光满面的脸，再看看身后的人潮中一个个面黄肌瘦的脸，一脸嫌恶地一言不发。

“老同学，别这样，高中时就这么高冷，现在咱都长大了，不流行这一套。”

林若阳不理睬曹健的玩笑，曹健尴尬地笑了几声，慌忙转变话题。

“你说你大学学的就是保险专业，怎么还是这样？我告诉你一个机密，”曹健凑到林若阳耳边说道，“上面开会了，以后要实行末位淘汰制，你的业绩要还是这么低的话，恐怕就待不住啦。”

林若阳瞥了他一眼，没再说话。尽管她表面上对业绩一点也不看重，可心里却不得不被现实所羁绊。或许选择推销保险真的是一个错误，因为她始终无法敞开心扉，对每一个客户“低三下四”地热情。

“我现在手上有一个客户。”曹健趴到林若阳耳边，“需要你帮忙。事成之后，算你一半，怎么样?”

“为什么是我?”林若阳心里嘀咕，刚把她损得一无是处，到头来却有求于她。

“这个客户有些难搞。你高中时不是代表学校参加英语演讲比赛还获过奖吗？这个客户是个退休的法语教授，你们比较有共同语言。”说到一半，部门经理端着托盘从二人身边走过，曹健立刻丢下林若阳，屁颠颠地跑去追他，林若阳的耳根瞬间清净下来。

“我又不会法语。”林若阳虽这样想，却还是心动了。

待见到客户王纾女士，林若阳才体会到曹健口中的难搞是什么意思。

那是一个烈日炎炎的午后，北京的天空鲜有的不会被雾霾笼罩，刺眼的阳光将公园的足球场烤成一块反光的玻璃，一个满头白发的娇小身姿孤独地坐在看台一角，嫩粉色单衫将她白皙的肌肤衬托得更加白净，一件浅灰色薄褂随意地搭在肩上，虽然年老色衰，却依旧不失女人的风度。淡妆点缀下，一双杏眼秋波横溢，挺拔的鹰钩鼻颇有欧洲人的气质。犹如一个不食人间烟火的仙子，给人一种难以接近的高贵之感。

“王阿姨，您好。我是A公司的保险业务员林若阳。”林若阳有些狼狈地递出自己的名片，挤了一路地铁，总算按时到了指定的地点，却还是比客户晚到了一步。

王纾没有去接林若阳的名片，只是高傲地扫了一眼，又看看被汗水浸透的林若阳，伸出白皙修长的双手，淡淡地说了句："Bonjour。"

林若阳一愣，刚笑着伸手去握，王纾便抽回了右手，目光中满是冷冷的不屑。

林若阳搞不清楚状况，灰溜溜地坐到王纾身旁，一边偷偷打量她的神情，一边关注着眼前的绿茵场。

虽然中学里有着国际标准的足球场，但这是林若阳第一次坐在看台上俯瞰球场。自从学校里少了楚天阔，林若阳就再也没有看过足球赛。本身就对足球不感兴趣，当年的周周看球，无非是为了那个从不言弃的追梦少年。

少年不再，梦也消散。

升入高中以后，林若阳没再参加合唱团。学习好所带来的一系列优待犹如一个不断膨胀的魔鬼将林若阳心中仅剩的爱好排挤得毫无立足之地。林若阳的眼中除了一个个冷冰冰的分数外，不再有他物。她变了，变得不爱笑，不爱说话，变成一个麻木不仁的"怪物"。起初林若阳并没有意识到这一点，直到毕业那天，她惊觉地发现，对于即将告别的诸位，她的内心没有一丝伤感的情怀。

太可怕了。

但当她意识到这一刻时，一切都已经太晚了。

林若阳难以理解，高贵的王纾为何硬拉她看一群小学生踢足球？整个比赛过程，王纾没有跟林若阳谈过一句跟保险相关的话，只是自顾自地陶醉在自己的情绪中，时不时爆出几个林若阳听不懂的法语单词。

保险推销员的时间就不是时间吗？知不知道，一个成功的保险推销员能在林若阳看球赛的时间里创造出多少业绩！

反正林若阳自认很失败，她的手上除了曹健硬塞进来的王纾还真就没有其他客户了。

做好推销，最重要的就是人脉。偏偏林若阳一与人打交道就变得十分木讷。再加上林若阳本来就没把做保险推销当成自己一辈子的事业，只是浑浑噩噩地被推荐到了公司。不知是不是这个原因，林若阳的保险推销做得格外失败。

终于熬完了！林若阳捡起地上一张不知被谁扔掉的房地产小广告，不顾形象地给自己扇点凉风。热！真是太热了！林若阳觉得自己都能挤出水来。王纾将头微微转向林若或阳一侧，林若阳只感到两束寒光射向自己，立刻停下了自己有失高雅的举动。

“Viens avec moi （跟我来）.”王纾优雅地起身，林若阳不明所以，只有跟随她身后。也不知这个老太太究竟是中国人还是洋鬼子，林若阳对王纾的好印象带着残留的余温变成一摊狗屎。

“奶奶。”一个穿着球衣的小正太飞奔着扑向王纾。王纾有些艰难地蹲下身，张开双臂接住男孩，林若阳在祖孙二人身后，第一次看到王纾身上慈祥的一面。

“Parler français（说法语）.”

“奶奶，楚教练说了，我是中国人。是中国人就要说中文。”

林若阳在一旁听着小男孩的话，只想鼓掌叫好。

王纾放开男孩，再度艰难地站起来，林若阳在身后伸手扶住了她。

“Merci（谢谢）.”王纾推开林若阳，落寞地向前走去。

男孩一脸的沮丧，朝王纾的背影大喊。王纾停了下来，男孩的脸上才又换上笑容。

林若阳伸手摸摸男孩的头：“你叫什么名字?”

“王冠男，小名毛毛，奶奶叫我Louis。”

“这么多名字。”

“这事说来话长，你就叫我毛毛吧。”男孩很认真地说道。

“毛毛。”林若阳略带玩味地念着这个名字，心想王纾怎么会取个这么土的名字?

男孩八九岁的模样，虎头虎脑，皮肤黝黑，塌鼻梁，小眼睛，没有半点王纾的影子。

“楚教练！”毛毛突然对着林若阳身后大喊。林若阳缓缓回身，只见一个身穿绿色国安球服的伟岸身影出现在她面前。

“你跟王阿姨谈得怎么样？”翌日中午，曹健不怀好意地端着托盘坐到林若阳前面的空位上。

明知故问。

林若阳暗自诽谤，只想一拳打碎曹健鼻梁上的金边眼镜。

“看你这副臭脸就知道没什么好结果。算了，你这个学霸也不过如此，拔了毛的凤凰不如鸡。”

“你说够了没有？”林若阳“啪”地撂下筷子，一时间，喧闹的饭堂瞬间变得鸦雀无声。曹健在众人交汇的目光中尴尬地笑笑，旋即唯唯诺诺地端着盘子跟在林若阳身后。

“若阳，你听我解释，若阳……”

林若阳突然止步，曹健刹车不及，手中的托盘撞到林若阳身上，差点将盘中的剩菜撒出来。

“你干什么……”

林若阳像被施了法，呆呆地立在原地。曹健抽抽鼻子，闻到从前方传来的一股酸涩的气味，这气味混合着尴尬，混合着愤怒，还有少许感伤。曹健不着痕迹地从林若阳身后跨到身侧，看到了西装笔挺的王伟。

“王经理好。”曹健一脸的谄媚，对着王伟点头哈腰，一边斜眼打量林若阳的神色。

林若阳脸上青一阵红一阵，她只觉舌底发涩，竟再说不出一句话。

王伟的白色Armani衬衫支棱着超薄透气的高级棉纱，犹如一只开屏的孔雀，炫目的白光让林若阳不敢直视。

曹健的两只小眼睛在王伟与林若阳身上跳跃，忽然一阵薰衣草香伴随着亚麻色波浪扑面而来，将三人间酸涩的气味搅动成令人难以忍受的“香臭混合物”。

“Darling，”唐婉莹小鸟依人地挽住王伟的胳膊，“我刚才一直在找你。若阳，”唐婉莹的声调陡然一变，鄙夷地打量站在林若阳身边的曹健，“好久不见。没想到，你现在竟然和这种人在一起。”

血不停地上涌，林若阳恨不得将手中的托盘直接扔到面前这对狗男女身上。

“给我吧。”曹健不留痕迹地接过林若阳手中的托盘，待林若阳确定曹健已经拿稳松手之时，只听“砰”的一声，托盘坠地。

“啊！”

“你没事吧。”王伟立刻俯下身，用自己的手帕为唐婉莹擦拭溅到腿上的菜汤。

“林若阳，你是故意的！”唐婉莹恶狠狠地瞪向林若阳。

林若阳只觉胸中恶气已出，说不出的畅快。

“林若阳，给婉莹道歉。”

王伟凌厉的目光紧随着唐婉莹落到林若阳脸上。畅快不再，取而代之的是寒心。

林若阳脸涨得通红，心中的高傲让她拒绝为自己辩解，可王伟似乎并不打算放过她。“罪魁祸首”曹健成了一只缩头乌龟，也不打算还林若阳一个清白。

“算了，我不跟这种人计较。”唐婉莹重新挽起王伟的胳膊，“物以类聚，人以群分。难怪你和若阳会分手。咱们走吧。”

王伟不再看林若阳，任由唐婉莹拽着，重重地撞过林若阳的肩膀。

泪水无声地划过林若阳的脸颊。

“你怎么了？”

阳光下，绿茵场上，身穿绿色球衣的伟岸身影缓缓走到林若阳面前。富有磁性的男低音如同春风拂过林若阳的面庞，同样，还有一股来自记忆深处的气味。

那气味，乍闻起来刺鼻难耐，汗臭混合着荷尔蒙的腥味，但细细“品鉴”，里面融合了泥土的芬芳、草地的清新，还有林若阳早已逝去的青春的激情。

“Bonjour!”男子俯身，向王纾伸出右手，如同演出般，在王纾伸过去的玉葱上留下一个浅浅的吻。

“Bonjour!”王纾优雅地朝男子一笑，十分享受他的配合。

林若阳撇撇嘴，和毛毛无奈地对望。

“王阿姨，谢谢您能来。”到底是装不下去了，足球教练说起了中文，“毛毛是个好苗子，好好培养，说不准哪天就捧个大力神杯回来。”

“什么杯?”

“大力神杯。”毛毛一副小大人的模样纠正道，“奶奶，你连这个都不知道，还来看什么足球啊。那是颁给世界杯冠军的，每四年才颁一次。”

“那我们Louis可要加油了……”王纾接着又说了一大串法文，林若阳只觉得年纪大的“作女”更不好惹，干脆将目光飘向毛毛的足球教练。

这张脸，貌似在哪里见过。一样的鹰钩鼻，一样的浓眉大眼，一样的左颊上与肤色不分伯仲的泪痣，一样的阳刚之力……

男子的五官在林若阳的脑中变小聚拢，一张熟悉的脸终于出现在林若阳眼前!

“你怎么了?”

林若阳慌忙擦掉眼角溢出的欢喜的眼泪，似哭似笑地喊道：“楚天阔，真的是你吗?”

“你怎么了?”曹健的小眼睛眯成一条缝，闪着油光的面庞上满是青春痘的墓地，“这么多人看着呢。”

林若阳用手遮住脸，带着哭腔说道：“你先……先走。我……没事……”

曹健看看林若阳，又看看望向他俩、正在用餐的同事："好了，这样的男人也不值得你为他流泪。别哭了。"

林若阳突然转向曹健，拿开挡在面前的手，朝他挤出一个灿烂的微笑。

"你放心，我一定会拿到'王妖婆'的订单。"

第二十二章

这绝对是个阴谋

和王纾的第二次见面，依旧是在一个神奇的地方——老年活动中心。就不能在一间咖啡屋或是快餐店里安安静静地买保险吗？林若阳真是服了这个奇葩老太太。

被保安拦在小区门口等了快一个钟头，王纾的电话才姗姗打进值班室。林若阳好不容易进了小区，却根本找不到王纾所说的老年活动中心。小区的楼房似乎都披上了隐身斗篷，主干道两侧高大纤细的银杏树整齐地排列着，茂密的绿色伞状树叶遮天蔽日，唯能看到缝隙间隐约闪烁的些许红色砖影。

王纾的家是闹市中难得的静谧空谷，虽然毗邻城市最繁华的商业街，但高密度的绿植和低密度的楼群让居民们丝毫感受不到外界的匆忙。此外，因为这里处于城市中心地带，建筑不能高于五层，所以每一栋都是不侵吞使用面积的板楼。

吐纳银杏树淡淡的辛味，林若阳疲惫不堪的身体渐渐恢复了知觉。走进王纾生活的小区，她再也不后悔自己的决定。正如曹健所说，这是一条大鱼。

“其实你搞好业绩和你当年拼命学习都是一个目的，为了自己。”楚天阔仰头将啤酒瓶中的透明液体一饮而尽，“你知道吗？我初一的时候，班主任没少找我的碴，动不动就找个借口把我的足球给没收。什么班里不让放，什么砸伤同学，打破玻璃。我呸！全扯淡！其实就一点，只要我期中、期末能拿出像样的成绩，我不上课去踢球，她都不管我。”

“这成绩、业绩就像一个人的证件照，不能绝对代表你真正的样子，却是你在别人眼中全部的模样。你看，我到后来搞足球比赛不去参加合唱排练，你说是谁给我的权力？就是成绩这张‘证件照’。”

“纵使你卖保险就是在玩票，但你现在业绩搞不好，你的同事肯定在背地里都瞧不起你，真正吃亏的人是你。”楚天阔再度举起啤酒瓶，一饮而尽，“好好的中国人，我也不想说法语，可人生哪有……”

林若阳小酌一口杯中的莫吉托，涣散的目光在薄荷与柠檬的刺激下瞬间清爽起来。球场旁的小酒吧灯光昏暗，给这些被酒精麻痹的灵魂蒙上一层看不穿的阴暗，心情如同冰封的玄铁，浸湿了，更沉。

“时间不早了，我该回家了。”林若阳不想再听下去。

“我送你。”

“不用。”林若阳看了桌边酒水单上的金额，掏钱放好，只想从这个“陌生”的老友身边逃走。

楚天阔不肯，摇摇晃晃地起身，想要抓住林若阳，林若阳却像一条游鱼，从他的指缝间溜走。

林若阳快步绕过围在酒吧中央LED屏幕前看球赛直播的人群，走向门口。

“国安下课！”

人群中不知是谁高喊，林若阳猛地回头，瞥了一眼LED屏，只见一个身穿绿色球衣的运动员痛心疾首地跪坐在草地上，特写的表情分明是在决胜点踢了一个乌龙球。

“国安垃圾！”

很快，附和声淹没了解说员激情澎湃的演讲，混乱的场面催促她加快步伐。

"砰!"

余光中，只见楚天阔举起一个玻璃瓶，朝人群砸去……

循着与一片安宁格格不入的乐音，林若阳终于找到了老年活动中心。远远的，只见一片雕梁画栋，蜿蜒的长廊如同故宫的十里画廊，若是身穿旗装的六宫粉黛坐在上面，那画面一定是极好的。可惜坐在上面的，是一群浓妆艳抹的大爷大妈，不仅年老色衰，颤颤巍巍的声音像极了冷宫里寂寞难耐的哀号。

"东方红，太阳升……"影影绰绰的响动随风在银杏叶上的光斑间跳跃，林若阳捂住耳朵，这声音仿佛一驾行将就木的马车，让人听得揪心。

林若阳一咬牙一跺脚，终于闯进长廊。

曹健说过，做一个成功的保险推销员，不仅要有"不要脸"的性格，更要上知天文、下知地理，了解生活动态，体察国内国际局势。现如今，连《牛津词典》都收入了"dama"这个汉化词，保险从业者又岂能小瞧这股战斗力非凡的勇士？在曹健看来，人傻钱多就是中国大妈最好的代名词。

"你知道，我是怎么认识王纾的?"

林若阳一副心不在焉的样子，却丝毫不影响曹健的兴致。

"广场上。"

"她也跳广场舞?"

曹健的小眼睛闪烁着兴奋的光芒："想不到吧，像她这么高傲的人也会去那儿。我跟你讲，老人最怕的就是寂寞，谁都不例外。这个王阿姨，丈夫早丧，留下个遗腹子。好不容易把儿子拉扯大，考上了哈佛大学，谁知读了还不到一年，就被一辆超速行驶的汽车撞死了。"

"那保险得赔钱吧?"

曹健意味深长地叹了口气。

“横断山，路难行……”

老人们的乐曲换了一首又一首，林若阳还是没有找到王纾的身影。老人们或亲切或挑剔的目光扫过林若阳全身，让林若阳有种说不出的伤感。看着这些笑容满面的苍老面孔，岁月的沟壑被口红、眉笔的修饰抚平，音符如同一杯忘忧水，将垂老的衰败幻化成重生的自信。

王纾正一个人坐在长廊的尽头，冷冷地旁观左前方老年合唱团的排练。

“Bonjour！”林若阳向王纾问好。王纾穿了一件白色的短袖衬衫，脖颈上的铂金项链缀着一个高音谱号，一颗蓝钻嵌在上面，幽幽地发出孤傲的光芒。

王纾没有说话，只是出神地望着前面那一群欢笑高歌的老人。

林若阳讪讪地不知道该说些什么，只听得后方瞬间清净下来，不过紧接着，是比之前更强烈的喧嚣。

“老苏啊，你这上衣不错啊，料子真好。”

那个被称为“老苏”的女人娇声娇气地说道：“李姐，别‘老苏’‘老苏’地叫我，虽说我比你大三岁，可看起来比你年轻多了。”

一群老太太闲唠家常。林若阳没有听的兴致，也不急于坐到王纾身旁。

“咱走吧。”王纾似乎刻意给林若阳留了面子，不再说法语。林若阳顺从地跟在她身后，朝远离人群的长廊出口走去。

“Ms.王，你看，”一只青筋尽露的手突然抓住王纾白皙的胳膊，“我这件衣服怎么样？我儿子从美国给我买的，你说，我穿这件衣服去参赛怎么样？”

王纾别扭地把胳膊从老苏的“鸡爪”里抽出来，揪住她的衣角，用手不停地摩挲：“你这衣服是美国的？这料子怎么跟我在早市上看的‘10元一件’一个样？哟，这上面还有英文字母？‘Junk’？你知道这是什么意思？垃圾！你儿子说，你是垃圾！”

“你!”老苏气结，一把抓住王纾的胳膊，“你有什么好神气的!留过洋了不起呀!你才垃圾，你们全家都是垃圾!”

“你!”王纾气结，“赵朴，这合唱团有她没我，有我没她，你自己掂量!”

正在翻乐谱的赵大爷张张嘴，一脸无辜地望着绝尘而去的王纾。

“王阿姨!”

如果再给林若阳一次机会，她肯定不会叫住王纾。

“小姑娘，你给评评理。你说……”

此处省略一万字。

真是老顽童。林若阳同情地看了一眼被众人批斗的王纾，王纾坐在远离人群的一角，像个受气的小媳妇般低垂着头。唉，林若阳在心里重重地叹了口气。都多大年纪了，还耍小孩子脾气？本来大家接到区里举办社区合唱团比赛的消息都无比激动，偏偏在选歌的问题上出现了争议。以苏大妈为首的众人想唱红歌，一来想在选曲上讨上级领导的欢心，得个友情分，二来红歌简单易学，综合考虑全团的水平——苏大妈就以自己为例，不识谱还老眼昏花，最好选那种听几遍就能学会的歌。偏偏王纾非要唱法文歌，她也给出了两点理由。一来外文歌难度大，一上场准能让评委傻眼（“都听不懂，还有什么资格评判好坏。”这是王纾的原话），二来她有这方面特长，能够辅导大家，“学会不成问题”。众人都觉得王纾的提议不靠谱，偏偏王纾死都不肯向苏大妈妥协。于是，王纾从排练时就把自己“流放”，坚决不与这群俗人同流合污。

不是连广场舞都跳了吗？林若阳想不通，到底是曹健撒谎，还是王纾太善变。

既然王纾决定把自己“流放”，那么苏大妈也就乘胜追击，带着大家唱了几首耳熟能详的红歌，效果不错，便让团长赵朴着手准备谱子。一直以来做指挥的王纾觉得自己在合唱团的地位被身为领唱的苏大妈挑衅，心中憋了一股邪火，按苏大妈的话说，就是净出幺蛾子。

“我们是一个集体，又不是她一个人。平时排练的时候就够迁就她了，她还想怎么样？大家都做了决定，就该少数服从多数……”

其实从苏大妈的手抓住王纾胳膊的刹那，林若阳就明白，王纾的突然发作并不是因为这个。

“你觉得咱们合唱团是什么水平？唱红歌能唱过其他社区？法语歌只是一个设想，总比唱滥的红歌好千倍！”

“大家都做了决定……”

“什么叫大家做决定？你那叫‘陪绑’！赵朴，我问你！你说，到底哪个好！”

无辜的赵大爷再度被卷入争论的中心。

“我……我都行，听你俩的。”

“要我说，你这团长干脆别当。什么主意都拿不出来！”

苏大妈立刻接过话茬：“怎么，你想当团长？你个‘皇后命’，还是安安稳稳地等着被人伺候吧。这么劳心劳神的活，还是交给我吧。”

王纾腾地站起来，冲到苏大妈跟前：“苏怡，我告诉你……”

“怎么，想动手？”

王纾、苏怡两位大妈一左一右夹住林若阳，隔着她，竟开始撕扯起来。

“都别吵了！听我说！”

如狂风掠过，银杏树抖搂着叶子，战栗。

林若阳深吸一口气：“都听我说！王阿姨，法语歌肯定不行。还有，苏大妈，攻击对方的观点不用非得揭人伤疤。对了，你们这里谁是指挥？大家都识谱吗？分过声部没有？是选同声还是混声——怎么了？”

林若阳一口气说了一大堆，突然发现大爷大妈们正以一种惊悚的目光盯着她，远处，一位鹤发的老大爷干脆张大了没有一颗牙的嘴，直勾勾地看着她。林若阳如同泄了气的皮球，刚刚涌上脑门的血迅速归位，全没了刚才的豪情壮志。

苏大妈缓过神来，抓起林若阳的右手，林若阳这才意识到，自己的左手一直被王阿姨死死地攥在手心里。与料想中的完全不同，右手接触到的是一片光滑的贝壳，而左手似乎正在经历刀锉之刑。

高贵如王纾，手心怎会如此粗糙？

林若阳诧异地看向王纾，此时此刻，那双向来藐视一切的双眸竟闪烁着感激的泪光。

“小姑娘，你叫什么名字？”苏大妈率先打破了僵局。

“我叫林若阳，是保……”

“她是我请来的外援，”王阿姨不容林若阳说完，继续说道，“从今天起，她会全程辅导我们的排练，从选曲到最后上台，她全权负责！”

“曹健！说！你是不是故意的！”

曹健狡黠地一笑：“了解业务员的潜力也是成功的关键。”

“你！”

“你可是放过狠话的。要是中途退出，怎么让王伟瞧得起你？我们现在是一根绳上的蚂蚱，都指望这条大鱼来个咸鱼翻身。”如同一只玩弄垂死老鼠的猫，曹健弓着背，浑身散发着不可抗拒的威力，“当初就是在广场的合唱展演遇见的她，你见到她胸前那颗蓝钻了吗？至少3克拉……”

“等等，你不是说她跳广场舞的时候吗？”

“我有说过吗？只是你的猜测罢了。像她这么高傲的人怎么会去跳广场舞呢？林若阳，你看人的本领还是有待加强。”

林若阳冷哼一声，不愿与他强辩：“那现在怎么办？她让我负责他们的比赛，可我根本就做不到。”

曹健露出一个大大的微笑：“干咱们这行，顾客就是上帝。说你行，你就行，说你不行，你也得行！”

第二十三章

好久不见

林若阳忘不了王阿姨脸上落寞的神情。曾几何时，她也曾孤零零地望着前方欢笑的人群，不知所措地坐在原地，佯装漠不关心。她们这种人看上去像奓了毛的刺猬，让人难以靠近，但躯壳下面，却是一颗柔软而善良的心。

“学音乐的人都是快乐的。”

刘老师的话突然划过林若阳的脑海。是啊，音乐能让人身心愉悦。可为什么还有与音乐做伴的人死抓着别人的伤疤穷追猛打？音乐真的是净化人心的绝世良药，还只不过是生活的一剂调味？

苏大妈的话中句句带刺，直戳王阿姨的心坎。

儿子！

如果王纾的儿子还健在，现在的她还会穿上那副“金刚铁甲”？抑或像个正常的女人一样，在为儿子呕心沥血大半辈子后，依偎在他宽阔的肩膀里，像个小女人般享受他的疼爱？似乎之前的成见如冰山般融化，在林若阳眼中，王阿姨不再是一座坚不可摧的宝塔，她只是一个不被人理解的弱女子。

“林若阳，你看人的本领还是有待加强。”

林若阳在心中不屑地笑笑，表面上却对曹健的玩笑依旧怒目而视：“我根本做不到！”

“干咱们这行……”曹健又开始了他的长篇大论。看着眼前这个唾沫星子横飞的男人，林若阳心中又生气又觉得好笑，和曹健拌嘴，不知不觉中已经成为了她生活的一部分。

“行啦，逗你玩的。”林若阳扑哧一声笑了出来，“你懂什么？这一个合唱团几十来口，要是人人从我这里买一份保险，我一年的业绩都够了。”

“孺子可教。到底是‘学霸’，一点就透。”

“不过，”林若阳拖长音，话锋一转，“你这么精明市侩的一个人，怎么突然对我这么好？”

“我……”曹健突然涨红了脸，一改往日的能言善辩，“我……”

曹健的眼里闪过一丝柔光，虽转瞬即逝，却还是被林若阳捕捉到了。犹如瞬间触电，林若阳从曹健的眼里读出了她最反感的信息。

“听说你和足球社‘男神’……”

“我先走了。”林若阳不等曹健说完，逃也似的离开。

尽管松开了天真的尾巴，林若阳还是对成长有种不可言说的抗拒。或许像一只把头扎进沙子里的骆驼，但小孩子的落跑逃避仍旧是林若阳处理问题的方法。

面对不了，那就逃！

林若阳匆匆地逃出足球场边的酒吧。

楚天阔变了！变得和曹健一样！如果说为了生存就要改变自己，林若阳绝不能接受！

“国安下课！”

“国安垃圾！”

酒吧里嘈杂的叫喊如同马鞭，抽打着林若阳加快步伐。

“砰！”

“我肏你姥姥！”

楚天阔的声音犹如一声惊雷，将在门口与夏夜凉风亲密接触的林若阳定住。林若阳慌忙回身，只见楚天阔摇摇晃晃地向人群走去。

“你想干什么？”立刻有一个后背盘着一条青龙的彪形大汉挡在了楚天阔前面，挑衅似的把他往后推。

楚天阔甩开男人的纠缠，走到一个瘦弱的男人面前，揪起他的衣领：“有种你再说一遍！”

男人浑身打着哆嗦，但仍不示弱：“国安就是垃圾！”

楚天阔扬起右拳，就要打在男子瘦弱苍白的脸上。

“你干什么！”一个站在男人身后的“朋克男孩”大喊，“快住手！”

楚天阔恶狠狠地瞪向他，举起的右臂却突然被一股强大的力量向后拽去。

“我看你是活得不耐烦了！”“文身男”将楚天阔摁到后墙，一拳打在他脸上。肌肉碰撞的声音像是点燃球迷激情的催化剂，LED屏上的绿茵场再度随着双方球员的跑动欢腾起来。酒吧内也随即自动分化成两个阵营，为着变了味的“信仰”而战。一时间，小酒吧变成了格斗场，桌椅倾倒、玻璃破碎、拳拳到肉的声音不绝于耳。楚天阔被一群人摁在墙角围攻，随着混战的拉锯，对手不时被身后的国安铁杆球迷拉去单挑。林若阳瞅准机会，如泥鳅般挤进人群，将不停摇晃的楚天阔强行拉出来。

“你放开我！我还要好好教训他……”

林若阳架起楚天阔，不管三七二十一就往外拖，还没拖到一半，只听得警笛炸响……

完了！

“姓名？年龄？家庭住址……”

警察局内，涉事人员被一一传唤。

长椅上，楚天阔倚墙而睡，响亮的鼾声引得坐在身旁的林若阳不得不一次次把他叫醒。

“哒哒哒。”林若阳用舌头做着效果音，楚天阔的鼾声配合地弱了下来。

倒霉!

进警局林若阳还是头一遭。想想也真是晦气。被戴上手铐，坐在狭小的警车里，男人们身上的酒精味和汗臭，以及流血的腥气让她只想干呕。

警察叔叔，我没干坏事啊!

就是在错误的时间出现在错误的地方，林若阳与这群“足球流氓”一同被带到警察局。

“下一个!”一个胖警官走了出来，拍拍楚天阔的肿脸，“嘿，醒醒。”

“是，警官!”楚天阔从座位上弹起来，一副经验丰富的样子。

林若阳看着楚天阔被带走，刚想起来喊冤，那个肥硕的警官身影早已消失在走廊尽头。

“苍天啊！我真没做过坏事!”

白墙上的指针，终于停在了“12”的位置。

“林若阳。”一个西装笔挺的身影急匆匆地跑进来，如果不是被肥膘所累，这欢脱的男子也绝对是一枚小鲜肉。

“你是……”看起来有些眼熟，可林若阳实在想不起在哪里见过他。

“我是郭宇非啊。”

还我儿时的白衬衫男神！林若阳只想把双眼戳瞎，长大后，她还有些懊悔当年拒绝班长的表白，那时候自己还不是外貌协会，没有意识到郭宇非才是真正的校草。

现在这个“矮冬瓜”是什么鬼？郭宇非似乎初中长到1米75以后就没再往上长，所有肥膘都往横向长了。

“啊……班长好眼力，一眼就认出我来了。”

能在警察局重逢，也真是很奇妙的缘分。

“刚才警察来电话，让我来捞人。”班长还是深谙读心术，“天阔呢?”

“进去好一会儿了，还没出来。”

郭宇非急匆匆地冲进走廊尽头的办公室，熟门熟路的，就像是里面的常客。

当年只记得楚天阔和郭宇非一起去了全市最好的高中，真没想到大学毕业，还能在一个城市里生活，还能保持这么好的关系。

小西，这么多年，你都在哪里？

何小西离开的头两年音信全无，不过林若阳高三的时候，她在自家的信箱里收到了一封没有邮戳、没有寄信人的信。

林若阳：

何谦去哪儿了？

尽管字迹潦草，但林若阳一眼认出了这是何小西的笔迹。

林若阳跑到院子里，拼命地呼喊何小西的名字。她知道，这封信一定是何小西亲手放进来的，她一定就在不远处。只要自己够努力，就一定能找到她！

“小西！小西！你爸去找你了！我一直在等你回来！”

“小西！小西！你爸去找你了！我们一直在等你回来！呜……”

林若阳一遍遍地呼喊，哪怕何小西不愿意见她，至少能听到她的话。

但何小西始终没有出现。

林若阳将自己18年来攒下的全部积蓄731.8元整理好放进了自家的信箱。果然，第二天一早，钱没了。林若阳特意放进去——何谦当年的宠物保险单也不见了。

那正面是保险单，背面是何小西的照片和何谦的联系方式。

照片上的何小西腼腆地笑着，蓝色的蝴蝶发卡被同样印成黑白色，没有光泽，形如枯槁。

“你就是林若阳？”

林若阳睡眼惺忪地看向面前的警官："嗯。"

"走吧。以后再看到群架别往上凑。报警！记住了吗？"

"记住了。"胖警官教育人的口气只想让林若阳脱口而出"Yes, sir"。

胖警官也不愿纠缠，毕竟身后还有一群闹事者等待处理。

"今天就是看在你律师朋友的面子上放你一马，以后少撒酒疯！"胖警官紧接着去教育身后的楚天阔。

"我没喝多，那是原则……啊！"

郭宇非在身后狠狠地拧了楚天阔一把。

"他就是嘴硬，以后不会再惹事了。"

郭宇非像个大家长般，将两个在学校调皮捣蛋的小学生带出了警察局。

"没想到若阳也在，我只准备了一块豆腐。你们俩一人掰一半，凑合吃吧。"

"谢谢。"见楚天阔不去接，林若阳接过郭宇非递来的塑料袋。出狱吃豆腐能够赶走霉运。再讲究点的，还要滚鸡蛋、跨火盆。

"他给的东西你也敢吃。"楚天阔夺过林若阳手中的塑料袋，打开，仔细端详里面奇形怪状的白块儿，"你不会是把上次没吃完的拿来了吧？"

"我又没想到若阳会在。"

"切！"楚天阔一脸的鄙夷，"你都找到工作了，怎么还这么抠？"

能言善辩的律师被楚天阔一阵抢白，憋得面红耳赤。

"你不吃拉倒，反正你不吃，就不许进家门！"

林若阳呆呆地看着二人斗嘴，一股邪恶的寒气溜溜地爬上后背。

不会吧，这二人是……

林若阳打了个寒战。

第二十四章

记忆的贝壳

一连几天，林若阳都没在公司见到曹健。听说曹健又钓上一条大鱼，也难怪，像他这样的推销奇才，又哪肯在王纾这一棵树上吊死？不愧是情商天才，不着痕迹地与林若阳拉开距离，省了在公司见面的尴尬。

“喂？”办公桌上的电话响起，在一片嘈杂的办公区内，倒也不显得突兀。

“林若阳，你到我办公室。”王伟的声音不带一丝温度，俨然是上级对待下级的口吻。

正如林若阳所料，今天是她在公司的最后一天。当王伟面若冰霜地告诉她，公司决定将她末位淘汰的刹那，没有震惊，林若阳带着尊严高傲地离开。

那又怎样？

她早已不是那个在高中校园叱咤考场的年级第一，更不是在大学校园里荣光万丈的全额奖学金获得者，在公司，她只是一个默默无闻的人。

或许她的舞台就是在考场。

可为什么会这样？

林若阳对于校园生活的记忆只定格在那个灯火辉煌、歌声洋溢的午后。虽然有太多的不尽如人意，但现在想想全是满满的幸福。倒是后来为分数拼搏的日子，如同一座落满灰尘的旧物，还不及当年打扫过的器材室，在她的世界里，只留下一片黯淡的模糊。

“在人生自我实现的过程中，过程与结果哪个更重要?”

她至今都还记得初一上学期学校辩论赛的题目。那时的林若阳如同任何一个正常的新生，积极参加学校的各种社团活动，睁着一双好奇的眼睛，天不怕，地不怕。

林若阳所在的正方为“结果比过程更重要”做辩护。尽管直到现在她还不知道“自我实现”是个什么鬼，但从拿到写着论辩题目纸条的刹那她就认定结果更重要。

“当然是结果重要!”13岁的林若阳稚气未脱，在同样稚嫩的队友面前娇声说道，“如果过程不重要，那让反方认输算了。反正他们享受了过程，还在乎什么结果。”

“妙计!”队友们纷纷附和，接着又各自举出生活中无数结果胜于过程的实例。

“学习再刻苦，分数考不好，照样是差等生!”

“电影拍得用心，票房成绩不好，谁还给你投资下一部的钱?”

一群小孩叽叽喳喳，唯有担任一辩的高中学长沉默不语。

“哥哥，你说我们是不是赢定了?”

学长沉默了片刻，笃定地告诉林若阳：“不，我们输定了。”

后来就是，经过充足的准备，林若阳的正方输了。

“你们说的所有例子都不是人生的自我实现。”评委老师对着为结局哭鼻子的林若阳语重心长地说道，“人生的自我实现是指充分发挥一个人的潜力，并将它表现出来。这个过程是漫长而艰难的，绝大多数人都不能到达平坦舒适的彼岸。如果只看结果，对于他们而言会不会太残酷?”

“那过程就是失败者为自己悲剧结果找的借口!”

评委老师笑笑，拒绝顺着林若阳的逻辑，而是继续按照自己所想，说道：“结果只是其他人对个体的评判标准，而自我实现追求的是人内心的自我满足。而对人而言，遇到一个个困难，哪怕没有克服，也是一种快乐。”

“现在我们输了，我就是不开心。呜……”

抱着纸箱走出逼仄的办公大楼，眼前，高架桥、马路上皆是拥挤不堪的车流，雾霾将红色的刹车灯渲染成片，犹如野火弥漫，熊熊燃烧。此起彼伏的汽笛声在满目反光的油漆钢板上跳跃，如同一个个不知疲倦的精灵，困于闹市，不得安宁。

是该好好思考，自己究竟要过什么样的人生？

模板化的手机铃声打破了林若阳的遐思。林若阳艰难地从提包里拿出手机，上面是一个陌生的号码。

多年的保险推销生涯让她养成了电话必接的习惯。可这一次，她果断挂掉了电话。

“若阳！”一辆黑色SUV停在了林若阳面前，“快！上车！”

还未等收费大叔反应过来，郭宇非已经载着林若阳绝尘而去。

今天，他们要去见一个特别的人。

“你们怎么跟他联系上的？”十年了，林若阳和初中同学几乎全部失去联系，哪能想到，郭宇非还能带她去见那个最不可能重逢的人。

“你既没有QQ、人人，也不怎么上微信。咱们班最难联系上的就属你了。”

“是吗？”林若阳讪讪地笑笑，“那你们之前经常聚会？”

郭宇非摇摇头，神色黯淡：“没人张罗，也就没聚过。我也就是和楚天阔常见面。你不知道吧，我们俩高中还在一个班，又考上了同一所大学，平时互相关照。”

“哦。”

原来也没有什么值得夸耀的。

初中的时候，林若阳最讨厌郭宇非。假正经、吝啬鬼、唠唠叨叨、自私自利、残害何小西的罪魁祸首……似乎郭宇非的表白更加剧了林若阳对郭宇非的厌恶，那个时候，林若阳甚至发过毒誓，毕业之后永不和他相见。可多年不见，郭宇非的种种恶行渐渐模糊起来，当在警察局里看到他的刹那，林若阳竟然不自觉得有了一种想要靠近的冲动。这份冲动是那么强烈，却又是那么单纯。带着来自记忆深处的本能，让林若阳不自觉地走进老同学的生活圈。

“这次是他主动找的我。查邮箱的时候我都傻了，还以为是骗子。”郭宇非自顾自地说，林若阳的眼神不自觉地飘向窗外，“他说，他这次来是带着任务过来的，要在这里搞投资，让我找几个人给他介绍一下这边的情况。我是班长嘛，他只有我的联系方式，不然以他跟你的关系，第一个联系的人肯定是你。”

“呵呵。”林若阳可不认为他们俩关系有多近，学生时代的绯闻，有多少是旁观者的添油加醋。

“我跟你讲啊，他啊……”

郭宇非打开了话匣子，这一说就再也刹不住了。

好不容易车子并入辅路，停在了路旁的一个入口。

“看到没有，就是那家。”

林若阳顺着郭宇非手指的方向看到一家咖啡厅。绿白条相间的顶棚在一律砖红色的老旧居民楼间格外得突兀显眼。铁艺桌椅摆在咖啡厅外，两侧精美的小花颇有小资的气质。没有耀眼的招牌，花体的Memory随意地写在嵌入木门的玻璃上，叮叮咣咣的风铃随风起舞，召唤漂浮不定的游子，重拾生命中闪亮的贝壳。

“我找个免费停车位，你先进去，楚天阔已经到了。”

“班长，你干吗不学经济啊？”

“嘀——”

庞大的黑色SUV挡住了收费停车场的入口，身后香槟色的奔驰已经等得不耐烦了。

林若阳忙不迭地下车，关上门的刹那只听得郭宇非说道：“我是学经济法的。”

林若阳扑哧一笑，轻盈地向咖啡厅走去。

“Des yeux qui font baiser les miens（他的轻吻仍留在我的眼梢）……”

阳光穿过卡其色的天鹅绒窗帘，打在被深褐色黑胡桃木装点的屋内。《玫瑰人生》的旋律随着留声机的运转，从花朵的中心处弥漫开来，玫瑰花香似有似无，给栗色古钢琴旁相拥的情侣披上一层轻纱。

“Je t'aime（我爱你）.”男人一袭白色西装，如同光芒万丈的白马王子，贴着恋人的脖颈轻声地说。

“Ne pars pas（别走）.”女人闭着眼，点点泪痕挂在白皙的脸颊。女人很美，挺拔的鹰钩鼻带着西方人的气质。

“Chérie，le pays a besoin de moi.Je m'en vais.（亲爱的，国家需要我。我走了。）”

“Rester avec moi，pour un moment（再陪我一会儿）.”

白色的身影渐渐飘远，女人依旧闭着眼，保持男人拥抱她的姿势。突然一阵喊杀声由远及近，一个身穿军装、臂戴红袖箍的红卫兵领着一群人闯进来。

“打倒资产阶级反革命!”

悠扬的音乐声不再，翻箱倒柜、瓷器倾倒的声音排山倒海般袭来。一双孔武有力的大手扼住女人的喉咙，只觉一阵胸闷，女人闭着眼拼命挣扎，奋力地大喊。

“Au secours（救命）!”王纾从睡梦中惊醒，只觉一阵心慌。在一通乱摸之后，王纾终于在床头柜里摸到了硝酸甘油。薄薄的黄色圆片压在舌根下，不一会儿，王纾的心跳便恢复了正常。

都说往事如烟，随风而逝，但五十年前的噩梦却从未消散。丈夫研究原子弹远赴青海，客死他乡，自己因为成分不好，在“文革”中饱经摧残。

如果当年自己和丈夫留在法国，是不是就不会罹难？

王纾曾多少次梦见自己和丈夫手牵手走在塞纳河畔，在沿街的老店里淘些珍贵的古书，或是在Moulin Rouge欣赏康康舞，兴到浓时，也依偎在男人怀中随着旋律摇摆。但这些都会被突如其来的苦难所打断，那些唯有在梦中才能达成的愿望亦如在现实中的希望般不堪一击。

越想忘，却越难忘。

王纾离开卧室，来到客厅，俯身按下Dolby音响的开关。《玫瑰人生》的旋律如闪着金光的塞纳河，贝壳铃铛召唤出记忆女神。王纾从电视柜的抽屉里拿出一个被丝巾包裹的长方体，细心地剥去面纱，一个深棕色的牛皮相册露了出来。

这是他们共同的回忆，现在却只有一人回味。

“Des yeux qui font baiser les miens （他的轻吻仍留在我的眼梢）……”

“林若阳，好久不见。”

众目睽睽之下，一个金发碧眼的帅哥朝林若阳走来。多年未见，从小就英俊的William似乎更帅气了。身高从原来的一米七长到了一米九，原来没发现，William的腿竟然这么长！颀长的大腿占据了身高的大多数，几乎超过了林若阳的胸部。尽管只是穿着休闲的白色T恤和牛仔裤，但长期健身的肌肉依然紧绷，彰显着修长的线条，散发运动的魅力。

望着面前英俊的男子，林若阳不觉两颊发烫。William棱角分明的五官深邃而深情，古龙水的气息随着落入William怀抱的动作扑入林若阳的鼻翼。那蓝色的双眸清澈依旧，如同一块晶莹的蓝宝石，镶嵌在象牙雕像的瞳孔里。

“William，nice to meet you（William，很高兴认识你）.”林若

阳舌头打结，结结巴巴地吐出一句英文。

“Nice to meet you，too（我也很高兴认识你）.”一个毛茸茸的小脑袋蹭到了林若阳腿边，像个小大人般伸出小小的右手。流利的英文单词像一颗颗晶莹的露珠从小正太的嘴里倾泻而出，果真像电影中的一样悦耳。

“Hi!”林若阳童心大起，“What’s your name? How old are you?(你叫什么名字？你多大了？)”

只听得小正太用流利的中文回答她：“我叫Andrew，今年四岁。”

看着林若阳一脸的震惊，William解释道：“他是我和Christine的儿子，我从小就教他说中文，他妈妈教他说日文。”

“你都结婚了？”林若阳只听到自己的玻璃心“咔吧”一声碎了一地。

“你。”Andrew举起William的右手，林若阳注意到他小拇指上的尾戒，“如果你想当我妈妈，还是有机会的。”

这熊孩子！

林若阳的脸“唰”地红了。

William此次来中国，是带着家族的使命。就像美国的洛克菲勒家族一样，William家也是当地一个很有权势的家族。不满足于美国本土的利润，William的家人将目光投向经济急速发展的中国。鉴于William曾在中国留学，于是选定他作为市场调研的急先锋。

“我们在美国是以基础设施建设起家的，所以也希望在中国做我们的本行。不过据我所知，中国的基础设施建设都是掌握在国家手中。”William面色凝重，来到中国大半个月，却毫无头绪。他不想一无所获地回到祖国，像个没用的废物。

“你们来中国可以改行啊，中国劳动力便宜，很多外资企业都在这里建工厂。”楚天阔提议道。

William摇摇头，继续说道：“第一，我们家不做产品。第二，基础设施建设是我们的专长。毫不夸张，美国能成为世界头号强国，都是我们家的功劳。"

林若阳忍不住笑了："你一口一个'基础设施建设'，你们家究竟是做什么的？"

William耸耸肩，摊开双手，一脸的无奈。

楚天阔瞪了林若阳一眼，一脸的嫌弃："基础设施就是提供公共服务的。若是没有公共服务设施，这个城市都不存在。"

William点点头。

"我还是不明白。"林若阳摇摇头，问询地看向楚天阔，可是楚天阔根本没有耐心继续给她解释下去。

"若阳，好比说有一年下暴雨，把北京给淹了。这就是城市的排水系统做得不到位。再比如说避难所，你在中国是不是都没见到过？如果有一天真来了一场大灾，我们连躲避的地方也没有。这也算基础设施。还有修路建桥，武汉长江大桥还没正式启用就垮塌，这也是基础设施做得不到位……"郭宇非洋洋洒洒列举了一大堆例子，只听得众人纷纷拿起手机，做起了"低头族"。

"班长还是这么博学，"林若阳适时地打断，看向正在玩手机的楚天阔，"不像有些人不懂装懂。哼！"

楚天阔像是受了刺激，挑衅似的接过郭宇非的话茬："班长，要是这么说，William还真不能在中国投资了，因为这些都是国家的工程，William顶多能参与竞标。"

"Bingo！"William打了个响指，"这就是今天我叫大家来的意思。你们都是中国人，了解这里的情况。中国还有没有什么未开发的地带？"

四个大人在一旁进行"头脑风暴"，Andrew则一个人自顾自地用吸管摆弄玻璃杯底的黑珍珠，圆滚滚的小球吸上来又掉下去，怎么也吃不到嘴里，让他好一阵苦恼。林若阳干脆不再参与讨论，把目标转向Andrew。

"这个可以用勺子吃。"林若阳从餐盒里拿出一把小匙，舀出一粒黑珍珠递到Andrew嘴边，"啊——小心，别卡着。"

Andrew乖巧地张开粉红的嘴唇，将闪着流光的黑珍珠吞下，碧蓝的眼睛瞬间明亮起来。

“再来一颗——”

此时此刻的林若阳犹如一只刚交配完的小野兽，眼睛里满满的都是对Andrew的母爱。

实在是太可爱了！在咖啡厅幽暗的灯光下，Andrew白皙的皮肤依旧闪烁着天使的光芒，丝丝血管清晰可见，果真是blueblood。金黄的头发如同最轻柔的绸缎，蓬松地贴在Andrew娇嫩的脸上，整齐的刘海让他整个人都看起来乖巧懂事。

三个大男人一脸诧异地看着林若阳，Andrew都被弄得害羞了。不时有几个从他们身边走过的顾客，目光全都汇聚在Andrew身上，还有几个举着手机想要合影的，都被林若阳凌厉的目光吓了回去。

“Andrew是我的！”

珍珠都喂了，Andrew顺从地任由林若阳揽在怀中，脸色绯红。

听了这话，郭宇非哂笑，William脸上依旧挂着绅士的微笑，倒是楚天阔一脸的鄙夷，仿佛嫌弃林若阳崇洋媚外。

“切！”林若阳白了楚天阔一眼。

就知道国安的家伙！土包子！

楚天阔赌气地不看林若阳，和表情奇异的郭宇非交换了一个意味深长的眼神。

“好啊，Andrew是你的，你是不是要把William也接收了？”郭宇非打趣道。

“真没见过你这样的男人。真八卦！”

William脸上始终是绅士的微笑，似乎杯中的血腥玛丽早已将他的意识麻痹，瓦蓝的双眸迷离地盯着林若阳的方向，也不知是在看她，还是在看林若阳怀中的Andrew。

当最后一粒珍珠放入Andrew口中，Andrew立刻扭着身子，挣脱了林若阳的怀抱。

真是个小混蛋!

林若阳气恼地将勺子扔到桌上，William脸上的笑意更浓了，眼神却没有随着Andrew的身影飘向远方。林若阳只觉两颊不住地升温，就在这时她的手机突然响了。

是那个相同的陌生号码。

又来做什么？真是一个持之以恒的骗子。

“接电话啊?”楚天阔看林若阳盯着手机屏幕发呆，催促道。

林若阳瞪了一眼楚天阔，干脆接通了手机。

“你在哪儿？怎么还不过来？大家都在等着你……”王纾的指责如滔滔江水涌入林若阳的耳畔。

“啊……”

想想自己都离职了，劳什子管你的合唱排练!

林若阳晃晃手机，装出一副没信号的样子：“啊……啊，我听不清……拜拜。”说着，果断挂掉了电话。

“唉!”林若阳长舒一口气，“真是受不了！楚天阔，你给毛毛当教练，他奶奶是不是特别各色啊?”

楚天阔一脸茫然地摇摇头：“没有啊，她人可好了。每次俱乐部比赛她都会去看，还会给赞助。”

“我说的不是这个。”林若阳又叹了一口气，接着把自己如何认识王纾，到如何被王纾缠上搞合唱排练一五一十地讲了出来。

“我都不卖保险了，还搭理她做什么!”

“那就果断拒绝，不要犹豫。”郭宇非说道。

“可是我都答应了!”

“签约了也可以爽约，只要不用赔钱。”郭宇非冷冷地说。

“可是……”林若阳语塞，一时间也想不到反驳的话，可潜意识中就是要反驳郭宇非的提议，“我……我不能这样……”

“等等!”William突然插进来，“你刚才说老年社区合唱团?”

“是啊，现在中国的这些老年人，成天就在社区里制造噪音。不是跳广场舞，就是搞合唱。真受不了！”

“都是露天的？”William顺其自然地把话题拐跑。

“不然呢？还要建个专门的活动中心给他们……”林若阳说着说着，突然一拍脑袋，“这真的是个空缺！中国还真没有专门给老年人设计的活动场所！这应该算是基础设施吧？William，只是我不知道怎样盈利。”

William笑笑：“谢谢你的创意，剩下的就是我的工作。”

林若阳的心情瞬间从阴霾中走出来。多少年过去，她还是老样子，脸上永远藏不住自己善变的内心。

“林若阳，你怎么一会儿苦大仇深，一会儿阳光灿烂的？”楚天阔打趣地说，“你又何必给自己找那么多借口？既然想做，为什么又非要给自己找个台阶呢？”

“我！”林若阳被楚天阔一下说中，忽然咧嘴一笑，“真的，从上了高中，就再没唱歌了。”

对于林若阳而言，高一那年是人生阶段一个崭新的开始，而对于“刘妖婆”，则是她教师生涯的终结。终于，教委严查艺术特长生招生的违规行为，“刘妖婆”不幸中枪，虽是罪有应得，但却带了几分“替罪羊”的意味。

“刘妖婆”是从排练现场被带上警车的，她那天穿了林若阳最讨厌的橘红色长裙。带上车的时候，林若阳只趴在教室窗边，看到了她惊艳的背影。

后来学校来了个新的音乐老师，“刘妖婆”像是从世界上消失一般，学校的合照里再也没有她的影子。

合唱团已不是“刘妖婆”的合唱团，里面也早已没有林若阳的位置。

第二十五章

学会欣赏风景

华灯初上，黑色的SUV穿过灯火通明的闹市，拐进一个幽暗的巷口。浓密的梧桐树高大茂盛，在白天给行人提供树荫，却在夜晚遮蔽了小巷仅有的一处路灯，忽明忽暗的昏黄灯光如同被巫师操控的鬼火，四下万籁俱寂，唯有鸣虫睁着眼，记录走进这片老旧平房区的过客。

“就停这里吧。”林若阳说道。

黑暗之中，唯有郭宇非的探照灯投射在小巷里，吸引着无数飞虫围绕光柱群魔乱舞。小巷本就狭窄，两侧车漆瘆人的反光几乎贴住体形庞大的SUV，成为郭宇非前行的绳索，却又似乎时刻会因为车漆间的亲密接触而断裂。

“你能行吗?”郭宇非看了看伸手不见五指的前方，“我给你开过去?”

林若阳连连摇头，胡乱地指了一个地方：“已经到了。谢谢，回去的时候注意安全。”

林若阳跳下车，抱着自己的纸箱，目送郭宇非的SUV驶出小巷。顷刻间，小巷又恢复了黑暗与安宁。黑暗中，林若阳如有神助，有条不紊地左拐右拐。林若阳深吸一口气，似乎在聚会之时，这座熟悉又陌生的城市经历了一场风雨的洗礼，泥土含着水汽，将不知是哪家院里种的茉莉花香无限放大，沁人心脾的夜风调皮地吹动林若阳的发梢。

“吧嗒。”

一滴水珠从林若阳头顶的树叶间滑落，跌入墙角的水洼。涟漪在林若阳的脑海中层层叠叠，连绵成片。

“嗞——”

小巷中唯一的路灯发出沉闷的低吼，艰难地重整旗鼓，心有余而力不足地照亮林若阳身后的一小片区域。

“啪嗒——啪嗒——”

林若阳只当这均匀有力的声音是树叶上的雨滴魂归大地的声响。

驾轻就熟地摸到自家门口，林若阳掏出钥匙，正要将钥匙插进锁孔，无意识一低头，一个虚无的影子，正一摇一摆朝这边走来。林若阳吓得不敢回头，快速转动钥匙。

一圈。

两圈。

门开了。

一双强有力的大手一把拽住正要朝屋里走去的林若阳，林若阳吓得惊声尖叫，就在此时，小巷唯有的路灯“啪”的一声灭了。

来人不由分说，强行把林若阳拖进院内。

“是我！曹健！”

林若阳怒火万丈，长这么大，还是第一次有人敢这么对她。

“你给我出去！”

曹健一改往日的温和，同样怒气冲天：“你怎么这么晚才回来！去哪儿了？手机也不接！”

“用你管！”林若阳说着就把曹健往外推，“出去！”

曹健死死地扒住门框，就是不肯走，林若阳急了，直接关上铁门。

“啊——”只听曹健一声惨叫，“我的手！”

林若阳突然意识到自己做了什么，怒火降了三分，担忧袭上心头。

“痛！”似乎这一夹，也给曹健降了火，曹健又是一副贱兮兮的样子，捧着自己的右手鬼哭狼嚎，“若阳，你看我都这样了，就让我进去吧。”

林若阳自觉理亏，抱起门口的纸箱，把曹健让了进来。

“说吧，找我有什么事？”

狭小的平房，灯光昏暗，家具腐朽。不知历经了多少代主人，四面白墙早已看不出原色，水泥地面上粘着一层薄薄的湿泥，走在上面滑滑的，如同儿时河塘里的石头。各式各样的外卖垃圾胡乱地摆放在狭小的木质茶几上。明明垃圾桶就在边上，却依旧固执地待在各自的位置上不肯妥协。灰黄色的沙发呈现出一种排泄物的即视感，一条白色绒毯堆在一角，另一端是一个脏兮兮的小熊抱枕。

“看够了吗？”林若阳提着一个小药箱走出来，没好气地说。

曹健立刻乖乖地凑到林若阳身边，毫无闯进时的气焰：“用不用我帮忙收拾？”

“不用！”林若阳一屁股坐在沙发上，“包扎完你就走。”

“好好……”曹健像只温顺的绵羊，一咬牙一跺脚，坐到了林若阳身旁。

林若阳把药箱推到曹健面前，自顾自地开始收拾起茶几上的垃圾。

“你平时就这么生活？”面前的“垃圾山”散发着令人掩鼻的恶臭，不时还有些黑色的虫子冒出来。

“合租。”

“为什么合租？”曹健像只不怕死的小强，不停地盘问心中憋了一肚子火的林若阳。

这是林若阳第一次将男人带回这间屋子。从王伟家搬出来后，林若阳在网上加入了一个独立宣言交流群。这些在爱情中受过创伤的灵魂，在虚拟的世界里寻找知音。就是在那里，林若阳认识了现在的室友。网上的室友是一个爱好旅游，擅长拍照，颇具才气的文艺女青年，可谁能想到，住在一起的她竟是个彻头彻尾的宅女。不是向往单身，而是根本找不到对象！搬来一个多星期了，林若阳都没见室友出过卧室。难怪租金会那么低。林若阳每天下班的第一件事，就是帮室友清理一天生产出来的垃圾。

“省钱。”

“哦。原来如此。”曹健撇撇嘴，“这里的条件也太差了。搬走吧，我给你找地方。”

林若阳不愿搭理曹健，自顾自地将垃圾收拾好，放到院子里。

“我陪你。”曹健追上去。

“不用。”林若阳冷冷地说。

“刚才的事是我不好，你不要生气，别不理我……”

“你要是没有别的事，就请回吧。我要锁门了。”林若阳敞开大门，静等曹健离开。

“我……”林若阳的态度让曹健不知该说什么，“若阳，别不理我。其实我……”

“什么都不用说了。”林若阳猛地打断曹健的话。她知道他会说出那令人难堪的三个字，既然不会答应，干脆让它永远成为一个秘密。

曹健收起了自己的嬉皮笑脸，突然严肃起来：“我等了你一天，只为告诉你一件事。让我说完，好吗？”

林若阳盯着曹健的双眸，曹健的目光勇敢地迎上去，一副视死如归的神情。

“你说吧。”林若阳败下阵来，因为从曹健的眼神里，她看出来这个男人绝不会让自己难堪。

剑拔弩张的气氛一下子松懈下来，曹健咧嘴一笑：“我跳槽了。你跟着我，去另一家公司干吧？”

“不……”

“你听我说完。就算是帮我一个忙，我需要你。”

林若阳站在台阶上，俯视曹健。似乎从他们的第一次对视开始，这就是他们之间的距离。

总有一个名字，高傲地站在公告栏的红榜上，俯视下面一个个在泥潭中打滚的芸芸众生。

“林若阳。又是她。次次年级第一，唉，学得都没动力了。”

期中、期末的名次榜不知伤害过多少颗年轻的心脏。虽说高中生早已不把学习看做是评判一个人的全部，但学校似乎从没有跟上他们成长的步伐，依旧在家长会的前几日，强迫他们面对这个惨淡的现实。

围在红榜前看成绩的学生默默地记下自己黯淡的名次，却又喋喋不休地对盘踞榜首的人说三道四。

“林若阳？没听说过。也就发榜的时候见过她的名字。”

“他们实验班的从不跟咱们普通班讲话。”

“切，有什么了不起的。”为首的男孩嘴角露出一抹坏笑，“女人嘛，扒光了还不都是一样。”

“哈哈……”

戴眼镜的曹健安静地站在一旁，诧异地看着不穿校服的他们吹着口哨离开。

那个如雪莲花般的女孩，那个每天中午坐在图书馆安安静静自习的女孩，那个永远高居榜首、从不褪色的名字……

曹健心中划过一丝怒火，胆小如他，竟是第一次有了揍人的冲动。

曹健一个箭步冲过去，抓住男孩的领子，一拳还未打下去，就被男孩的帮手推开。一时间，看成绩的人群迅速调转目光，鲜红的榜单被晾在一旁，如同拍在墙上的蚊子血，冷眼旁观这群低等生物的挣扎。

“有种你就再说一遍！”男孩的拳头似乎打出了曹健的热血。如同一只临死一搏的猛兽，尽管被人拉住，曹健依旧拼命地朝空气挥舞拳头。曹健猛地被身后的人推向前，撞到了另一个人的身上。四个一米八的男孩将曹健围住，像四只调戏老鼠的猫，将曹健推来推去。混乱中，曹健的眼镜掉到地上，天地开始模糊，在不停的旋转中模糊成一片黑暗。

“神经病……”

学校里没人敢惹这些将学籍借放在市重点的体育生，他们是瘟疫，是一锅粥里的老鼠屎。还未宣判，就已经被隔离在学校的最底层。

“教导主任来了！”

看热闹的人群中响起了一个清脆的女声。人群立刻让出一条路，一个乖乖女捧着一摞练习册走了过来。

“啊——”曹健被推倒在地，四个男生恶狠狠地看向面前这个“素未谋面”的女孩，虽然意犹未尽，却还是走了。

“你没事吧？”

曹健躺在地上，一双手在地上胡乱地摸索。模糊的身影俯身帮曹健拾起眼镜，视野清晰的刹那，趴在地上的曹健看清了林若阳的脸。

就是这个仰望的角度，曹健第一次和林若阳对视。从很久很久以前，曹健的眼神总是似有似无地飘到林若阳身上，在林若阳上下学必经的小路上，在林若阳中午自习的图书馆里，在……

可林若阳从未将目光投射到他身上。

只有一瞬，林若阳便转身朝图书馆的方向走去。曹健这才发现，自己竟然没有和女神说上一句话。

“啪！”曹健给了自己一耳光。

他要练好自己的舌头，和林若阳对话。

可直到毕业林若阳都没给他这个机会，就像曹健永远没有在林若阳的生命中出现过。她总是那么专注，专注地走路，专注地学习……

专注的人是最美的。

可是专注的人最让人心碎。

因为他们从不会欣赏人生旅途上的风景，他们的生命没有过程，只有一颗干巴巴的果实。

按照曹健的“指示”，下午三点，林若阳准时来到了上次和王纾见面的长廊。远远的，只见长廊里一片红上衣白裤子的身影，叔叔阿姨大爷大妈们如同等候检阅的士兵，整齐地列坐在两边的长椅上。王阿姨和苏大妈面对而坐，赵大爷站在两人中间，林若阳还未走近，就听见了两人的争吵。

“我说你找的是什么人？谱这么大？昨儿放了我们一天鸽子，今儿还打算涮我们？”苏阿姨使劲地扇着手帕，“热死了。她要是再不来，我可回家给我老头儿做饭去了。”

“老苏啊，不用着急，你家老头儿有小保姆伺候着。”王纾话中带刺，不肯退让。

苏大妈不怒反笑：“反正他也一大把年纪，整不出个私生子。”

“你心可真宽啊。”

“那是，拜姐姐所赐，心不宽都活不下去啊。”

王纾脸上拂过一抹轻蔑的笑。

正当赵大爷随时准备冲上来拉架的时候，林若阳终于到了。

“各位叔叔阿姨好，我叫林若阳。昨天下午对不起，让大家白等了。”林若阳看了王纾一眼，好似什么也没有发生，王纾的表情一片风轻云淡。

“来了就好。”赵大爷露出善意的微笑，“林老师，敢问，你是做什么工作的？”

林若阳莞尔：“我现在没有工作。”

“哦。”赵大爷倒吸了一口气，“没关系，这样时间倒充裕。那你之前是学音乐的？”

林若阳摇摇头。她早就料到会有这么一关。

“哦。”赵大爷咋舌，“你看吧，我们也就是个业余合唱团，没什么经费，你来这儿，可没有劳务费啊。”

“没关系。大爷，我来这儿就是做义工的。”

全团人以一种看怪物的眼神打量林若阳。王纾表情怪异，对林若阳知根知底的她，从心底里认定林若阳就是个卖保险的骗子。

“不瞒大家，昨天以前我还是一个保险推销员。”四下一片哗然，显然这些饱经世事的老人都曾被保险推销员弄得不堪其扰，“毕业这么多年，我始终不知道自己要的是什么。保险专业毕业后，被学长拉进了保险公司，就一直茫无头绪地干了三年。所以，我是一个很差的推销员，一年都卖不出几分保险，被辞退反倒让我感到全身轻松。昨天我没来，因为我觉得没有推销保险的任务，我和诸位也就没有再联系的必要。可是，我去参加了一个同学聚会，遇到了我的一个朋友。从初中的时候，他就一直酷爱足球，就算到了期末考，他依旧每天中午踢足球，风雨无阻。那时，我们都做着挂在天边的梦想。他想要带着国足挺进世界杯，而我，想要成为一名能唱会跳的演员，让全世界的人都知道我的大名。我们约好各自为梦想而战。可就在初二下学期期末考试前几天，他受了很严重的运动伤，医生宣判，他永无重返绿茵场的可能。我以为残酷的现实会浇灭他心中的激情，他会背叛我们共同许下的承诺。十年了，再相见，他却依旧站在绿茵场上，以足球教练的身份，带着那些祖国的未来挺进世界杯。”

林若阳的眼眶湿了：“而我，却是那个真正背弃誓言的人。生活如潮，我如浮萍。我真的好久没唱歌了，久到我已经忘记我曾经在合唱台上站过。”

熟悉的旋律荡漾在林若阳的脑海，一张张稚气未脱的面孔浮现在林若阳眼前。外表张扬跋扈却最懂林若阳内心的“对手”葛菲、身体力行教会林若阳成熟的何小西、爱用硬币做决定的郭宇非、四处帮葛菲送票还不落好的William，还有那个为了足球梦逃排练的“热血混蛋”楚天阔……

小小的合唱排练，几乎让林若阳看透了他们“丑恶”的内心。那个时候，林若阳天天气得牙根痒痒，她恨死了学校的合唱节，可为什么只有这该取消的合唱节承载了她对校园生活全部的记忆？

两行热泪划过林若阳的脸颊。

老人们定定地看着她，也似乎勾起了各自的往事，一双双浑浊的眼睛蒙上了一层轻雾。

“谢谢。”林若阳接过王纾递来的手帕，赵大爷这才缓过神，看看四周静默的合唱团员。

“要不先这样？”见没一个人反对，赵大爷清清嗓子，做出了决定，“林老师，我们的排练时间是上午九到十一点，下午三到四点，你看你什么时候方便过来？咱今天就开始正式排练吧。”

“嗯。”林若阳重重地点头，被别人接受的感觉真好。

“就算是帮我一个忙，我需要你。”

曹健的目光带着穿透一切的力量，在暗夜中闪着利刃般的寒光。

“你一定要快乐！我相信你不只是那个在红榜上麻木不仁的名字，你是一个有血有肉的生命！”

林若阳不敢去看曹健的目光，这个一直被自己鄙夷的男人此刻正散发着一种强大的气场。

“去合唱团做义工吧。能不能拿到订单都无所谓。”

我知道高中见到的那个人，并不是真正的你。曹健在心底悄声说。我喜欢你，喜欢你的专注，更喜欢听你爽朗的笑。

曹健走出小院，林若阳才敢把目光投向他。“啪嗒——啪嗒——”曹健的脚步声越来越远，惊起小巷里的几声犬吠。树影浮动，露出了一弯浅浅的月牙，繁星点点，竟如儿时在家乡看到的一样。

今天的你，为何如此陌生？

换了新单位，曹健像是换了一个人。

林若阳不知道曹健为什么能一下猜中她的内心。原来，一切都不是巧合。似乎有一双目光始终聚焦在她的身上，陪伴她走过生命最美好的时光。

“咪咪咪——嘛嘛嘛——”

没有钢琴，只有林若阳的耳朵，在长廊顶棚的回声效果和嘈杂的环境音包围中，找到自己和合唱团的音调。真是一个人一个调，林若阳也是醉了，这群“乌合之众”，有人五音不全，有人是专业民歌出身，凑在一起大杂烩，声音刚一出口，不是美妙的和声，而是一个个带着强烈个人特色、横冲直撞的利剑。

“大家把嘴张大，口型立起来。”林若阳在两侧坐着的老人中间走来走去，观察每一个人的口型。那些对音乐一知半解的人们听话地照着林若阳的指示去做，可专业练过民歌的苏阿姨却始终坚持自己的唱法。

“停。”林若阳实在听不下去，毫无恶意地对苏阿姨说道，“苏阿姨，合唱的唱法和民歌是不一样的。我之前在合唱团的时候……”

“小林，你又不是专业学音乐的。我唱了大半辈子，见过不少大场面。你现在是说我不会唱歌？”

“我……”林若阳语塞，“我不是这个意思，我只是想说……”

“你什么都不用说了。依我看，这发声练习都搞了半个多钟头了，是不是该让我们歇会儿？”

“是我的疏忽，大家休息……”

“就十分钟啊。”苏大妈抢过林若阳的话，站起来发号施令，“多喝点水润润嗓子，要去厕所的……”

林若阳想起“刘妖婆”的教诲脱口而出：“水别喝太多，小口小口地咽……”

苏大妈恶狠狠地瞪了林若阳一眼：“小林，从小师傅就让我多喝水润嗓子，怎么，你一个从没上过专业舞台的人，懂得比我还多？”

“我……”林若阳讪讪地住口。她真是全世界最窝囊的指挥！

大家陆陆续续地回到原位，屁股还没坐热，那些带孙子孙女的老人们便纷纷告假，要去接孩子放学。时针还未指向“4”的位置，林若阳不得不提前宣布排练结束。苏大妈哼着《刘三姐》，一摇一摆地离开长廊；王纾因为毛毛参加楚天阔的足球排练，并不着急；赵大爷留在最后，身为团长，一定要送送林若阳。

排练结束，长廊又恢复了往日的平静。林若阳在王纾和赵朴的注视下，匆匆忙忙地收拾东西。

“赵大爷，王阿姨，你们先回吧，不用等我。”让年纪这么大的人久等，林若阳真是压力山大。

“没事，不着急。”赵大爷警惕地看向王纾，王纾识趣地离开。只剩下他们两个人，林若阳只觉得更为尴尬。

“林老师，”赵大爷局促地搓着手，“我想跟你说个事儿。”

“您就叫我小林，或者若阳。什么事？”

赵大爷面露窘迫，一副难以启齿的样子：“我们的曲目还没选好，应该让你来定。照我看吧，红歌和法文歌都不太好。”

赵大爷顿了顿，看向林若阳，专等着她来附和。

“是啊。”林若阳毫不迟疑地跳进了赵大爷挖好的坑，“我觉得红歌有些太俗了，法文歌简直是脑洞大开。”

“还是你有水平，说出的话都不一样。”

林若阳被赵大爷夸得有些窘迫。赵大爷心满意足地看着面前这个涉世未深的小姑娘，乘胜追击，把自己的想法和盘托出：“我想了一首歌，《莫斯科郊外的晚上》，既有革命气息，又有异国风情。你觉得呢？”

“我没见过合唱谱……”

赵大爷早有准备，从自己的谱夹子里抽出一张纸，递给林若阳：“怎么样？”

林若阳粗略地扫了一眼。这都是什么东西，竟然跟小学音乐书似的，连声部都不分。

“小林，不用那么认真，带着他们打发打发时间就行啦。”

第二十六章

熟悉的感觉

距离比赛只有不到一个月的时间，林若阳无法想象如何在这么短的时间内，改造这支鱼龙混杂的队伍。以目前这个状况，连合唱最基础的发声方式都做不到，这样的和声除了是折磨，毫无半点美感。

“我说小林啊，咱比赛究竟唱什么？”苏大妈略带嘲讽地看向林若阳，心中对这个业余的“半吊子”充满了鄙夷。如果不是王纾硬把她拉进合唱团，合唱团就该由她和王纾平分天下。这算怎么一回事？就凭这黄毛丫头的三言两语，就让一个只有学生时代演出经验的门外汉替他们做主？反正苏怡决不答应。

林若阳早有准备，从挎包里拿出一摞乐谱，分发给大家，自信满满地说道：“既然大家认定我来组织这次比赛，那么我需要大家的全力配合。根据我的分析，我觉得这首歌最适合大家。”

“你从哪里来啊，我的朋友……”苏怡用民歌的腔调哼着林若阳分发的谱子，内心虽然认同，但还是提出了反对的声音，“什么破玩意儿！流行歌曲？你当我们都是小年轻儿……”

“老苏，既然若阳都决定了，咱们就听她的吧。”王纾毫不客气地打断了苏怡的话。斗了大半辈子，没谁比她更了解苏怡的性格。从年轻的时候，苏怡就爱跟她比这比那。王纾的丈夫和苏怡的老公同是研究所的职员，不过王纾的丈夫是从国外聘请的研究员，而苏怡的老公只是一个不得志的小官儿。王纾家吃了两毛钱的猪肉，苏怡就一定要买三毛钱的；王纾做了一条新裙子，苏怡便也要做一条。苏怡其实人不坏，就是太好强，不肯被任何一个人掩盖光芒。王纾明白，让林若阳插进合唱团，无疑是盖过了苏怡的气焰，苏怡心中有一股邪火无处发泄。

哼！你有什么好拔尖的？王纾冷哼一声。苏怡的老公一辈子窝囊，处处让着她，王纾可没有顺着她的必要！

林若阳感激地看了王纾一眼，冥冥之中，二人之间似乎产生了一种默契——由曹健搭起的一座桥。王纾没有理会林若阳的目光，而是去问大家的意见。在合唱团中大家的意见本就被王纾和苏怡左右着，既然有人帮忙做出了决定，也就没有反对的必要。就这样，在大家实则无所谓的认同下，林若阳再度选定《思念》作为合唱比赛的曲目。

“你从哪里来，我的朋友……”

苏怡像只泄了气的皮球，蔫头耷脑地倚在长廊的立柱上，有气无力地哼着，民歌独有的尖厉嗓音时不时地冒出来。林若阳听在耳里，烦在心中，却不再单独把苏大妈点出来，纠正她的错误。毕竟她也看出了苏大妈心中的不爽。又何必撕破脸呢？纵使林若阳心中有气，却还是选择忍了下来。

“大家先休息几分钟，调整一下状态。”前一天才教的发声方式，这些人就又把它们全还给了林若阳。当一个人演唱的时候，个人特色越鲜明，听起来就越酷炫。但当所有特色鲜明的人共同发声，那便是一场灾难。

合唱艺术的美就在于众人声音的统一。

“这歌我已经会唱了，我就先回了。小林，你慢慢教。”苏怡扇着手帕，趁众人休息的工夫先走了。

林若阳心中本就对苏怡有意见，便借坡下驴，让她走。

最好永远都别回来！干脆退出算了！

“来，让我们再唱一遍。注意口型，注意丹田用气……”

不和谐的和声并没有因为一个人的离去而有所好转。或许，真的是自己水平有限。

“咱们现在一个人一个人地唱。王阿姨，从您开始。”林若阳誓要将那些“老鼠屎”彻底消灭干净。

众人逐个唱下去，最终轮到了那个从第一天就让林若阳印象深刻的老爷爷。

“老爷爷，该您了。”

老爷爷抿着牙齿掉光的牙床，对林若阳笑笑，指指自己的耳朵。

“爷爷，该您了！”林若阳冲他的耳朵大喊，老爷爷摆摆手，示意林若阳自己听清楚了。

这是什么鬼，连这样的老人家都能收进来？算了算了，无论年龄多大，都有爱好事物的权利。

“你从哪里来……”

沧桑的声音如同秋风刮落的树叶，颤颤巍巍，洋洋洒洒，衰老的声带犹如古刹虚掩的柴门，任由穿堂风呼啸而过。

“用力！闭合声带！张嘴！用丹田气！”林若阳秉着“不抛弃、不放弃”的态度，同样认真地对待这个垂垂老矣的生命。

“你……从哪里……来……额……”

“爷爷！”林若阳一声惊呼，只见老爷爷脸涨得通红，剧烈地喘着粗气，缓缓地向后仰去。林若阳吓得手脚冰凉，坐在老爷爷身边的一个阿姨眼疾手快撑住他，喝令众人赶紧去叫救护车。

“药……”

老爷爷颤颤巍巍地指向自己胸前的口袋，瘦骨嶙峋的手指犹如一根魔法棒瞬间将林若阳点醒。林若阳从他胸前的口袋里掏出一个小药瓶，倒出一粒淡黄色的圆片，放入他的舌下。老爷爷痛苦地闭着眼，林若阳吓得浑身发抖，只盼着千万别出什么事，好心来做义工，还摊上人命官司。

“你招他做什么？”赵大爷冲上来指责林若阳，“出了事，你付得起责吗!”

“我……”林若阳脸色煞白,“对不起……”

赵大爷在长廊里焦急地踱来踱去:“他又不是我们合唱团的人,你非让他唱歌干什么!”

“你为什么不早说!”林若阳的眼泪唰地流下来。

“我还想问你呢,人家安安静静在那里坐着,怎么就碍着你了!”

“老赵!你少说两句!”王纾将林若阳揽入怀中,让她坐到了自己身边,“没事,他这是老毛病。一大把年纪,死了也是正常。”

“王阿姨……”一想到老爷爷会死,林若阳哭得更凶了,“我不是故意的……”

王纾轻抚林若阳的头,如慈母般,安慰忏悔的孩子。

“醒了!”

坐在老爷爷身边的阿姨大喊一句,林若阳一个箭步冲过去。

“对不起……”

“孩子……”老爷爷缓了半天,幽幽地说道,“我老了,唱不动了……”

经历了老爷爷的事,林若阳终于明白了赵大爷说那句话的意思。对于这些年老的生命,合唱只是生活中一个可有可无的调剂,他们没有能力去拼,更没有体力去支撑他们的梦想。或许林若阳真的错了,曹健说得天花乱坠,其实只是为了他自己的私心。

“我是为你好。”

黑暗中,林若阳看不清曹健的脸,唯有那笃定的双眸闪着流光。

“你知道我的心思。”曹健深吸一口气,“我从初中的时候就开始喜欢你。”

“你再参加那些乱七八糟的社团,就跟那个林若阳一样,考试垫底！”妈妈的话犹如连珠炮般在曹健耳旁轰炸，“我跟你讲，什么锻炼能力，全都是学校骗人的鬼话！最后还是分！”

有一个做老师的妈妈真是悲哀！

从小到大，曹健身边最不缺的就是“别人家”的孩子。妈妈总有无数的学生，在曹健考好考坏的时候，恰当的举出鞭策的实例。

神烦！

或许爸爸就是因为这一点，才会和妈妈离婚的吧？

“我跟你讲，林若阳是我们班的倒数第一，成天就知道合唱排练……”

唉！

曹健长叹一口气。

这个林若阳究竟是何方神圣？到底是招惹了妈妈多大的怨气，总是把她当成一个反面教材？

“林若阳。”曹健反复斟酌这个魔性的名字，“妈妈，她一定很坏，很丑吧？”

“可不是。不好好学习的孩子，都是坏学生！”

那时乖乖听话的曹健从没有质疑过妈妈的正确性。

林若阳，林若阳……

每当曹健想要参加学校丰富多彩的社团活动时，妈妈就会用这个名字来敲打他。曹健知道自己没能考上妈妈就职的中学——全区最好的初中，一直是她心中的痛。他不能让相依为命的妈妈伤心，他是这个家里的顶梁柱——唯一的男人。

曹健的父母在他还没记事之前就已经离婚。妈妈不愿提及爸爸的事，但曹健还是从邻居的只言片语里知道了父母的事。他的爸爸好像是开公司的，后来生意做大，带着小秘开房，被妈妈捉了个现行。

唉！

似乎叹气是当年笨嘴拙舌的曹健唯一表达心意的技能。他总是在叹气，为自己不能参加社团活动而叹气，为自己考不出好成绩而叹气，为素未谋面的父亲叹气，为林若阳叹气……

为什么要为林若阳叹气？

曹健只知道，在那所光芒万丈的中学里，有一个和他不一样的女孩，一个可以随心所欲、从不会叹气的女孩。

久闻大名，却素未谋面。

升初三的期末考试前，上天给他创造了一个绝佳的机会。

“你是说，你看过我的比赛？”

“嗯。”曹健将自己的心迹和盘托出，却隐瞒了自己的妈妈是林若阳班主任的事实，“你不知道吧，对于我们这些坏学校的学生而言，你们的合唱比赛同样是个盛事。能到现场去看，在小伙伴心中，是一件很值得炫耀的事。”

“不就是个学生比赛吗？”

曹健摇摇头：“你不知道这中间夹杂了多少羡慕嫉妒恨。”

说开了，林若阳反倒没有臆想中的尴尬。

“你手还疼吗？”

曹健没有正面回答，而是上前一步，贴近林若阳的身体，深情地凝视她的双眸。林若阳下意识地往后靠，刚一挪步，这才发现自己已经背靠在一面墙上。

“咚——”

曹健撑住林若阳身后的墙：“我不相信你是一个屌丝，你一直是我心中的女神。”

这一刻，林若阳迟疑了。她没有嫌恶地推开曹健，因为她看见他的瞳孔上映着两个小小的自己。

自从苏怡提前离开合唱排练的长廊，她就再也没有回来过。想以此来做威胁，重掌合唱团的大权？林若阳在心中暗自猜测。也是，这老年合唱团本就是自发的组织，参与或退出都是他们的自由意志。走了也好，少了一个大麻烦，林若阳的耳根也清净了。

可是，似乎事与愿违。苏大妈虽然退出了，可合唱团像是失去了主心骨，大家都没有心思排练。林若阳喊了好几次，众人还是围在一起闲聊。

“你们听说了吗？老苏昨晚吃安眠药了。”“包打听”张大妈神秘兮兮地对众人讲。

“不会吧。她那么乐观的人。”赵大爷立刻反驳道。

“我就住在她家楼下，看得一清二楚。”张大妈压低了声音，偷眼去瞧正在一角翻合唱谱的林若阳，“今儿早上救护车都来了。老苏直挺挺地躺在担架上，硬是被抬下来的。”

“这……”

众人唏嘘一片。

“我还跟你们讲，我昨天睡午觉的时候，一直听到有人在哭。当时也没多想，我还以为是哪儿的野猫在叫，现在想想，多半是老苏。”

一阵阴气袭来，林若阳不禁打了个寒战。

“你快说，她为什么自杀？”

“唉，”张大妈长叹一声，“她这个人，一辈子好强……”

林若阳坐不住了，心想别是因为自己驳了苏大妈的意见，就害她想不开，到了自杀的地步。

“好了，好了。各位大爷大妈，咱们再唱一遍就散了吧。”

大家唱得没有心思，林若阳站在前面也精神涣散。刚一收势，众人立刻如坑中的癞蛤蟆，聚在一起吵吵起来。

“王阿姨，我想问您个事。”王纾自然不屑与这群俗气的大妈为伍，林若阳叫住正准备离开的她，心虚地问道，“您知道苏大妈家住在哪儿吗？”

王纾像看怪物一样地打量林若阳，一边诧异她为什么会问，一边又清楚这个女孩肯定没什么恶念。没有多问，王纾就这么轻易地把苏大妈的住址告诉了她。

苏怡并不住在这座社区，而是与之毗邻的另外一座。林若阳按照王纾的指示，来到了一座鸡屎黄的板楼前面。因为地处黄金地带，尽管建高楼能够容纳更多的住户，但这里仍旧只有五层。

正午的太阳高高地挂在房顶，在灰白的水泥路面投射出界限分明的明媚与忧伤。站在烈日中，从楼道里传来的阵阵阴风如同一块强大的吸铁石，吸引匆匆的过客到里面避暑。

林若阳深吸一口气，从明媚踏入忧伤。

一进单元门，首先映入眼帘的是一排藏在楼梯下面的自行车。破旧的自行车萎蔫地靠在灰黑色的白墙上，如同无人捡拾的废品，红棕色的铁锈和长毛的灰尘一起静静地躺在无人问津的角落。只有两辆油漆鲜艳的旧自行车用铁链锁在楼梯的铁栏杆上，悬在空中，一副无人能偷的样子。

小区虽然同样坐落于市中心，但却远远比不上王纾的居住环境。没有绿化，没有保安，这座小区只有三条边构成的两个直角。小区修建于世纪之交，是由附近的几个事业单位联合建造，为即将退休的职工安置住房。当年的大三居在如今商品楼林立的社会已经不再惊奇，但在那个刚刚脱离筒子楼的年代，这里的一切都曾是那么的令人欣喜。十三年前，苏怡的单位将这里的一栋房子分给他们一家，此后的十三年里，子女们到外面成家立业，这里成为了她和老伴相依为命的爱巢。

“咚咚——”

菜刀剁在案板上的声音在楼道里响彻，墙壁仿佛失去了隔断的功能，西红柿炒蛋、炸灌肠、炸黄花鱼的香气混在一起，挑动林若阳的鼻翼，让她的肚子不由得“咕噜噜”叫起来。林若阳顿时胃口大开。

“吱——”

一个黑色的东西从林若阳面前迅速跑过。林若阳还未反应过来，那抹灵巧的黑影已经钻进墙角的一个黑洞内。

真恶心！

触目惊心的“城市牛皮癣”满布逼仄的楼道，一个个挂满灰尘的对联、横批装点着看不出颜色的旧防盗门，处处彰显着老年人还未走出过年喜庆的迟缓。林若阳循着台阶上脱落的墙皮蜿蜒向上。突然，如同迷失了方向，台阶上光洁一新，墙壁像是被人剥去了长满“皮癣”的外套，连阳光都格外地眷恋这里，毫不避讳地穿透楼道里洁净无瑕的玻璃窗，照向楼梯左面泛着金属光泽的红棕色防盗门。

501！

终于到了。

林若阳将食指轻轻地放在红色门铃按钮上，趴在防盗门上听了一会儿。里面没有传来做饭的声音，亦没有饭菜的香气传来。如同丧礼一般，里面是如同坟墓般的安静。

“叮咚——”

没人应门。

林若阳突然想到苏大妈可能还在医院，便又随性地按了一下门铃，转身就走。就在这时，锁舌翻动，一个年轻女人的声音传了出来。

“你找谁啊？”

林若阳猛然回头，看到了一个身穿围裙、不超过25岁的年轻女孩。女孩叉着腰，虽然年轻，却一脸的蛮横，仿佛林若阳这个不速之客，挑战了她身为女主人的权威。

“找错地了。”

林若阳讪讪地笑笑，苏大妈的女儿今年都快40了，怎么可能是此女这副尊容？

“神经病！”女孩“砰”的一声撞上防盗门，还不忘从里面反锁上。

林若阳吃了闭门羹，心中只觉是自己找错了地方，也没多想，便在附近随便找了一家咖啡厅，直等到下午三点继续回来排练。

下午的时候，苏大妈还是没来。不知道为什么，林若阳的心怦怦狂跳，仿佛这一切的罪魁祸首就是她。林若阳真想冲到医院，把一切都问个明白。

“Bonjour!”毛毛头戴小黄帽，身背哆啦A梦书包来到长廊向大家问好。

“Aujourd'hui，pas à l'entraînement de foot（今天没去练足球）?”王纾旁若无人地用法语说道。

毛毛点点头：“今天楚教练发烧，没有来。”

林若阳也不知王纾会作何感想，每当王纾用法语跟毛毛说话，毛毛都会用中文回敬。

“要不咱们今天就唱到这里?”林若阳看看手表，还不到3：30，这么早结束还真是对不起自己在咖啡厅坐着的三个小时。

苏大妈的缺席犹如一阵呼啸而过的飓风，在上午还是众人热议的话题，可到了下午早已如霜打的茄子，无人理会。没人再讨论这个问题，也不知是众人的好奇心得到了满足，还是注意力随着新事物的产生而转移。

“时间还早呢。”王纾摆摆手，转而对毛毛说道，“Toi d'abord des devoirs(你先回家做作业).”

毛毛摇摇头：“不嘛。我想听你唱歌。”

王纾一脸求助地看向林若阳，林若阳心想，连年纪那么大的老先生都能来旁听，更何况是这么可爱的小孩子？林若阳没有多想，摆好手型，又带着大家唱了一遍。

音乐声中，毛毛自顾自地绕着廊柱爬上爬下，一刻也不得安生。到底是踢足球的热血少年，毛毛身上似乎有使不完的劲。他先是围着王纾动来动去，没过一会儿便失去了新鲜感，转而跑到林若阳的身边。这儿捅捅，那儿动动，林若阳指挥不开，生怕自己一个不经意的动作就把毛毛弄伤。一曲下来小心翼翼，可毛毛还是被谱架子细细的支柱绊了一跤。林若阳做满标记的合唱谱，瞬间从谱夹子里飞了出去。

“哎哟！宝贝儿，摔疼了吧!”立刻有大妈伸手把毛毛扶起来。毛毛倒是满不在乎，长长的足球袜包裹住他纤细的小腿，只是膝盖上又擦破了一块皮。王纾也没有大惊小怪，只是向林若阳道歉。

“没事没事，男孩子淘气正常。”嘴上这么说着，林若阳的内心还是被对熊孩子的怨恨充斥着，“姐姐这里有创可贴。”

林若阳说着，从包里取出一枚卡通图案的创可贴，林若阳也没有注意到上面迪士尼小公主们的造型，径直就要贴上去，王纾一个箭步冲上来，握住林若阳的手，从手袋里拿出一枚医用棉球，轻轻一折，将里面的酒精洒在伤口处，认真涂匀，然后将一枚透明的创可贴贴在毛毛的伤口处。

整个消炎的过程，毛毛没有叫过一声痛，像个小男子汉般。处理完伤口，毛毛又满血复活了。

“若阳姐姐，你的创可贴真难看。”

哼哼，拿给你用就不错了。心里想着，林若阳还是默默地把自己没给毛毛用上的创可贴扔进了垃圾桶。

“你都知道扔了，为什么还要买？”毛毛凑到林若阳身边，“我们班有一个男生，他妈给他买铅笔，都特别难看，他到学校就扔了，老师还问垃圾桶里怎么会有那么多削好的长铅笔……他被请家长了……我丢铅笔了……”

毛毛呜啦啦说了一大通，林若阳也搞不清他今天怎么会对自己有这么大的兴趣？无意间一抬眼，只见王纾直勾勾地看向这边，眼神中满是爱意。

第二十七章

最初的梦想

“怎么样?”

“你说能怎么样!”林若阳想想就一肚子火，离比赛就剩不到十天了，苏大妈始终也没个信，也不知最后上不上台。老人们好像一点也没有意识到时间的紧迫，连谱子都没背下来。虽说最后上场时，可以带谱夹子，但无论如何熟悉乐谱总是必须的。

“一群乌合之众!”

“我说的不是合唱团，是你的新家。”

自从见识了林若阳的奇葩室友，曹健第二天就决定给林若阳改善生活环境。他向公司借了一间单身公寓，虽然林若阳并没有和新公司签合同，但在新公司里，曹健说什么，就是什么。

明媚的阳光穿过客厅中央的落地窗，洒满原木色的复合地板，白色的纱帘随着清风曼舞，露出墙角摞在一起的卡其色纸箱。单身公寓虽然只有70平方米，但却格外的宽敞明亮。一进门左首边便是一整墙的穿衣镜，透过镜子，客厅里的米黄色布艺沙发安安静静地倚在贴着淡粉色壁纸的墙上，一个玻璃茶几站在沙发前面的碎花地毯上，大约五米处，一个乌黑的屏幕嵌在中央，下面是一个流线型的电视柜。

“很棒！谢谢!”林若阳擦擦头上的汗，对曹健露出一个大大的微笑。

曹健有些不好意思地挠挠头，胸前的汗水浸湿了他的白色T恤，在上面引出了一只憨态可掬的大狗熊。虽然林若阳没有明确表态，但曹健知道她已经默认了他们的关系。

“剩下的我自己弄就好，你快回去上班吧，曹经理。”林若阳半开玩笑地说，“我今天向合唱团请了一天的假，明天可不能再耽误排练了。”

“你现在开口闭口都是‘合唱团’，打算什么时候让他们买你的保险啊？”

“那也得等大经理你什么时候跟我签劳务合同啊。”林若阳不露痕迹地又把矛盾推给了曹健。

曹健无奈地叹了口气，知道林若阳是决意不再卖保险了。自己多次提出让她到新公司就职，可她总是以各种理由躲了过去。看她最近做义工做得心情大好，曹健也不愿强求，毕竟自己根本不愁钱花。林若阳只要开心，做什么都行。

“哦，对了，”林若阳从提包里拿出一个厚厚的信封，“这是房租。我按照市场价估算的。”

“你这是干什么？”曹健赶忙推开，“我那个朋友人在国外，正好需要人帮忙看房子。不要钱的。只要你好好爱惜这个家就行了。”

曹健不敢告诉林若阳这是他从公司借的单身公寓，现在还不是时候告诉她一切的真相。

“我看他这房子跟刚买的一样，也没什么值钱的东西，根本不需要看啊？”

曹健讪讪地笑：“你就别问那么多了，安心住吧。”

林若阳知道曹健对她好，有些事，他不愿说，林若阳也不会强求。

曹健走后，林若阳一个人躺在陌生的床上，百无聊赖地盯着天花板。她本就没有睡午觉的习惯，只是搬家搬得四肢酸痛，想找张床休息一会儿。小时候，林若阳是出了名的恋床。每当父母带她外出旅游，住在陌生的宾馆，林若阳总是整宿地睡不着觉。后来，因为恋床，林若阳拒绝去旅游，一到假期，整天卧在自己的小窝里，有时一睡就是一天。

“你这个样子，将来怎么当歌唱家！怎么开巡回演唱会！”

那时，妈妈总是用这句话激励林若阳。上高中之前这还管用，可自从上了高中，林若阳的假期便再也没消停过。不是上课外班，就是去图书馆自习，连赖在床上的时间都少了，更甭提外出旅游。似乎正是因为这样，睡在大学宿舍上铺的第一个晚上，林若阳睡得打起了呼噜。

现在，身下的这张床好软。犹如坠入一团飘忽不定的白云，就连林若阳的眼神也开始涣散起来……

这是哪儿？

视野中的一片漆黑渐渐被阳光照亮，绿意四溅，一条灰白的线条从视野中央迅速膨胀，逼退漫天的绿叶，勾勒出一条平凡的小巷。

一条小哈巴狗从巷子尽头蹿出来，奔向林若阳站立的柏油马路。

“汪汪——”

白色的哈巴狗朝林若阳狂吠，却又不敢真正地奔出小巷。林若阳鬼使神差地步入小巷，小狗立刻掉头奔去，林若阳在它的身后狂奔，穿透一个个似曾相识的身影，来到一片林若阳从未见过的黑暗。

“唰——”

一束绿光投了进来，林若阳看到面前站着一个身穿白色校服的背影。

林若阳张张嘴，想要叫住那个人，却发现自己根本发不出任何一点声音。

“若阳……”

女孩缓缓地转过身，清汤挂面的黑发遮住她的面孔。

贞子？

林若阳想要转身逃跑，却被一股无形的力量固定在原地。她想叫，想哭，却动弹不得，呼吸困难。

女孩抬起苍白的右手，慢慢撩起自己的头发……

“啊——”林若阳终于喊出声。一瞬间，狂风四起，女孩的头发被吹散，整个人如同被绿光吸走，化作一团黑色的浓雾，消失在林若阳的面前。

燕尾蝶？

林若阳猛然睁开眼，却发现泪水已经淋湿了脸颊。

小西，怎么又梦见你了？

在不曾露面的何小西拿走信箱里的钱和何谦的联系方式后，没过一个月，何谦的家就搬进了新住户。就如同何谦从未拜托过林若阳帮忙看家、找何小西一样，没有感谢，没有答复，何谦和何小西就这么从林若阳的世界里消失，当然，除了林若阳家信箱里多出来的东西。

“谁把钱搁咱们家信箱里了？”大清早出门拿报纸的妈妈惊呼，“该不会是毒贩吧？用不用报警？”

林若阳暗自诽谤妈妈的脑洞，默不作声地吃完早饭，出门上学。单元门旁的信箱内，一张张粉红色的百元大钞从窄缝里露出来，好似滴血的暗夜玫瑰，决绝地将刺插进林若阳的心底，割裂了她心中最后的一丝牵挂。

收下钱，从此以后，不要再过问何小西的生活。

林若阳如是猜想，可打开信箱的一刻，她却犹豫了。

“砰！”

林若阳用力地摔上信箱的门，粗暴地将它锁好。

哼！何小西！你这一辈子都欠我的！

“铃——”楚天阔突然打来了电话。

“林若阳，今天晚上一起吃饭。”

一想到何小西，林若阳就感到心力交瘁，对什么事都提不起兴趣。

“我……”林若阳张张嘴，想要拒绝，一时间又想不好推辞。

“就这么定了，今天我请客，有件重要的事要宣布。”

“哦？什么事？”林若阳一下子来了兴趣。

楚天阔在手机那头嘿嘿地笑了，故意卖关子不说，只留下了时间、地点就撂下了电话。

林若阳深吸一口气，一边猜测着楚天阔会有什么重大的事情，一边思考今天晚上该穿什么好呢？

“今天把大家叫过来……”

“就咱们三个人，你有什么话，别说得这么正式。”林若阳打断了楚天阔的长篇大论。今天的楚天阔真不一样，一改往日足球少年的运动装备，穿了一套黑色西装，脖子上还系了一个黑色领结，和这家意大利餐厅高大上的装修很相配。幸好林若阳今天穿了一条宝石蓝的收腰长裙，也不至于让自己在这么高大上的场合显得那么“接地气”。

坐在林若阳对面的郭宇非继续打岔：“不是把你也请来了吗？不然的话，他就到我家喝啤酒撸串了。”

“撸串！好久没撸了，改天一起？”

“咳咳。”楚天阔轻轻嗓子，示意不停打岔的二位闭嘴，“你们先让我说完。”

“哦，我们不说了，你先讲。”

“我想说的是……”

“你要结婚了？”林若阳见楚天阔没表态，便询问地看向郭宇非。

郭宇非摇摇头，对楚天阔说道：“没听说你交新女朋友啊？不会是……”

和两个话痨坐在一起，身为主角的楚天阔倍感压力山大。

“别瞎猜了。”楚天阔感觉自己说不出个所以然，便从皮包里掏出一张皱皱巴巴的白纸，拍在二人面前，“我要去意大利。踢足球!”

当楚天阔终于守得云开见月明，带领少年足球队到意大利参加集训的时候，林若阳还待在老年合唱团里，艰难地指挥着一群乌合之众。

为什么会这样?

楚天阔虽然在初三前遭受重创，被医生下达了“严禁踢球”的最后通牒，但十年过去，他从没有离开过绿茵场。经过短暂的恢复，高中时，楚天阔在学校建立了足球社，带领自己的队伍沿袭初中的一套训练时间，横扫全市各项足球比赛的冠军；上了大学，楚天阔在自己所在的金融学院大力开展足球运动，在他的带领下，一时间足球掩盖住篮球的光芒，成为金融学院的“院球”；毕业后，楚天阔进入了一家足球用品公司做会计，在那里，他抽空考了足球教练员资格证书，后来在工作中认识了一个足球俱乐部老板，就这样，他跳槽去了足球俱乐部，不过不是做会计，而是做起了最低等的C级足球教练，专门训练中小学生。

听了楚天阔的经历，林若阳对他肃然起敬。虽说楚天阔也没有什么傲人的成绩，但听了他的叙述，只感觉胸中一股热血沸腾。似乎人生就应该像他一样，有理想，有血性，为了一个目标哪怕走得再偏也要重新绕回来!

“所以你这回去意大利，是带他们参赛?”

楚天阔轻轻地叹了口气：“以后或许会有这样的机会。”

如果换一个人这么对林若阳说，林若阳必然会以为这是一个托词。但这句话是从楚天阔口中说出来的，林若阳坚信，他一定能做到!

“唉，真想知道咱们班其他同学都做了什么样的工作。”林若阳不禁感慨，“班长那么唠叨，于是做了律师；楚天阔热爱足球，所以当了足球教练；William是真的令我很意外，竟然做起了家族企业，那个时候也不知道他家里是做什么的，真没想到。”

“是啊，和高中同学倒是年年聚会，我都快忘了初中同学都长什么样了。”

“我也挺想见的。”惜字如金的楚天阔给热火朝天的对话，画上了一个沉闷的句点。四下沉默，只能听见刀叉触碰瓷盘的脆响。

林若阳面色沉重地切开牛扒，鲜红的汁液喷涌而出，融入深褐色的酱料，亦如朝阳的圣火被无边的黑暗吞没。

“班长，要不我们搞个同学聚会？”楚天阔率先打破了沉默。

林若阳的动作一滞，满是期待地望向郭宇非。郭宇非看看林若阳，又看看楚天阔，思索了好一会儿，终于重重地点了下头。

“我尽力。”

能让郭宇非出力，林若阳觉得一定是老天开眼！

因为忙于合唱排练，林若阳没有去机场送楚天阔。楚天阔出发的那天，苏怡和王纾都没有到。林若阳这才知道，毛毛才是这次意大利之行的主角。小小年纪就能出国学足球，唉，现在的小孩真是幸福。

第二十八章

摧不垮的少女小林

排练渐渐步入正轨，大家的和声越练越齐。可苏大妈仍是迟迟不来，林若阳很担心她的突然加入会打破整个合唱的美感。趁着排练结束大家匆匆离去的工夫，林若阳打算找团长问个清楚。

“赵大爷，我想问您个事。苏大妈以后还来吗?”

赵朴一脸警惕地审视林若阳，似乎在责怪她事多。

“她家出了点事。我也不好意思问。可能来，也可能不来。”

林若阳好奇地问：“什么事啊?”

赵大爷看看四周，用手捂住嘴，悄悄地贴在林若阳的耳边：“她老伴跟她家小保姆……被她撞见了。”

“怎么会?”

林若阳难以置信。苏大妈都快70了，更何况是她老伴?

“老苏那天提前回家，抓个正着。她老伴和小保姆一起看黄片，然后就……”

“怎么会?”

林若阳狐疑地打量赵大爷，不解这种话他怎么能说出口?

“你爱信不信。唉，老苏一生好强，这话你可不能当面对她讲，更不能说是我告诉你的。”

林若阳点点头。原来大家都不约而同地不去关心苏大妈的去向，是都知道她失踪的缘故。唉，林若阳想想当时还以为是自己驳了苏大妈的面子导致她自杀，原来竟是为了这个缘故。好强，好强，还以为是要处处拔尖，不容反驳，原来是不容许心爱的东西被抢走。

不过一生好强的人，不应该这么容易就被打倒吧？

一股豪迈之气从林若阳的心底油然而生。

她要“拯救”苏怡！

于是，在午休的时间，林若阳再次奔向苏怡的家。

还记得那个通透整洁的五层，在幽暗凌乱的老旧居民楼里犹如世外桃源般，给人以生活的希望。三日未见，一块硕大的“城市牛皮癣”出现在被刮去一层的白墙上，黏稠的红色油漆顺着办证的电话号码流淌下来，如同鲜血四溅的案发现场。

“叮咚——”

耀眼的新式防盗门上蒙了一层灰，在林若阳的指尖留下一圈淡淡的印记。

“谁啊？”

苏大妈民歌腔调的声音传了出来。

看来上次见到的年轻女孩应该是苏大妈家的保姆，如今被辞退了吧。

“苏大妈，是我，林若阳。”

苏大妈猛地推开门，浮肿的双眼涣散无光，却依旧锐利地盯着林若阳：“你找谁？”

“我当然是来找您的。”林若阳讪讪地笑笑，被苏大妈一问，刚才的豪情万丈立刻烟消云散，“我想问您，您还来参加合唱团吗？”

“不参加！”苏怡还没说完，就“砰”地把门摔上。

“苏大妈！”面对紧闭的防盗门，林若阳一下子来了勇气，“大家都说您一辈子好强。但真正的强者不是缩头乌龟！不是这么轻易就被打倒的！别人长着嘴，爱怎么说就怎么说！难道还为了他们就不过自己的生活？再说，您真的能够放下合唱团？合唱团没有生命，它不会去挽留人，可人是有灵性的！我说不出一个让您必须参加的理由，但我希望您能回到大家身边，大家一起唱唱歌，把所有的负能量都抛在脑后。”

防盗门内鸦雀无声，林若阳有些小小的失落，却仍不放弃：“我希望下次排练的时候您能来，合唱团不能少了您。”

说罢，林若阳也不指望里面能给她什么反应，似乎自己的游说注定是个失败，毕竟面对一个饱经世事沧桑的老人而言，自己幼稚的言论犹如蚍蜉撼树。

黯然神伤地走出老旧居民楼，林若阳来到平时中午栖身的咖啡厅。咖啡厅里冷冷清清，一个个高背圆沙发将狭小的空间分隔成一个个密不透风的隔断，暗黄的灯光更给这里增添了几分睡意。林若阳不喜欢这里，她不喜欢这里看起来就肮脏的环境，不喜欢这里不可口的食物，不喜欢这里老掉牙的轻音乐，却唯独喜欢这里适宜睡觉的沙发和可以免费续杯的廉价饮料。

角落里的卡座依旧空着，犹如在车站苦等主人归家的忠犬八公。林若阳一连几天都坐在那里，一觉醒来，便又到了下午的排练时间。

信步在圆圈外的空间里穿梭，恍惚中，林若阳看到了一个熟悉的身影。

“王阿姨，您怎么会来这儿？”

王纾坐在一进门的卡座里，似乎正在等人的样子。听到林若阳的问话，她优雅地放下手中的咖啡杯，抬头望向林若阳，用法语向她问好。

怎么又回到推销保险时的样子？

林若阳也没在意，笑盈盈地用法语回敬王纾。

“Bonjour！”

王纾伸出右手，示意林若阳坐到自己面前。立刻有服务员拿菜单过来。

“一杯美式咖啡。”

林若阳看都不看，就点了菜单上最便宜的饮料。

“今天我请客。来一杯卡布奇诺，再要一份金枪鱼三明治。”林若阳刚要推托，只听王纾继续说道，“我有件事想要请教你。你和楚教练是中学同学吧？”

林若阳点点头：“怎么了？”

“上的是体校？”

王纾的问话让林若阳突然产生一种不祥的预感。她不知该如何去说，生怕自己随便的一句话，就会给楚天阔招来不少的麻烦。

林若阳打了个哈哈，可王纾似乎并不打算放过她。

“我希望你能理解，毕竟Louis现在跟他踢足球，我真的很担心楚教练不够专业，让Louis小小年纪就有了运动伤。”

服务生把菜端了上来。林若阳虽然饥肠辘辘却也不敢吃。真是一场鸿门宴。

唉，现在的小孩怎么都这么娇气？

“您放心，楚教练自有分寸。”

“你不懂。”王纾摇摇头，眼神里尽是对毛毛的担忧，“我必须对Louis负责。不能把他交给一个不专业、没有信誉的足球俱乐部。”

“您真的那么看重专业性吗？我也不是音乐专业，您不照样还让我来合唱团当指挥？”

“这不一样。”

“有什么不一样的。”林若阳真的理解不了王纾的思维，“王阿姨，楚天阔是我见过的最爱足球的人。体校毕业又怎样？他们也不过是把足球作为一项赚钱的专业技能，而不是他们人生价值的体现。我了解楚天阔，足球是他的全部，是他的最高理想。他不是一个无良的赚钱机器，他有这个时代绝大多数人都不具备的使命感！他想要改变中国足球的未来。算我拜托您，成全他吧。”

“我不在乎中国足球的未来，我只在乎我的孙子。我只想让他健康成长，把他交给楚天阔，我不放心。”

“那您把合唱团交给我就放心了吗？”

王纾莞尔：“我当时只是随口一说，从没想过你会如此认真。”

恰逢周六，老人们纷纷为了迎接各自在工作日抽不出时间的儿女们向林若阳请假。合唱团来不了几个人，林若阳也算是看出了他们的真心，干脆给所有人放了个周末假，各回各家，各找各妈。

一个人窝在借住的单身公寓，林若阳躺在床上，仰望头顶天花板上的白色灯罩，阳光被厚厚的窗帘过滤，只有一小缕纤弱的微光投了进来。

一股萧瑟之感迎面扑向林若阳。

何必挤一个半小时的公交车在早高峰中穿行！

何必为了省钱中午只喝免费续杯的劣质咖啡！

何必跑去找苏怡，一次次地吃闭门羹！

我何必？

林若阳不求老人们能感激她，她只求他们能够看到她的付出。因为能在他们人生最后的岁月里留下浓墨重彩的一笔，对林若阳而言本就是一种幸福。

为什么？

是不是少了那枚标签，一切都一文不值？

林若阳后悔当年自己浑浑噩噩地随波逐流，选择一个自己毫无感觉的热门专业，如果真的能抵抗住一切世俗的观点，继续做那个快快乐乐的寻梦人，考上老师同学眼中另类的音乐学院，她会不会……不，因为这一切假设的本身就是向世俗妥协。

唱歌的乐趣不需要学历的证明。谁都有权唱歌，谁都有权享受音乐带来的快乐！搞运动也是一样。楚天阔已经向世俗妥协，拿到了教练员C级资格证，为什么还要被穷追不舍，硬要有从小上体校的经历？

人活着好累。

一滴泪珠从林若阳的眼角滑落。百无聊赖让无尽悲观的思绪涌入林若阳的大脑，林若阳只觉人生活得毫无希望，人性中自私冷酷的一面犹如猛烈的火焰灼烧她敏感的心。

“呜——”

没有室友，林若阳终于可以放声大哭起来，只哭得头皮发麻，大脑缺氧，眼睛酸涩，再也流不出一滴眼泪为止。

林若阳觉得自己体内满满的负能量都消失了。

一个鲤鱼打挺坐起来，林若阳只觉心情大好。不能再这么无聊了。林若阳盯着镜子里头发凌乱、满脸泪痕、“肿眼泡”的自己，下定决心找件有意义的事来做。

“对不起，您拨的号码是空号。”

“对不起……”

“嘟嘟——”好不容易打通了一个，林若阳刚一报上同学的姓名，只听对方粗暴地说了句“打错了”，然后挂断电话，留给林若阳一串忙音。

大家都换号码了？

不会吧。反正林若阳家始终是同一个号码。

唉，座机就是麻烦。林若阳分明记得初中那会儿手机早已普及，可为什么郭宇非手中的联系方式却只有座机号码？是不是方便找家长告黑状？

林若阳照着上面的联系方式拨通了自家号码，林若阳惊异地发现自家的电话号码也变成了空号。

怎么会！

她上周五还给家里去了电话，爸妈刚搬进新房，小日子过得可滋润了。

林若阳一个电话直接打给了郭宇非：“班长，我刚才照你给的联系方式，给咱们初中同学打电话，怎么全是空号啊？”

郭宇非那头的环境很嘈杂，看来实习律师又跑去外面收集证据去了。

“怎么会？你是不是没加区号？我已经联系上八个人了。”

林若阳突然意识到一个很严重的问题，毕业后，大家各奔东西，并不局限在他们曾经共同学习、生活的城市。

如果大家不在一个城市，那么这场同学聚会还能办成吗？

“他们能来吧？”

“关键是我们能不能去。电话打通的几个都留在老家工作了，只要一回去就能见面。只不过，我手头工作特别多，还不知道今年春节能不能回家。”

林若阳的心情瞬间沉重起来。一想到那些联系不上的人，说不定有些去了国外，要想重聚真是难上加难。

“唉，要不就算了。”

“这么轻易就放弃了？一点也不像我认识的林若阳。”

“那个活力满满的林若阳早在初中就已经死了。”林若阳没好气地说。

这分明是在用激将法，到时候把责任往林若阳身上一推，郭宇非又乐得清闲。

“你别管了，都交给我吧。”

“你说什么？”林若阳不敢确信一向自私的郭宇非也有勇于迎接“麻烦”的一天。

郭宇非在那边轻声笑了，似是察觉出被林若阳识破了本性。

“现在是微信的时代，一点也不麻烦。”

林若阳的屏幕“叮咚”一声亮了。果然一条消息发过来。

“郭宇非邀请热血混蛋、少女小林、William加入群聊。”

少女小林是林若阳的微信名，热血混蛋肯定是楚天阔无疑。

“大家加油把初中同学拉进来。”这条消息后面，郭宇非又缀了一个萌萌的表情。

不一会儿，远在意大利的楚天阔便拉进一个叫“夜未央”的人，还不忘吐槽一下亚热带的酷暑。

“热死了！真想喝啤酒撸串！”

夜未央发了一个问好的表情，紧接着又把“董小姐”拉进来。

林若阳的手机屏幕闪个不停，找到组织的同学们开心地聊天，嘘寒问暖。林若阳一句话还没发完，上一句便已经跳到了上一页。林若阳干脆不发，只是静静地看着同学们发言。

“铃——”

父亲的大头照突然淹没了屏幕上滚动的微信消息。

父亲局促的声音从手机另一端传来：“若阳，你现在手头有多少钱?”

和普天之下的父母一样，林爸爸和林妈妈向来是报喜不报忧。他们体谅女儿一人在外打拼不容易，如果不是真的出了无法解决的事情，他们是不会伸手向女儿要钱的。

“我早就跟你妈说，不要买房，家里总要留点钱。她瞧不上单位分的经济适用房，非要买商品房。经济适用房又不能卖了换钱。现在倒好，还要让你跟着一起受累……”

事情的经过是这样的。像每一个林若阳童年时代熟悉的清晨，林妈妈开着自家用了十多年的老捷达去上班。虽然搬了新家，但城市不大，从新小区出来不一会儿，就进入了林妈妈30年几乎天天都走的线路。林妈妈有信心，闭着眼睛都能把车开到单位。早高峰，一如既往的车流拥塞，前方的信号灯闪着灼灼的红光，熟悉的主干道出口，林妈妈的车停在与出主路毗邻的车行道内，车头微斜，打算随时瞅准机会插进去。

林妈妈百无聊赖地看着右面的车道，“身经百战”的她早已摸清了这些车的脾性。不知为什么，今天的出租车格外的多，林妈妈的右后方一连三辆蓝绿色的出租车。出租车才不会让人，林妈妈知道，如果和出租车发生事故，不仅要付维修费，还要替他们交份子钱。林妈妈已经瞅准，一会儿绿灯一亮，先让三辆出租车“大爷”走好，然后果断插进来。

绿灯亮，三辆出租车抢先冲过去，林妈妈往出口并道，只见一辆闪闪发光的黑色轿车跟着冲出去，丝毫没有让她的意思。

“嗞——”刺耳的刹车声穿透老捷达密闭性不佳的窗户，林妈妈猛踩刹车，可还是控制不住老捷达的惯性，撞上了黑色轿车的侧门。

没什么大不了的。

林妈妈开了十几年的车，也是经历了不少小剐蹭。反正买车就要买交强险，自然有保险公司负责理赔。

可林妈妈怎么也想不到，自己撞上的这辆车，竟然是辆价值1200万的进口劳斯莱斯幻影限量版！

珍爱生命，远离豪车。

交强险最多赔付12万，这距离车主索要的50万修理费，还差38万！

真是狮子大开口！

林妈妈一边试图采取法律措施将赔款降低，另一方面抓紧时间筹钱。如果不是把家里的流动资金都花在了新房上，38万对他们而言也不算是天文数字。可买房加装修，林家只剩下不到5万，实在是没办法，林爸爸才会找上独自在外打拼的女儿筹钱。

“你别着急，爸爸妈妈会想办法的。”林爸爸心怀歉意，他们是真不想给林若阳添麻烦。

“没事，我账户里还有些钱，一会儿就给你们转过去。”

林若阳第一次感觉到自己长大了。

“曹健，我想好了，我跟你去公司上班。”

将存折里仅剩的5万元汇给家里，林若阳要是再不去上班，今后的日子就只能喝西北风了。在林家人全家出动的情况下，38万还差12万，林妈妈决定把刚装修好的商品房卖了，可卖房也是需要时间的。

“为什么?”曹健不解。

林若阳抿抿嘴唇，还是没有把真正的原因告诉曹健。

“因为从今天起，我想做个销售达人!”林若阳强挤出一个大大的微笑，“记得以后买保险找我哦。”

曹健脸色凝重，锐利的目光直戳林若阳的内心深处：“那你还去做义工吗?”

林若阳的笑容瞬间僵住了。想想自己这么多天付出所感到的快乐，和老人们一点也不感激重视的态度，林若阳坚定地摇了摇头。

曹健沉默片刻，缓缓地说：“明天早上再去最后一次，跟他们道别。这些老人或许等不到你回心转意的一刻，就已经不在人世了。”

第二十九章

人心都是肉长的

“轰隆隆——”窗外响起一声惊雷，紧接着大雨倾盆，天空一片昏暗。

心好累。

一天下来，林若阳头痛欲裂。阴雨天最适合睡觉，她早早地爬上床，希望睡神能带走一天来所有的烦恼。可林若阳睡不着，眼睛肿胀酸涩得睁不开，脑仁生疼，却仍抑制不住高度兴奋的大脑皮层。

“这些老人或许等不到你回心转意的一刻，就已经不在人世了。”

曹健的话犹如梦魇般在林若阳的脑海里徘徊。

当林若阳看到葛菲当着全班同学的面“朗诵”自己送给何小西的生日礼物时，林若阳发誓，这一辈子都不理何小西！那时的她是多么的坚决，以至于让现在的她看来，那时是多么愚蠢可笑。

这又有什么大不了的？根本不至于决裂。

可当林若阳明白这些的时候，那个人已经不在了。

不在了。

神通广大的社交网络也挖不出她来。从何谦一家搬走后，将近十年，何小西杳无音信。

或许真的不在了。

林若阳后悔，如果当时把一切说开，那么她和何小西14年的友谊是不是能一直走下去？

逃！年少时的他们认为这是最炫酷的方式。可现在每个人都在为自己的逃避而救赎。

那么，挑剔刻薄的王阿姨、好强任性的苏大妈、推脱责任的赵大爷……我究竟该怎么做？

第二天一早，顶着厚厚的黑眼圈，林若阳头昏脑涨地挤入公交车。

今天是道别的日子。

经过一夜暴雨的洗礼，燥热的空气被过滤得沁人心脾。不时刮起的小风，吹乱了行道树的发型，让上面“流窜”的、颗颗包裹阳光的露珠坠地，发出清脆悦耳的声音。鼻尖无意地触碰到银杏树微辛的树语，犹如一颗醒脑提神丸，顺着舌尖涌入体内，生生将蒙昧的大脑开出灵敏的七窍。

最后看一眼被伞叶遮蔽的红板房，最后闻一次银杏树下微辛的清爽，最后听一曲凌乱的合唱。

林若阳沿着熟悉的小路穿梭，不一会儿就到达了合唱排练的长廊。长廊里出人意料的鸦雀无声，林若阳一眼望去，只见苏怡身穿一件红花的上衣在人群中格外的抢眼。

林若阳忍不住嘴角上扬。到底是一个真正的强者。

在得知林若阳登门找过苏怡之后，赵大爷曾经语重心长地跟林若阳讲述苏怡的故事。苏怡的父母是老八路，母亲在生下第三个孩子时难产而死，父亲是抗美援朝战争的烈士。苏怡作为长女，从九岁起就开始照料弟弟妹妹的生活。长姐如母，用这个词来形容苏怡，一点也不为过。每天苏怡都把弟弟妹妹打扮得干干净净、利利索索，决不让别人嘲笑他们是没有爸妈的孩子。

苏怡酷爱唱歌，但为了照料弟弟妹妹，她十八岁就草草嫁人，嫁给了她现在的老伴——老王。老王出身赤贫家庭，据说小的时候连鞋都没穿过，但在那个年代，这样的人很吃香。苏怡年轻时长得不好看，而老王英俊潇洒、风流倜傥，还是个军官，就这样，在组织的介绍下，苏大妈和老王结婚了。苏大妈骨子里是一个传统女性，尽管对老王诸多乡下的生活习惯不能接受，但抱着从一而终的心态，苏大妈竭尽全力地改造他。外表改造得差不多，但苏大妈永远改造不了他的灵魂。

在老王的推荐下，苏大妈成为文工团的一名文艺兵。当时，祖国号召所有人到“新西兰”——新疆、西藏、兰州所在的西部去支持祖国建设，老王义无反顾地去了新疆，苏怡迫于无奈也跟着去了。从此以后，苏怡想尽一切办法调回首都，而老王顺着时代的洪流一门心思要扎根大西北。

“文革”期间，苏怡父亲的老战友帮苏怡一家弄到了回首都的名额，老王坚决不去，苏怡义无反顾地带着四个儿女回家，也不征求老王的意见。老王在新疆又待了一年，这期间，苏怡独自照料儿女，四个孩子最大的不过7岁，最小的还在襁褓中。

就因为苏怡这项明智的决定，改变了儿女未来的命运，老王在家里永远矮苏怡一头。

“我记得他们家小四刚回来的时候老发烧，老苏天天抱着他往医院跑。部队里也有纪律，不能随便请假，老苏为这事没少挨领导的骂。有一次半夜小四烧到浑身抽筋，老苏半夜带着他来医院，那天正好我值班，老苏抱着孩子的手都是抖的……”

虽然林若阳理解不了老苏所受的这些苦，但她能感受到赵大爷对她深深的敬佩。

“她又要顾家，又要上台演出，对一个女人家，真的很难。”

林若阳信步来到走廊，大家的目光犹如一道道追灯，投在她身上。

林若阳诧异地环顾一圈，目光落在苏怡身上：“苏大妈，您终于来了。今天这身衣服真漂亮。”

林若阳故作轻松地笑笑，王纾坐在苏怡的对面，林若阳故意背对着她。

今天的气氛怪怪的，好像话未出口，他们便已经知道了林若阳的来意。

“再唱一遍。”

以后就没机会了。

“今天不开嗓了吗？”苏怡问道。

林若阳尴尬地点点头：“对不起，我忘了。咱们先开嗓。”

两日不练，大家的音质却有了一个巨大的飞跃。所有人都大张着嘴，把口型标准地竖起，一个个浑厚通透的声源在长廊里盘旋。林若阳的目光落在每一张历经沧桑的脸上，所有人都瞪大了眼，用足腰部的力气，把单调枯燥的发声练习唱出来。

“咪咪咪——嘛嘛嘛——”

音乐似乎不再只是生活中的一剂调味，它更蕴含了每一个参与者难舍难分的情感。30个人发出同一个声音，这是多么伟大的奇迹！

林若阳恍惚了。突然，她多么想让时间定格在这一秒，让时间凝滞，让美妙的乐音永驻。

“好了。咱们来唱一遍。”林若阳收回思绪，面对空空如也的谱架。她今天只想道别，所以连谱子都没带。

赵大爷立刻把自己的谱夹子递上来：“我背下来了。”

“大家都背下来了吗？”

老人们纷纷合上自己的谱夹子，放到一旁。就连一直缺席排练的苏大妈也告诉林若阳，自己把谱子背熟了。

林若阳摆好手型，向上一提。

“你从哪里来，我的朋友。”

再见了，王阿姨！

“好像一只蝴蝶飞进我的窗口。”

再见了，苏大妈！

“不知能作几日停留，我们已经分别得太久，太久。”

再见了，赵大爷！

“你从哪里来，我的朋友。”

再见了，白胡子老爷爷！

“你好像一只蝴蝶飞进我的窗口。”

再见了，合唱团！

“为何你一去便无消息，只把思念积压在我心头。”

再见了，那些回不去的时光！

“难道你又要匆匆离去，又把聚会当成一次分手。”

曲毕，林若阳率先鼓起掌来。

“给自己鼓鼓掌。”

林若阳难得的鼓励让老人们格外激动。都说“老小孩”，看着老人们脸上幸福的笑容，林若阳觉得他们简单得就像个孩子。

“只要到时候比赛能达到这个水平，第一名应该没问题。”林若阳抽掉谱架上的夹子还给赵大爷，该来的终究还是要来，“今天，是我最后一次来合唱团。”

老人们的脸上没有惊讶，一个个表情肃穆，四周只能听见银杏树随风起舞的声音。

“谢谢大家给我这个机会。我知道我不是专业的，”林若阳看了王纾一眼，“但我希望大家能够感受到我的真心。预祝各位比赛顺利。再见。”

林若阳从容不迫地拎起提包。这是她第一次穿着上班的正装来到排练现场。她向曹健请假来道别，马上就要去公司报到。

“林老师，您稍等。”赵大爷叫住林若阳，林若阳回头，只见赵大爷拿出一沓花花绿绿的钱，“昨天，王老师告诉我们你又要去卖保险。我们也不是正规单位，给你开不了工资，这不，我们打算一人从你手上买一份保险，你给我们推荐推荐？”

向朋友推销保险，林若阳多多少少有些抗拒，因为在她的潜意识中，保险并无太大用处。除非是恶意骗保，买保险的人出现意外的可能并不大。外加苛刻的免赔条款，一份份保单犹如投向无底洞的钞票，颇有些撒钱的意味。

从老人那里拿着现金和保单到新公司报到，林若阳直接去了曹健的办公室。和之前林若阳工作的保险公司不同，这是一家有私人资金注入的保险公司。虽然由国家控股，但这里已经几乎完全私有化了。

走进玻璃幕墙包裹的大厦，一进门就有前台小姐拦住了林若阳的去路。用身份证换了门禁卡后，林若阳来到电梯间，一扇门自动打开，林若阳走进去，里面没有楼层按键，前台早已将程序设定到指定的楼层。

“25层到了。”一个女人的声音从电梯的天花板传来。门开了，林若阳看到了站在门前等候的曹健。

“你终于来了。”

林若阳环顾四周，莞尔一笑：“这公司可真够气派的。不过你今天的样子跟这里还蛮搭的。”

曹健低头看看自己的Armani西装：“怎么样？是不是比王伟帅？”

林若阳点点头。果然是人靠衣装马靠鞍，曹健穿上高档西装一点也不比王伟差。一直以来，曹健都是以一副屌丝的样子示人，穿着不修边幅的短裤T恤，头发凌乱，痘坑与胡楂遍布脸颊，看起来猥琐不堪。现在，曹健不仅穿上了高级西装，头发也用发胶固定成时尚的“飞机头”，他脸上的胡楂消失，痘坑也少了许多。他摘掉了自己的金边眼镜，眼睛虽小，看起来确有几分韩国欧巴的气质。

“我卖出了30份保险。”

“恭喜。”曹健的性格也变得不那么缠人，“中午，我请你吃饭。”

林若阳摇摇头：“不，应该我请你。”

曹健善解人意地拒绝道：“我知道你家里出事了，这回我请你，下次你再请我。”

林若阳一愣。不知为何，曹健像是会读心术，总能看穿她不愿说出口的内心。

“开心了？”

林若阳点点头。在这家简陋的黄焖鸡米饭店里，曹健一身高档的装备还真是格格不入。不过，曹健的选地倒让林若阳轻松不少，毕竟这顿饭迟早是要还的。

“我一直以为他们看不到我的付出，原来竟在这儿等着我。”

曹健莞尔：“那你还去给他们排练吗？”

“大家都练得差不多了，也不需要我。现在合唱团有王阿姨指挥，我有时间再过去。”林若阳顿了顿，“对了，我一直想问，你和王阿姨究竟是什么关系？”

曹健喝了一口一次性纸杯里的水。

“你听说过‘洗澡’吗？”

“洗澡？”林若阳表示不理解。

“杨绛的小说《洗澡》，初中课本里应该有提到过。”

林若阳还是摇头。

曹健继续说道：“咱们学校在‘文革’时被改成‘干校’，是那些走资派‘洗澡’的地方。很不幸，王奶奶和我爷爷都被下放到那里，进行改造。”

“她是你奶奶？”

“你又不是不知道她丧夫又丧子。”

林若阳尴尬地笑笑。

“那个年代的友情都是很纯洁的！”

林若阳坏笑着点头。

曹健也露出了猥琐的笑容：“虽然我也坚信男人和女人之间没有纯粹的友情，但我爷爷就是这么告诉我的。你爱信不信。后来，我爸爸出国留学，90年代初，还很困难。王奶奶用了她之前在国外的私人关系，把他送出去。你说她是我奶奶，也算吧，她是我爸的干妈。”

“哦。”林若阳恍然大悟，“你就算是她的半个孙子。”

曹健点点头，不由得感慨道：“我虽然从小到大和我爸没见过几面，但王奶奶每年生日都会给我寄礼物。”

林若阳沉重地点点头，之前从曹健的只言片语里，林若阳早就察觉出他和父亲之间微妙的关系。

曹健也似乎察觉到自己说走嘴，沉默不语，专心地吃饭。就在这时，林若阳的手机屏幕上划过一条银行的短信。

打给爸妈的五万块钱又被打了回来。

出什么事了？

林若阳刚要打给银行问个清楚，妈妈的电话突然打了进来。

“喂，妈？”

林若阳特别害怕父母会为了减轻自己的负担而去借高利贷。

“我的宝贝女儿！”林妈妈兴奋的声音从听筒传来，在狭小逼仄空间的每一处都听得清清楚楚。

看来应该是没什么事了。林若阳尴尬地看看曹健，曹健朝她咧嘴一笑。

“都解决了！我把钱退给你了。你知道吗？我从你手上买过一份保额50万的第三者意外责任险，因为是异地购买，定损的时候，保险公司的人没来。这下好了，他们主动联系的我，现在也不用打官司、卖房了……”

林若阳悬在心口好几天的大石头终于落地了。

“走！我请你吃大餐！”林若阳把还没吃完的米饭往前一推，“老板！买单！”

卖了三年保险，林若阳从没觉得做这份工作这么幸福！

第三十章

不堪回首的往事

时间一天天流逝，林若阳整日在城市里奔波，保险卖得热情高涨。微信群聊里拉进了一个又一个失散多年的同学。全班几乎都到齐了，却唯独没有何小西。

“有谁有何小西的联系方式吗？”林若阳鲜有地在群聊里露面。

没有人直面林若阳的问题，却都在询问她的近况。

林若阳把自己卖保险和重操旧业组织合唱团的事告诉大家，大家纷纷对她的义工工作产生了浓厚的兴趣。

夜未央：“什么时候比赛？能去捧场吗？”

少女小林：“下周一，在北京。你能来吗？”

夜未央发了一个大哭的表情。

微信名“小公举”的葛菲突然发了一句：“我在北京。约吗？”

林若阳喜出望外。

少女小林：“约！”

紧接着“小公举”给“少女小林”发了好友申请。经过一番热聊，林若阳得知，葛菲女承父业，从巴黎设计学院毕业，在北京开了一家高级定制服装店。再也不像她的爸爸一样给学校定制校服了。

二人很快敲定了见面的时间。葛菲对林若阳的合唱团很感兴趣，林若阳也乐得和这个昔日的“死对头”炫耀一下自己的成果。

夜深了，林若阳刚要退出微信，只见通讯录的角标上多出了一个红色的圆圈1，林若阳点开来看，只见一个叫“玫瑰骑士”的人发了好友申请。

“我是冯彬。”

林若阳在脑海里拼命地思索，看着来源是通过群聊天添加，应该是自己的初中同学，可为什么想不起这号人来？

“少女小林”又给“小公举”发了一条微信：“咱们班有叫冯彬的吗？”

几乎是秒回。

小公举：“有。”

林若阳苦思冥想，紧接着小公举又发来了第二条消息。

小公举：“我的前男友，打架被退学的那个。”

葛菲说完，林若阳突然有些不想加冯彬了。虽然和葛菲早已一笑泯恩仇，但林若阳还是看不惯葛菲的风骚，也更看不起那些为葛菲粉身碎骨的男人们。

林若阳还在犹豫，“小公举”又发了一条微信。

小公举：“冯彬有何小西的消息。”

林若阳毫不犹豫地接受了冯彬的好友邀请。

一个离家出走的未成年女孩要靠什么来养活自己？林若阳在温情满满的迪士尼电影中看到无数种美好而有趣的方式。帮人遛狗、送报纸、参加比赛、开公司创业……

生活却是把一切美好都撕碎，只留下残破的痕迹。

午饭时间，林若阳和曹健在员工食堂面对而坐。销售总监的身份犹如一道天然的屏障，两人周围一圈的座位都没人去坐。虽然公司里明文禁止办公室恋情，但曹健知道，在公司里没有人能够阻止他。

“我周六要去趟外地。”林若阳郑重地对曹健说道。

曹健依旧没有问林若阳原因，只是淡淡地提醒："下周一合唱团比赛，你赶回来吗?"

"肯定赶回来。"林若阳打着包票，"如果顺利的话，当天就能回来。"

曹健心中隐隐地不安，冥冥之中好像有一股神明的力量迫使他阻止林若阳的远行。他终究还是破例，问了林若阳原因："为什么事?"

"我有个非常重要的小伙伴，她失踪多年，我想请她来看周一的比赛。"

"我陪你去?"

林若阳坚定地摇摇头："她是个很好强的人，肯定不想让别人看到她现在的样子。"

曹健风轻云淡地笑笑："那你确定，她想让你看到她现在的样子吗?"

林若阳一下子沉默了。如果何小西果真如冯彬所言，落到了如此境地，那么她最不想见到的人就是自己。

"我去吧。"曹健笑笑，"合唱团那边还有件事需要你去定。"

"什么事?"

"演出服啊。"

林若阳笑笑，心里已经盘算好要去敲葛菲一笔。

星期五的时候，林若阳直接把葛菲约去了合唱团排练的长廊。十年没见，葛菲变得更漂亮了。她开了眼角，架了鼻骨，坚持做光子嫩肤，整个人看起来像一个精致的瓷娃娃。到底是服装设计师，林若阳从没见过像葛菲身上那么漂亮的衣服。她穿了一条颜色介乎于棕和紫之间的连衣裙。大胆的剪裁露出她性感的美背，皮肤在这种怪异颜色的映衬下格外白皙。一双同样颜色的高跟鞋，将她小腿的长度与身高形成经典的黄金分割比例，整个人优雅性感，加上一头飘逸的金黄色头发，她浑身散发着爱与美之神的光芒。

"你越来越漂亮了。"不是为了达到目的的恭维，林若阳发自内心地说。

“Merci（谢谢）.”葛菲高冷地答道，“走吧，带我去看看你的成果。”

林若阳心里打鼓，不确定这几日少了自己的排练，合唱团会变成什么样？葛菲的话总觉得又回到了初中两个人打擂的阶段，无论何时，从气势上，林若阳就已经完败。

“请。”

林若阳做了个绅士的手势，将“小公举”让到了自己的前面。葛菲优雅地走着猫步，高跟鞋轻盈地踏在银杏叶层表面，果真如同一只灵巧的小猫。

“小林，你可算来了！”苏大妈大喊一声，一把将林若阳拉进长廊。林若阳虽然看不见葛菲，但已经脑补出一副葛菲鄙夷自己的表情。

Round 1!

“小公举”VS“少女小林”：1：0!

“怎么了？”林若阳被拉到苏大妈和王阿姨的中间。

“若阳，我说让大家去外面租服装，老苏非不同意，就让大家穿那套红上衣白裤子的团服，你说多难看啊！”王纾拉过林若阳，就像看到了亲人，“再说，合唱团是不是就该听指挥的？”

“那不就成了封建军阀专制！”苏大妈厉声反驳道，“本来就是一首年轻人的歌曲，穿得接地气一点不好吗？”

“这哪里是接地气！分明就是你不想花钱！”

“行！就你有钱！有本事你替大家把钱都付了！”

苏大妈和王阿姨隔着林若阳吵了起来，林若阳求助地看向赵大爷。团长大人只是悠闲地扇着大折扇，根本不参与两个女人的内斗。

Round 2!

“小公举”VS“少女小林”：2：0!

林若阳清清嗓子：“别吵了。我今天特意带了一个服装设计师过来，她特别厉害，法国巴黎设计学院毕业，现在独自开店，专做高级定制时装。水平特别高，你们看她今天穿的这件衣服，漂亮吧，自己设计的。咱们就让她来决定。”

“好。这姑娘看着就有水平。”苏大妈充满期待地看向葛菲，林若阳同样满是期许地望向她。

葛菲很受用地走到众人中央，优雅地向大家问好：“Bonjour!”

苏大妈顿时如一只泄了气的皮球，愤愤地剜了林若阳一眼。

葛菲意味深长地看了林若阳一眼：“她是我初中时最好的朋友，所以最了解我……”

“是啊，从小到大就有美感，心灵手巧。这次，帮好朋友一个忙？”林若阳像捧哏的一样。

“好朋友的忙怎么能不帮呢？”

林若阳嘿嘿一笑：“大家都听到了吧，服装就包在我的这位朋友身上。大家安心比赛，周日的时候，服装就能给大家送来。”

葛菲怨毒地瞟了林若阳一眼，依旧保持优雅地笑笑。

林若阳心中一阵窃喜。

Game Over!

“少女小林”完胜!

不过平心而论，十年不见，葛菲在艺术上的成就远远超过了林若阳。从合唱团离开后，葛菲带着她参观了位于市中心的高级定制商店。店铺分上下两层。一层陈列着葛菲的作品，二层则是贵宾们的量衣室。整个商店的装修呈现出高冷的黑色系，黑色的大理石瓷砖踩在脚下，漫天是热带雨林盘根错节的大树根。行走其中，恍若感觉到城市沙漠将人类一个个隔离开，一股萧瑟之感从心底油然而生。

虽然衣服的价格贵得咋舌，但却丝毫不影响里面络绎不绝的客人。一个个身形姣好的女店员把贵宾带上二楼的量衣室，她们犹如一个个活广告，将图画册上葛菲的一件件作品完美地展现在顾客面前。

“你真厉害!”林若阳由衷地感叹，“让你来做合唱团的服装真是太委屈了。”

葛菲淡然一笑："你别忘了我爸是靠服装批发起的家。他现在在这边开了工厂，你们的衣服都是现成的。"

林若阳点点头，如同被一块磁铁吸引，无论如何也无法将目光从那些精妙绝伦的时装上挪开。葛菲淡淡一笑："等你结婚的时候，我给你做一套婚纱。"

"真的？"

葛菲高傲地点点头："这些衣服你就别想了。就算你想买，我也不会卖。"

林若阳觉得自己又被深深地鄙视了。

"你买了也没有场合穿。我还是送你一套婚纱实际。"

虽然她们生活在两个世界，但这两颗星却总有轨道交叉的时刻。

"怎么样了？"

"我还在路上，等我见到她，一定第一时间通知你。"

林若阳还要再问，曹健那头已经挂上了电话。星期六一早，从曹健出发去接何小西开始，林若阳就陷入了深深的焦虑。她后悔答应让曹健替她去接小西，她多么希望立刻飞到何小西身边，告诉她自己有多想她！

"喂，曹健，你见到何小西了吗……"

林若阳的电话一个接一个不停，曹健有些烦躁，却还是耐心地叫她等候。虽然曹健的母亲向来对品学兼优的何小西赞不绝口，但在曹健的记忆里，他对何小西根本没有半点印象。看了林若阳给他的照片，曹健才依稀记起这个面容模糊的女孩——那个用头发帘遮住大半张脸的"怪胎"。

看着就神经不正常。

照片上的女人化着浓妆，留一头"洗剪吹"的发型，鼻子、耳朵里闪着亮晶晶的金属环，一只黑色燕尾蝶文在女孩的左前额上，遮住了大半张脸。暴露的黑色紧身衣让人不禁联想起岛国爱情动作片里的

SM女王。曹健始终想不明白，全区第一的初中怎么也会出现这种非主流的“怪胎”？

车子驶出高速路，停在了收费站。

这是最后一个收费站。按照林若阳说的地址，照片上的女人就该藏身在面前这座城市的某间小发廊内。

曹健艰难地在三线城市混乱不堪的马路上行走。小轿车、大卡车、摩托车、自行车还有横冲直撞的行人混在一起，让熟悉了大城市井然有序交通路况的曹健有种如履薄冰的危机感。

天色渐渐暗下来，街边的小发廊旋转起门边的彩柱，粉红色的灯光从里面传出来，映在门口性感妖娆的女子身上。女孩们抽着烟，打量路过的行人，不时拉住一个粗野的汉子，然后双双走入店内。

曹健将车停在路边，来到了林若阳所说的“春梦萌”理发店，还未走进店门，就有一个女人贴了上来。

“大哥，需要服务吗？”

曹健厌恶地推开女子，恍惚中看见了女孩左前额上的燕尾蝶。曹健一把拉住女孩，捧起她的脸，仔细辨认。

没错，就是她！

燕尾蝶！

“你外出过夜吗？”

女孩慵懒地点点头：“不过要加钱。”

曹健掏出钱包，往女孩手里塞了五张钞票：“跟我去个地方。”

女孩鄙夷地看了曹健一眼，数出三张还给曹健：“大城市来的？”

曹健点点头。

女孩轻佻地朝曹健脸上吹了一口气：“我跟你走，今晚，我就是你的。”

曹健面若冰霜地把何小西带上车，粗暴地把门摔上。站在车外，给林若阳打了一个电话：“我见到她了，你确定要和她见面吗？”

天亮了。

林若阳拉开窗帘，窗外，昏黄的雾霾将整座城市湮没，什么也看不见，什么也听不到，一种强烈的窒息感压迫在林若阳的胸口，心情无来由的异常沉重。

为什么还不回来？

自从曹健打回那个见到何小西的电话后，曹健的手机便一直处于无人接听的状态。林若阳感到很不安，生怕他们会出现什么意外。

“铃——”

林若阳的手机响了，是王纾。

“若阳，衣服送到了。谢谢你的那位朋友。你今天来看我们排练吗？”

“好啊。”林若阳毫不犹豫地答应，省得自己待在家里胡思乱想。

不得不说，葛菲送来的衣服远没有林若阳在她店里看到的漂亮。20套普通的大红裙子和10套如服务生一般的黑色西装，林若阳只想说这果然是出自批发的手笔。好歹省下了租衣服的费用，也庆幸身为指挥的王纾是个大土豪。她自己有一套定制的女士燕尾服，穿起来修身提气，将她娇小的身材衬托得格外干净利落，颇有指挥的气场。

“这衣服真好。”苏大妈很满意，主要是不用花钱。

王纾看了一眼大家的演出服，心中虽然不甚满意，却没有表态。只是带着大家又唱了一遍，让林若阳提提意见。

“非常棒！”以林若阳的水平，她已经找不出任何瑕疵。

“若阳，今天晚上我想请你和小健到家里吃饭。”解散后，王纾单独对林若阳说。

林若阳颇感意外，以自己和她的关系，林若阳猜想，王纾主要想见的人是曹健。

“曹健他我一直联系不上。”

“没有关系，我主要是有几个指挥上的问题想向你请教。他来不来都无所谓。”

“那好吧。”林若阳迟疑着答应，又开始猛烈地给曹健的手机打电话。

“对不起，您拨的电话已关机……”

“对不起……”

“嘟——”意外的电话通了，里面却传来了一个陌生的声音，“这里是医院。”

林若阳内心一紧：“曹健怎么了？”

第三十一章

遗失的美好

林若阳拒绝了王纾的邀请，匆匆赶往市郊的一处三甲医院。曹健是在进城的高速公路上出的车祸，被随即赶到的交警送至医院。

“曹健怎么样？”林若阳火急火燎地冲进医院，拦住一个穿白大褂的医生问道。

“你是……”医生狐疑地打量着她。

林若阳已经想了一路，如果曹健真的出了什么意外，不管是少了一条腿还是一辈子躺在床上，她都愿意照顾他一辈子。

“女朋友！对，我们马上就要结婚了。”

“曹健……”林若阳推开病房的门，只见曹健躺在一片惨白中央，像个木乃伊一般，全身被绷带紧紧地缠住，一条腿还被吊起来。

林若阳像被瞬间击中，眼泪不自觉地落下来。

“你是……”一个中年男人从门后露了出来。那男人看起来似曾相识，大约和林若阳的父亲一般年纪，器宇轩昂，气度不凡，只是满面愁容，步履疲惫。

“若阳！”曹健从床上弹起来，用力过猛，弄疼了那条悬起来的病腿，“若阳，这是我爸。爸，这是我的朋友。她会照顾好我的，您先回家吧。”

“曹叔叔好。”林若阳一直以为曹健的父母应该都在老家。

曹爸爸笑而不语，用挑媳妇的眼光打量林若阳。林若阳刚刚还自信满满地向医生介绍自己是曹健的女朋友，可不知道为什么，一见到活蹦乱跳的“木乃伊”，林若阳就没有胆量承认了。

“曹叔叔再见。”林若阳搬了把椅子坐到病床旁边，“你怎么弄成这样?”

“唉，一言难尽……”

与何小西同乘一定是曹健最诡异的经历。这只不断施展魅力的“燕尾蝶”从一上车就开始不老实，曹健好不容易让她相信自己不到地方绝不开始交易，这时候，何小西才安静下来。

睡!

何小西毫无防备地睡倒在曹健旁边的副驾驶座位上，难得的片刻安宁，让曹健不由自主地开始打量起这个女人。劣质粉底在她的脸上留下一个个支离破碎的小土块儿，再绚丽的彩妆也掩饰不了业已松弛皮肤上的小细纹。她眉头紧锁，死死地咬住嘴唇，似乎正有一股不知名的恐怖力量折磨着她，在她做梦的时刻也不肯放过。

她才25岁!

曹健的目光不由得落在她那暴露在紧身吊带之外的大块皮肤，干瘪而疏松，一阵夜风从车窗里溜进来，曹健看到何小西下意识地摩挲肩膀，便将自己放在后座的汽车靠垫盖在了她裸露的肌肤之上。

“你究竟要带我去哪儿?”

曹健没有想到她会醒过来，一愣神的工夫，何小西妩媚地趴到他的肩头。

“我们就在这里解决吧。”女性娇柔的气息和化妆品的香味顺着何小西说话时的呼气吹到曹健耳后，让他浑身奇痒无比。

曹健没有说话，两只手紧紧地握住方向盘，死死地盯住前方被夜幕笼罩的高速公路。路面上空旷畅达，只有偶尔几辆赶着进城的大货车经过，但汽车呼啸而过的声音始终盘旋在曹健的耳畔。

何小西又开始不老实，一双手慢慢向下游荡，拂过曹健身上的白色衬衫，穿进两枚纽扣间的空隙……

曹健的视线开始模糊，意志也在一点点溃败。

“啊！”

曹健猛地推开何小西：“你给我安静点！”

何小西的脑袋重重地磕到车窗上，血如同暗夜里的玫瑰慢慢地开在燕尾蝶的身旁。

“停车！”何小西勃然大怒，拼命地去拉上了安全锁的车门。

“你别闹了！”荒凉的高速公路前不着村后不着店，曹健也没有办法停车，“够了！”

“你个变态！”何小西见门是打不开了，便又扑到曹健的身上，和他争抢起方向盘来，“你给老娘停车！”

黑色的小轿车在高速路上七拐八弯，横冲直撞。曹健见何小西已然发疯，便瞬间踩下刹车。小轿车横停在高速公路中央，截断两个车道。

“你知不知道这样很危险！”曹健把何小西推到一边，死死地护住方向盘。

何小西二话不说，给了曹健一耳光。

“老娘这活不……”

“砰——”

曹健只感觉自己从高空坠入了一个巨大的蹦床，身上的每一块骨头都被弹了起来，何小西额头上的血滴入他的瞳孔，颜色越变越深，最后凝结成无尽的黑暗……

“何小西！林若阳很想见你……”

“当我再睁开眼的时候，就到这儿了。”曹健故作轻松地开了个玩笑，“我看这里一片大白，还以为到了天堂呢。”

“你还有心思开玩笑!”林若阳眼眶湿润,“还有,你昨天手机为什么关机!”

“拜托,你一会儿一个电话,我手机早没电了。”

林若阳的眼泪落下来,曹健看在眼里,甜在心底。

“我没什么大事,不过,”曹健嘿嘿一笑,“你如果心里实在过意不去,嫁给我好了。”

“没个正行!”林若阳擦擦眼泪,“我看你也没什么事。”

“你别走啊。”曹健一看林若阳走向门口,一下子急了,“我开个玩笑……还有,你不想知道何小西的情况吗?”

林若阳停了下来,狐疑地看向曹健:“你见到她了?”

曹健点点被缠成粽子的脑袋,一阵眩晕。

“她在哪儿?”林若阳重新坐回曹健身边。

“另一间病房。”眼看林若阳又要发作,曹健赶忙补救,“你先别着急,卡车撞的是我这一侧,她没什么大碍,就是头撞破了。”

林若阳若有所思地望向窗外,只见两只鸽子依次落到窗沿上,一只浑身雪白,一只全身满布棕褐色的斑点。

“若阳,”曹健轻声问道,“你和何小西究竟发生了什么?”

林若阳缓缓走向床边,看两只鸽子互相梳理羽毛,彼此之间毫无嫌隙。

“我和小西是从小玩到大的闺蜜,她一直像个大姐姐般地照顾我。我们之间从没吵过架,她总是让着我。小时候的我,特别爱出风头。总以为小西站在我这边是天经地义的,必须和我一起联合起来对抗抢我风头的竞争对手。初二的时候,学校组织合唱比赛。我是指挥,和班里的钢琴伴奏一直为争风头而打架。那个时候,我太以自我为中心了,我沉浸在自己的得失之中,从没有真正关心过小西。小西投靠了我的竞争对手,把我在合唱团的权力架空,和她一起大出风头。后来,还把我写给她的歌词交给我的对手,在全班同学面前展示,被大家嘲笑。唉,”林若阳叹了口气,看向曹健露在纱布外的小眼睛,“我当时觉得她背叛我，心里特别恨她，发誓再也不跟她玩了，可谁知道她变化的原因竟然是她爱上了一个男生，可那个男生却喜欢上了我。我太自我了，身为小西最好的朋友，我竟然从没感受到她的心理变化。”

“那后来呢?”

林若阳停顿片刻，在脑海里仔细地寻找措辞。她不想让曹健看扁她最好的朋友。

“在我初中的时候，一个男生追求女生，是不羁、帅气的行为，而一个女孩倒追男孩，则是下贱、不要脸。”林若阳继续说道，“小西太缺爱了。她母亲在她很小的时候就去世了，我这个朋友也给不了她想要的爱。那个男生的温存是支撑她活下去的全部动力，经历了那次情伤之后，她便放弃了自己的人生。”林若阳重重地叹了口气，“年少时，以为爱情就是生命的全部，宁愿飞蛾扑火，粉身碎骨。”

“所以你这么想见她，是为了当初抢走她男朋友而道歉?”

林若阳摇摇头：“我只想告诉她，受伤也是一种过程，生活的乐趣就在于欣赏沿途的风景。而小西，是我生命中最亮丽的风景。”

曹健的目光猛地投向病房门口，林若阳顺着他的目光看过去，只见一个人悄无声息地站在那里，无声地啜泣。

一小块白色的纱布将那只在暗夜中翩翩起舞的燕尾蝶遮去了一大半，一张被化妆品腐蚀殆尽的沧桑面孔出现在林若阳面前。

“小西……”林若阳喃喃地说，犹如梦呓。

“丑八怪!”

“啊！鬼啊!”

从何小西记事起，她就知道自己永远是个异类，因为自己额角的那块胎记，是无法破除的诅咒。

“你看我这样是不是好一点?”童年时代的何小西蓄起了厚厚的头发帘，将额角丑陋的胎记严严实实地遮住。

小若阳露出赤子的笑容，指着何小西胎记的位置，大声说道：

“你为什么不把那只紫色的蝴蝶露出来，很漂亮的！”

课间的走廊里，立刻有人投来好奇的目光，林若阳把何小西额前的厚刘海撩起来，何小西听到四周传来几声尖锐的笑声，如同被利刃捅进心窝，何小西甩掉林若阳的手，一把推开她，流着眼泪跑去卫生间。

从那时她就知道，自己永远也比不上林若阳！

因为丑陋的胎记，何小西总是活在林若阳的阴影里。朋友，总是拿来攀比的那一个。何小西成天黏在林若阳的身后，处处被她压制，处处被她的光芒淹没，直到有一天，她终于发现自己可以扳回一局的方式——学习。

“小西，你怎么这么爱学习？”

每当林若阳没心没肺地问何小西时，何小西的内心总是无比窃喜。她从没有真正地爱学习过，她只想通过学习打败林若阳。

“周末来我家，我给你补习。”

何小西知道林若阳不会去，因为她从没把学习挂在心上。

为什么她总可以这么无忧无虑？对一切满不在乎？

嫉妒的种子深深地埋在何小西的心底，她觉得林若阳对她的一切善意都基于强者对于弱者的怜悯之上，林若阳从没把她当成自己的朋友。

“她在怜悯你何小西，怜悯你这个永远无法战胜她的人。”

何小西一直压抑地仰望林若阳的光芒，直到有一天，她的世界里不再是只有林若阳一个人，直到两个女生的世界里闯入了一个男生——郭宇非。

“我喜欢你。”郭宇非对何小西表白。

何小西两颊绯红。

我终于比林若阳更有魅力！

可郭宇非对林若阳亲密的举止又让缺乏安全感的何小西妒火中烧。

我要报复！我要把所承受的一切都还给你！

何小西从那时就开始发誓，一定要让林若阳尝尝嫉妒的滋味。

她费尽心思将林若阳的风头拱手让给她的对手，她在暗处观察着林若阳，可她却毫无反应，毫不反击。

为什么？

这些对她都不重要吗？

不！这不可能！

林若阳被自己“捧”惯了，肯定不能接受在泥潭里挣扎。可是……

那个将自己捧上天的男孩，生生又把自己踹入地狱。

“我之所以跟你交往，是为了接近林若阳！我只是想看你是不是意志坚定的‘学霸’，没想到就是一个嫉妒心作祟的贱货！”

何小西的世界在一瞬间崩塌！她所幻想的一切原来都在林若阳的阴影下。

“贱货！”

无论何小西走到哪里，这两个字都始终伴随着，就像她的影子。

她是个有污点的人，相貌丑陋，灵魂卑微！

她再也无法正视别人的目光。

到地狱去！快到地狱去！

何小西发疯似的一头栽进地狱的泥潭，让越来越多的污秽渗入自己的躯壳。她不配活在阳光下，不配像人一样地活着！

活着！

对不起！

“小西，她是我生命中最亮丽的风景。”

心中最柔软的地方似是被人狠狠一击，何小西冰封多年的眼泪犹如决堤的江水喷涌而出。

“小西……”

多少年了，这魂牵梦绕的一句呼唤多少次出现在何小西的梦里。

“小西！”林若阳紧紧地抱住何小西，“真的是你！”

一滴水落在何小西的脖颈，那是林若阳滚烫的眼泪。

林若阳带何小西回了自己家，既然是在初中的合唱节形同陌路，那么就在十年后的合唱比赛让一切回到原点。

"小西……"黑暗中，林若阳轻声呼唤，身旁的何小西发出均匀的呼吸声，她们又如童年无数个黑夜一样，并肩而眠，仰视着同一块天花板。

"若阳……"何小西的声音小心翼翼，似乎是怕惊醒黑夜中沉睡的某种生物。

"你这些年过得好吗？"

耳畔，何小西的呼吸声一滞，似是有千言万语卡在喉咙里。

"没事，你不愿说就不说了。"

何小西翻了个身，背对林若阳，眼泪悄无声息地划过脸颊，落在泛着家的味道的天鹅绒软枕上。林若阳出神地盯着头顶的天花板，大脑放空，陌生的环境，熟悉的陌生人。

"小西……小西……"

睡梦中，林若阳不停地呼唤，像是勾魂的巫女，生怕放走这飘零的游魂。

林若阳一大早就带着何小西去了比赛现场。林若阳给何小西找了一套自己的衣服，遮住了她赤裸的脖颈和胸脯。何小西没有告诉她这些年她都经历了什么，不过从何小西红肿的双眼上，林若阳看到了不堪回首的辛酸。

林若阳不禁感叹，她、何小西、葛菲，三个从同一个起点出发的女孩，十年后都沿着各自的轨迹一发不可收地走下去。曾经坐在一个教室生活学习，为何如今会有这么大的差距？

比赛地点设在工人俱乐部，一听这个名字，浓浓的时代感扑面而来。林若阳的脑海里瞬间脑补出一幅工人们高举标语、振臂高呼的盛况。这座剧场修建于二十世纪六七十年代，在老一辈中名声很大，在他们的青葱岁月里，那里是他们休闲的好去处：看电影、参加集会、欣赏样板戏……苏怡还在上面演出过。不过随着改革开放的进程，这座剧场渐渐从人们的视野里淡出，慢慢被人遗忘了。

不过——

听说，工人俱乐部刚刚翻修。今天是重建后的第一场演出，这座承载了无数记忆的老剧场终于以崭新的面貌示人。

“我四十年前来这里的时候……”

一队队盛装打扮的老人们踏过整洁的白色石阶，步入焕然一新的礼堂。米黄色的大理石瓷砖替代了朴实的灰色水泥地，干净的白墙替代了被白绿平分秋色的墙面，头上一盏硕大的水晶灯，虽然一如既往的朴实简洁，却多了一份属于这个时代的商业气息。

“葛菲!”

林若阳在大厅里一眼就认出了葛菲，葛菲今天穿了一件红色的连衣裙，和老人们的演出服一个颜色，真是来捧场的粉丝。

“嗨!”葛菲优雅地挥挥手，看向身后，郭宇非穿了一套黑色西装站到她旁边。

林若阳看到郭宇非波澜不惊的面容突然一滞，惶恐地不敢去看何小西的眼睛。林若阳猛地意识到自己不该让何小西和郭宇非碰面，不过何小西一脸淡然，就像没有看见郭宇非一般，安静地跟在林若阳身后，走到二人面前。

“你们到得真早。”林若阳只能没话找话，“去里边找座位吧。”

郭宇非默不作声，转身进了会场。葛菲朝何小西盈盈地笑，林若阳转头去看何小西的表情，何小西的目光呆呆地停留在会场大门的入口，红肿的双眼让她看起来更加黯然神伤。

林若阳和葛菲交换了一个眼神，心中暗骂郭宇非是个不负责任的

缩头乌龟。

“小西，给。”葛菲从精致的金色手提包里拿出一个紫色的盒子，“你先戴上吧。”

何小西受宠若惊地接过，里面是一副大框的墨镜。

“谢谢。”何小西像个罪人一样把墨镜戴在鼻梁上，“我昨晚不该哭……”

林若阳闻言嗔怪地看了葛菲一眼，揽住何小西的肩膀：“没事，想哭就哭吧。”

何小西摇摇头：“我没事……”

葛菲看不惯何小西这种温温暾暾的样子，便直接打断了她的话，对林若阳说道：“若阳，我想去后台看看。”

林若阳不置可否地看了一眼何小西，只见何小西摇摇头，说道：“我有些累，就不过去了。”

葛菲冷哼一声，挽起林若阳的胳膊，向后台走去。

演出前的后台一片凌乱，演员们宽大的裙摆占据了逼仄的后台空间，有人抓紧最后的时间排练，有人放松心情地嬉笑打闹，有的人抓紧最后时间补妆，还有的演出服出现意外，焦急地找人缝补……

远远地，只见密不透风的走廊尽头有一片压抑的暗红色，也不知是怎么了，这边的氛围明显地被一股名叫焦躁的情绪笼罩，老人们脸上的妆还没化，像热锅上的蚂蚁，急得团团转。

“怎么办？马上就要开演了！”

“林老师，您可算来了！”赵大爷一回头，看见了林若阳。

“出什么事了？”

“王纾失联了！”

昨天晚上王纾还好好的，据赵大爷说，王纾还帮大家订了演出完聚餐的餐厅，可谁能想到，直到现在——距离比赛开始只剩下不到十

分钟的时间，王纾还没有到。王纾不是那种爱迟到的人，况且赵大爷给她的座机、手机都打过电话，全是无人接听。

“她会不会是怕上台丢人，在家里当缩头乌龟了？”苏大妈厉声说道，“她可是指挥，没了她，咱们还怎么上台？”

“不可能！”林若阳打断苏怡的话，“她昨天晚上还让我给她指点指挥的动作，不可能不想来！”

“可马上就要开演了……”

“这么大牌，就别让她上了！小林，正好你来指挥。”

一种强烈的不安袭上林若阳的心头，林若阳勒令自己保持镇静，对大家说道：“大家先化妆，赵大爷，你去跟主办方谈谈，能不能把演出顺序调到后面。指挥的事，我来想办法。”

王纾绝不是一个临阵脱逃的人！绝不是！

“尊敬的各位领导……”

舞台上主持人的声音如同战斗的号角，后台一瞬间安静下来。

比赛开始了！

第三十二章

永远的缺憾

“下面让我们有请红星社区合唱团……”

一支支队伍走上舞台，表演节目。林若阳心急如焚，时间一分一秒地过去，她还是联系不上王纾。手中的手机渐渐开始发烫，林若阳在后台渐渐宽松起来的空地里踱步。葛菲在老人们中间穿梭，抓紧最后的时间化妆。幸而主办方同意为老人们通融一下，将原本排在第六位的比赛顺序调到最后一位。

“要不咱们别等她了。”赵大爷看着满面愁容的林若阳提议道，“林老师，您来指挥吧？”

王纾肯定不是故意不来参加。准备了这么久，如果不站上最后的舞台，那将是怎样的一种遗憾？

“再等等吧。”林若阳话虽这么说，却还是做好了上台的准备。

“下面让我们有请光明社区合唱团为大家带来《东方红》……”

第12支参赛队伍上场，下一个就该他们了。

林若阳给王纾拨通了最后一个电话，电话通了，依然没有人接。

“不等了！大家准备上场，我来指挥！”

“下面有请重阳社区合唱团为大家带来《思念》，有请。”

台下掌声雷动，林若阳顺着幕边看向舞台纵深处的合唱台。这么

多年过去，合唱台还是老样子，深绿色的支架撑起三层镂空而狭窄的台阶，台阶陡峭，幸而最高层有一排铁艺围栏，却还是让站在上面的人不敢完全放松下来，时刻提一口气，保持着最兴奋的状态。

穿红裙子的阿姨们在前两层站定，林若阳瞟了一眼台下，何小西和郭宇非并肩坐在第一排左侧的位置上，被四面穿着演出服的演员们包围起来。楚天阔带着毛毛去意大利圆自己的足球梦，曹健还要在医院观察几天，William回了美国杳无音信，她的同学们分散在全国各地，只能在微信群中道一句“加油”。

林若阳手脚冰凉，不安地摩擦着，葛菲站在她身后，轻声鼓励道：“加油!”

林若阳朝她会心一笑，幸而身旁还有一个曾经的“对手”。她深吸一口气，大步从阴暗的幕边走向灯火辉煌的舞台。

台下随着林若阳的亮相再度响起一片掌声，林若阳提起胸膛，高昂着头，走到舞台中央，自信满满地向观众鞠躬，刚才的紧张羞赧早已被热烈的气氛驱散，现在她又变回十年前那个天不怕地不怕、热情洋溢、纯真烂漫的林若阳。

这一刻，她似乎找回了真正的自己。

“在演出开始之前，我想先说几句。”合唱台前的话筒因为林若阳的举动发出尖锐的鸣叫，台上台下一片哗然，紧紧地盯住打破常理的指挥。

“我是重阳社区合唱团的指导老师，一个非专业的合唱爱好者。我初中的音乐老师曾经说过，音乐是快乐的源泉，无论你是谁，无论你的年龄，无论你的工作，只要你热爱唱歌，歌唱就会给予你最纯粹的快乐。在重阳社区合唱团的义工生活是我人生中最宝贵的经历。它让我重新找到那个迷失多年的自我。这首歌献给我们大家——合唱团的每一个人和每一个有合唱经历的人，也献给我们没有到场的指挥——王纾女士。”

林若阳说完，朝观众深鞠一躬，重新站定，转身面朝合唱台上的团员们。

老人们一个个精神饱满，容光焕发。苏大妈站在林若阳的正对面，她今天化了很浓的舞台妆，夸张得像是那个年代的宣传画，仿佛又回到了自己的青葱岁月，是站在舞台上熠熠生辉的文艺战士。平日里一脸局促的赵大爷站在第三层的最中央，挺直腰板，他好像不再是一个抽抽缩缩的小老头，而是一个超级巨星，一个风华正茂的美男子。

林若阳给音乐老师一个手势，伴奏响起……

台下，郭宇非的手机突然不合时宜地响起，是楚天阔的号码。郭宇非一想到这可能是越洋电话，便果断地按下了静音键。手机在何小西和郭宇非中间不停地振动，一遍又一遍，让专心致志给合唱团摄像的何小西不由得分神。

从何小西落座开始，郭宇非便陷入了一种专注——闲人莫扰的状态。何小西不时地偷眼打量他，可郭宇非就像没看见一样，对她的目光置若罔闻。何小西不敢主动跟郭宇非讲话，看着郭宇非穿得人模狗样的，何小西觉得自己和他的距离越来越远。

“小伙子，你怎么不接电话？”

身后一个大妈拍拍郭宇非的肩膀，郭宇非乜斜地看了她一眼，似乎是在埋怨她多事。何小西看在眼里，朝大妈歉疚地笑笑，看向目不转睛盯着舞台的郭宇非，也不知道他听进去没有。

“小姑娘，让你男朋友快点接电话。”大妈以为郭宇非没有感觉，便对朝自己笑的何小西开刀。

何小西脸一红，怔怔地看向郭宇非。这个曾经令自己动心的男孩，依旧如一个冷面王子，心无旁骛地过着自己的人生，没有人能让他改变，没有人能吸引他的目光。

手机还在振动。何小西不敢对高高在上的郭宇非说话，只能一直盯着他，举着手机的双手也渐渐落下来。屏幕由模糊不清的舞台变成一片黑暗的座位底下。

郭宇非扭动着身子，从口袋里掏出手机。手机已经停止振动，屏幕上显示着5个未接来电和一条未读的微信消息。

“行程有变，要提前回。今天上午来接机。”

真是把自己当成车夫了。郭宇非冷哼一声，将手机重新放回口袋，一抬头，双目意外地撞上了何小西紧盯住自己的灼灼目光。

郭宇非心下一紧，不由得慌乱起来，赶忙把目光投向舞台，他的耳畔乱作一团，舞台上的合唱如同无声电影，只有动作，没有声音。

自己究竟是怎么了？为何会为了这个不爱的人心慌意乱？为何良心会如此惴惴不安？

乐音在郭宇非的耳外盘旋而过，不留下一点痕迹。却殊不知，从何小西在他身边落座以后，乐音就从何小西的肩膀悄悄溜走，除了郭宇非在她耳畔的呼吸声，她什么也听不见。

“为何你一去便无消息，只把思念积压在我心头。难道你又要匆匆离去，又把聚会当成一次分手。”

唱完最后一句，一股莫名的失落重重地击打林若阳的内心。真的结束了。那些欢乐的、不欢乐的终于在这最后一刻，以一个结果的形式展现在世人面前。

比赛的结果早已失去了意义。那些哭过、笑过、彷徨过、意外过才是她最珍视的回忆。现在，她只感到浑身被一股莫名的电流击中，像是吃了炫迈，根本停不下来。老人们一个个心满意足地走下“陡峭”的合唱台，欢笑着、拥抱着，她好像变成了他们其中的一员，如朋友般毫无芥蒂地欢呼。

“评委们正在统计分数，大家休息十分钟。”

林若阳和老人们来到观众席，这本来就不是什么正规的比赛，大家自娱自乐，没有买票的观众，观众席都献给了演出完的合唱团还有星星点点的几名老人家属。

“录了吗?”林若阳兴高采烈地坐到何小西身旁的空位上，亲昵地靠在她身边，看她手中的手机。

何小西如梦初醒，打开手机一看，只见刚才的表演她只录下一半，剩下的一半不知怎么，一片漆黑。

“对不起。”何小西怯懦的语气让林若阳不敢再去责备她。

“没关系，就是有些遗憾。”

不过没有把刚才的表演录完整倒是给了林若阳无限的想象空间。她始终觉得自己的合唱团发挥出了超常水平，大家的声音和谐而又统一，没有一个人的声音冒出来。她更觉得自己指挥的动作风度翩翩，十分优雅，像是把自己所有未开发的潜能全都发挥出来了。

真的好幸福!

不同阵营的老人们叽叽喳喳地聊天，彼此之间毫无敌意，早已将胜负置之度外。还有不少老人偶遇了失散多年的老友，一边热聊，一边不住地抹泪。

这样的活动真好。

他们老了，不能像年轻人一样放手去追寻自己的梦想，至少能让他们在自己的世界里重温年轻的美好。

“下面，让我们公布这次比赛的结果。”观众席的灯光渐渐暗下来，主持人再度出现在舞台上。

台下瞬间安静下来。虽然比赛结果不是一切，但却是对大家付出的肯定。

“首先让我们有请区长为大家讲话。”

一个不知从哪里冒出来的官员走上舞台，接过主持人的话筒，说了一大堆政府关怀老年人的套话。林若阳听得不耐烦，但全场的老人们一个个肃穆聆听，浑浊的眼睛里泛着温润的光芒。

老人们的目光让林若阳心中一阵酸楚。这些在工作岗位上奉献了一辈子的老人们，他们老了，不能再创造价值，被社会遗弃在角落里，却殊不知他们的内心还有一团衰微的火苗，催促着他们释放出生命最后的一米光亮。

“下面让我们公布比赛结果。”主持人在台上毫无新意地卖关子，可还是成功地引起了全场的高潮，“第三名，光明社区代表队！”

台下响起一片热烈的掌声。

“第二名是……绿源社区代表队！”

这支合唱团明显年轻，平均年龄四五十岁的样子，团员们发出热烈的欢呼声，还有人吹起了叫好的口哨声。

“第一名是……”主持人突然话锋一转，“我想问叔叔阿姨们一个问题。您为什么要来参加区里举办的合唱比赛？”

“打发时间！”台下有人说道。

“打年轻的时候我就爱唱歌。”

“老伴拉我来的。”

“为了拿奖！”

“别贫了！快公布结果！”

“好了，下面公布获得第一名的社区合唱团。”主持人停顿片刻，“第一名是……”

“第一名是……重阳社区代表队！”

“耶！”坐在第一排的林若阳一个猛子跳起来，身边的何小西、葛菲、郭宇非全都静静地坐在座位上鼓掌，散落在后面的老人也没有呼应她的欢呼。

林若阳尴尬地站了几秒钟，真想找个地缝钻进去。

“耶！”身后传来一个女人兴奋的尖叫，林若阳猛然回头，只见坐在距离自己十排以后的苏大妈穿着靓丽的红色长裙站了起来，不一会儿散落在各处的红裙女子都兴奋地起立为合唱团的胜利欢呼。

“重阳社区！我最棒！重阳社区！我最棒……”林若阳忍不住振臂高呼，老人们也骄傲地随声高喊。

主持人在台上矜持地微笑：“让我们有请获胜的合唱团上台领奖！”

接过奖杯的刹那，林若阳只想让病床上的曹健亲眼见证这美妙的一刻。如果没有他的“强迫”，林若阳永远不会找回那个遗失的自我，她想告诉他，她爱他，正如他爱她！

“曹健，谢谢你……”一下舞台，林若阳就在僻静的走廊里给曹健打电话。

“若阳，”曹健听着电话那头林若阳梨花带雨的声音，心有不忍，却还是把刚刚得知的噩耗告诉了她，“王奶奶去世了。”

奖杯从林若阳的手中滑落，果然……

林若阳至今都还记得排练第一天在长廊里遇见的白胡子老爷爷，只因为简简单单的气息训练就险些背过气去。

一错过就是永远。

第三十三章

对不起，不是不爱你

远在意大利踢足球的毛毛一接到王奶奶去世的消息便火速飞回中国，而作为中方带队教练的楚天阔自然也不得不中断自己的足球梦，带毛毛回家。没有了王奶奶，毛毛再次变成一个没有监护人的孤儿，王奶奶安葬不久，毛毛就被带回了福利院。

“呜……我要奶奶……”一见到来福利院探视他的林若阳和曹健，毛毛哭得撕心裂肺。

林若阳看着他凄楚的小模样，于心不忍。来之前，林若阳在网上看过一些资料，都说被领养回家的孩子很难再适应孤儿院的生活，因此对于孤儿，只要领养便要负起以后的全部责任。

“哥哥姐姐，带我回家吧……”毛毛不停地抹眼泪。

“姐姐也想把你带回家，可是姐姐连自己都照顾不好。”

“姐姐，不用照顾我，我可以照顾姐姐。我什么都会做，洗衣、做饭……只要你能带我回家……呜……”

孤儿院院长在一旁尴尬地笑笑，毛毛的举动分明是在指责她是个不称职的监护人。

林若阳不置可否地看向曹健，他们此行的目的并不是来看望毛毛，而是王纾在临死前从林若阳手中买了一份保额70万的人身意外保险。她在演出前的当晚心脏病突发过世，受益人是毛毛，而毛毛未满十八岁，只能由他的监护人——福利院代为保管。

“院长，您看我们能不能收养毛毛？”曹健和林若阳对视两秒，看穿了她的心思。

“你们是夫妻？”院长搬出一大堆条款来，“有抚养教育被收养人的能力？年满30周岁了？”

林若阳没有说话，只是定定地看着在一旁大哭的毛毛。院长说的收养条件，她和曹健没有一条符合。

“院长，我和收养毛毛的王纾女士是干祖孙的关系，您看能不能通融一下？”

院长显然是不想让到手的70万和王纾留给毛毛的高额遗产飞走，义正词严地对曹健说道：“这是国家《收养法》规定的，不是我说通融就能通融的。”

“毛毛已经9岁了，也不会有其他人来收养他了！”林若阳情绪激动，她在网上看过不少福利院拿这些无父无母的孤儿做的丑恶勾当，如果这家福利院真的能善待毛毛，那毛毛也不会像现在一样，哭得撕心裂肺。

“那他就得待在福利院，直到他十八岁！”

“可是……”曹健猛地拉住林若阳，示意她不要再冲动下去。

“那好吧。我们回去再商量商量。”

林若阳不甘心地被曹健拉走，最后回头看了一眼毛毛，毛毛黝黑的小脸涨得通红，泪痕斑驳，哭声却渐渐地止住了。

“走吧。”曹健抱住林若阳的肩膀，身后传来了院长训斥毛毛的声音。

“你哭什么哭！我哪里亏待你了！白眼狼……”

林若阳真想冲回去把毛毛抢回家，可曹健示意她要忍耐。

“其实孩子的适应能力非常强。如果王纾从没有收养他，那他永远不会觉得孤儿院的生活是不幸的。”

林若阳没有听出曹健言语中的辛酸，只是沉浸在毛毛的哭声中，心中的正义感爆棚，决心一定要将毛毛救出苦海。

如果父亲从没有闯入曹健的生活，那么从小与母亲相依为命的他也不会觉得缺失父爱的自己是多么的可悲。幼时的他以为所有孩子都跟他一样，只有妈妈，没有爸爸。直到那一天，爸爸突然出现在他的生命里。

“同学，你叫曹健?”

一辆黑色林肯停在放学回家的小曹健面前，后座的车窗摇下，露出一个男人的脸。男人有着和曹健一样的单眼皮小眼睛，上面架着一副金边眼镜，举手投足间流露着高贵的气质。

八岁的曹健懵懵懂懂地点头。妈妈说过，不要和陌生人说话，可是这个人的身上像是有种魔力，让曹健不自知地想和他亲近。

“孩子，我是你爸爸。”男人打开车门，“上车吧。”

曹健毫无抵抗地爬上车，将自己完全交到他手上。这个自称曹健父亲的人，带着曹健在他生活了八年的城市转到深夜，陪他吃饭、陪他逛游乐场，直到华灯初上，直到妈妈心急如焚地跑到游乐场把两个人抓回来。

“你喜欢今天的活动吗?”

曹健偷偷看了一眼坐在身旁的妈妈，压低声音趴到坐在副驾驶位置上的爸爸的耳边说道：“喜欢。”

“以后我每年都会带你去玩。”

妈妈冷冷地扫过密语的父子俩，对司机说道：“到了，停车。”

妈妈拎着曹健的书包，将他推进卧室，用力地把门摔上。曹健惊恐地趴在门边，刚要开门，只听得客厅里父母激烈的争吵，然后“砰”的一声，那个不负责任的男人再度扬长而去。

从此他就再也没有回来过。

那个夜晚，母亲哭了一整夜。幼小的曹健不明白母亲为什么伤心，只暗暗地为那个美好的承诺暗自担心。

他还会来吗？

可是和父亲的重逢，已是十年之后。

他早已忘了他们的承诺。

“小健，这些年你跟着你母亲受苦了。”

曹健桀骜地背对着一身贵气的父亲。当年，父亲在王纾的帮助下去法国留学，谁能想到，父亲移情别恋，爱上了一个法国女郎，抛弃了寒窗苦守的妈妈。他们有了一个混血宝宝，于是妈妈选择结束了这段千疮百孔的婚姻。而那一年，曹健八岁。

“是我对不起你妈妈……”

对不起又有什么用？一去八年杳无音信，回来也只为了那一纸离婚协议。

曹健冷哼一声，他觉得父亲自私、薄情，十年，如果他不曾出现，那么曹健绝不会像现在那么厌烦他。

“可我是你的父亲，无论我做过多少错事，我都是爱你的……”

父亲说过他愿意用自己的一切去弥补对曹健的亏欠，可曹健却从不向父亲张口。他打心眼里抗拒他，他的心底始终有一个结。

“咚咚——”

曹健来到公司顶层，敲响了董事长办公室的实木大门。

“谁啊？”曹爸爸威严的声音从里面传来。秘书是怎么了？也不提前进来通报一声。

“是我。”曹健有些局促地立在门外。

当初，如果不是父亲请自己——竞争对手的“制胜法宝”回公司坐镇，他绝不会进父亲的企业。

曹爸爸十分意外地看到曹健主动来找自己，忙满心欢喜地放下手中的文件，把曹健让到办公桌前的黑色皮沙发上。

“你今天怎么有空来找我？”

秘书端着托盘进来，将一杯绿茶放到曹健面前。

在父亲的注视下，曹健只感到头皮发麻。当初在医院的时候就是这样，童年时的完全信任早已不复存在，取而代之的，是无限的尴尬与陌生。

“有什么事你就开口，爸爸一定帮你办到。”曹爸爸的双眼似乎能看穿一切。

“我想……”

“想什么？”

看着爸爸一脸殷切的表情，曹健举起茶杯，将烫嘴的绿茶一饮而尽。

“我想请您帮忙收养王奶奶的孙子。”

“今天下午公司有重要会议，请务必准时出席。”正在郊区谈生意的林若阳骤然接到主管领导的一条短信。

现在，生活完全步入正轨。林若阳辗转于散落在城市的客户中间，积极乐观地推销保险，她的工作已不再是一种充满羞愧的“诈骗”，而是事故发生后的“救命稻草”；意大利的集训结束，楚天阔继续回到足球俱乐部任教，带领祖国未来的花朵挺进世界杯；何小西在楚天阔任教的足球俱乐部里找了份临时工，闲暇之余，她又重新拾起课本，备战成人高考，当然，她的目标是郭宇非学的经济法；郭宇非依然是实习律师，开着自己的SUV在各个案发现场间取证，要么就是整理卷宗；葛菲又飞去了法国，该换秋装了，她要去时尚之都启发自己的脑洞……

公交车行驶在乡间的土路上，两旁的麦田随风形成金色的波浪。行道树抖动着苍绿的树叶，将泛黄的残次品摔落。一行行大雁从林若阳头顶的天空划过，排成整齐的“一”字形。

秋天来了。

急赶慢赶，林若阳还是迟到了。她匆匆地跑进位于大厦五层的会场，选择了一个不为人察觉的角落里坐好，这是林若阳第一次到这里来参加活动。

会场约有一个足球场那么大，地面铺着金色花纹的红色地毯，南墙被绛紫色的帷幕遮盖，一级小小的台阶将舞台和观众席分割开来。舞台不算豪华，上面摆了一排木桌，五张椅子上列坐着公司的高层，一个话筒立在舞台的左侧。顶部悬有一条红色横幅，上面写着“人事任免大会”的字样。

林若阳听曹健说过，虽然保险公司都是国家所有，但却允许私人注资。他们现在供职的公司就是一家由私人注资的国企。而这家私人企业实则是这家保险公司的幕后老板，这家私人企业不但涉足保险投资，在其他各个领域也都有自己的企业。

大厦并非保险公司独占，而是这家私人企业的总部。大楼的不同楼层都有不同的功能分工，例如，保险公司占其中的一层，而五层则是公司内部的活动会场。

“下面有请董事长为大家讲话。”

林若阳伸长脖子，透过密密麻麻的人群看向舞台。只见一个穿着白衬衫、黑裤子的中年男人起身走到话筒面前。林若阳只觉眼前这人格外眼熟，似乎是在哪里见过一样。

董事长在前面说了一大堆，终于到了宣布人事任免的时刻。林若阳之前从未和董事长有过接触，起先还新奇董事长的样子，不过看了一会儿也就失去了兴趣。只是一个普通人而已，小眼睛，单眼皮，戴一副金边眼镜，有着中年人的身材，有着中年人的头发，有着中年人的语气，和林若阳所见的千千万万普通人一样，并非林若阳幻想中有钱人的样子。

“我今天向大家隆重地介绍我的接班人——”

台下响起一片掌声，只见观众席第一排立起一个穿黑色西装的身影。那个身影面向大家深鞠一躬，鼻梁上的黑框眼镜随着他的动作折射出刺眼的反光。董事长把他请到了台上，耀眼的舞台光照在青年男子幸运的面孔上，林若阳吃惊地张大了嘴巴。

“曹健——我的大儿子。”

原来……

林若阳一下子明白为什么曹健会跳槽，为什么自己能在入职以前住进公司的单身公寓，为什么曹健一进公司就能有销售总监的职位，为什么曹健会跟王纾这种阶层的人有如此亲密的关系……

原来如此。

自从曹健和林若阳去孤儿院见过毛毛以后，林若阳和曹健接触的时间一下子锐减。林若阳只知道曹健工作量瞬间增加，却从未想过他竟是在为接班做准备！

“我想请您帮忙收养王奶奶的孙子。”

曹爸爸一口答应曹健的请求，却又提出了一个条件。

“做我的接班人。”

这就是曹健和曹爸爸做的交易，曹爸爸明白那些心结不是一天两天就能解开的，不过只要有恒心，只要让儿子留在自己的身边，他们中就能像任何一对正常的父子一样，生活、工作。

也难怪。

当林若阳再度去孤儿院看望毛毛的时候，院长告诉她，毛毛被一个好心人收养了。林若阳心中的大石头终于放下，因为楚天阔告诉他，毛毛又来足球俱乐部训练了。

不过这些事，曹健都没有跟她讲。这个男人远不像表面上那么简单。

可是……

如果情侣之间连完全的开诚布公都做不到，那么还有什么继续交往下去的必要？

林若阳怔怔地望着舞台发呆，光怪陆离的灯光模糊了她的视野，耳畔被一阵嘈杂的喧嚣覆盖，林若阳心情不由得沉重起来，舞台上的曹健成熟老到，和林若阳认识的那个嘴贱、市侩的曹健判若两人，她不得不承认现在的曹健是她梦中的白马王子，可是他们的距离好像一下子变得好遥远……

“林若阳。”坐在林若阳身边的同事小刘捅了捅正在发呆的林若阳，林若阳意识到自己的失态，慌乱地看向她，只见前面无数道目光射向坐在最后一排的她，一束追光也打在她身上。

“若阳。”舞台上的灯光暗下来，全场只有林若阳和曹健身上的两束追光。

林若阳听到召唤，鬼使神差地站了起来。只见曹健阔步从舞台上走下来，两束追光一点点靠近，终于融为一体。

“请你原谅我对你的一切隐瞒。我只是想让你毫无压力、快乐地生活。你知道吗？从初中的时候我就喜欢你——妈妈班上那个只知道唱歌从不学习的‘问题少女’。我多么羡慕你的活力，可当高中时我再一次见到你的时候，那个快乐的‘问题少女’不再，只有一个沉默寡言、郁郁寡欢的学霸。我知道你一直不快乐，没有做自己喜欢的事情怎么会快乐？我能做的只是守在你身边，帮你重新找回那个遗失的自己。可我爱你，无论你是怎样的状态，我都爱你。我相信你也一样，无论我是谁，我的身份如何，你都一如既往地爱着我。”曹健从口袋里拿出一个小方盒，轻轻地打开它，露出里面的钻戒，单膝跪地，递到林若阳面前，“林若阳，请你嫁给我。”

千万片玫瑰花瓣从天而降，浪漫的花香四溢，犹如坠入一片柔软的云朵，林若阳只感觉自己仿佛升入天际，一点点靠近彩虹的尽头。那里住着一只幸福的狐狸之神，正敞开小木屋的房门迎接她，曹健紧接着从里面走出来，伸出一只手递到她面前，无数的小天使在他们身边转圈，调皮的爱神之子拿出自己的金色弓箭，瞄准深情对望的男女。

“若阳，请你嫁给我。”

见林若阳迟迟没有反应，曹健重复道。

“对不起，我不能嫁给你。”

他们终究是活在两个世界的人。

第三十四章

尾　声

五年后……

“若阳，我这样可以吗？”何小西坐在梳妆台前，不安地看着镜子里的自己。等了多少年，就为这一天。

“漂亮极了。小西，你是我见过最美的新娘！”林若阳站在何小西身边，“葛大设计师给你定制的造型还能不好？人家可是获了国际大奖的人。”

葛菲拿着化妆工具挤开林若阳：“你当谁都跟你一样，活得这么粗糙？”

林若阳看了一眼镜中的自己。细小的皱纹慢慢爬上黯淡的皮肤，凌乱的头发随意地被一根“电话线”束缚着，运动帽衫是她的最爱，穿起来既舒适又方便。

“像你这样的，活该30岁还没男朋友。”

“别这么说若阳。”何小西怯怯地拉了拉葛菲的裙摆，葛菲甩开她的手，帮她补完最后一点妆之后，开始给林若阳化妆。

“你们真把我当免费的苦力使了。”葛菲用力地将粉扑打在林若阳脸上，“你说你在北京混得好好的，怎么招呼也不打就跑回老家了？要不是何小西结婚，你是不是也打算消失？”

“我没有，当时是特殊情况。”林若阳在葛菲充满报复的手法下做着痛苦的表情，何小西继续怯怯地拉葛菲的裙摆，葛菲依旧是一副女王的面孔，对她的求情不予理睬。

化妆间的门突然被人推开："动作快一点，仪式马上就要开始了。"

何小西最后看了看镜中的自己，确认头纱已经完全将自己脸上的刺青完全遮住。另一边的葛菲像是没有听见来人的催促，继续给林若阳化妆。

"你们快去准备，不用管我……"

可是葛菲根本不听林若阳的劝阻，涂完粉底，接着给她画眼线。

"我说……"

"别动！"

林若阳只好乖乖听话。葛菲娴熟地帮林若阳化好淡妆，果不其然是从初中就开始化妆的老手，淡妆迅速且完美。

"我看微信群说，所有在本地的初中同学都回来，你当年好歹也算班里的风雨人物，怎么也得打扮一下。"葛菲又从一旁的衣架上拿出一套礼服给林若阳，"换上！"

林若阳看了看葛菲递过来的礼服，杏粉色，小露香肩。多少年了，似乎五年前从会场落跑以后，她就丧失了装扮自己的欲望。

都说女为悦己者容，也不知那位Mr.Right过得怎么样？

整场婚礼，林若阳过得浑浑噩噩。连优美的《结婚进行曲》也填补不了她内心的缺失，连曾经有过那么多不堪经历的何小西都能和大律师郭宇非结婚，为什么当年的自己不能接受比自己优秀的曹健？

真的是讨厌被欺骗吗？

还是总在幻想无所不能的曹健能够随时追过来恳求自己的原谅？

五年了，杳无音信。

林若阳一个人坐在角落里将杯中的红酒一饮而尽。舞台上此时此刻正上演着闹新娘的游戏环节，何小西穿着一身洁白的婚纱仿佛是一个纯洁的天使，站在渐渐发福的郭宇非身边，看上去比他还要高贵。

当年，何小西参加成人高考，一举考中政法大学的法律系，毕业后进了郭宇非工作的律师事务所，重拾了初中时代的美好恋情。

“今天到场的，有很多郭宇非先生和何小西小姐的同学。郭太太说，她对初中的合唱比赛印象最为深刻，于是特意安排了接下来的节目。让我们有请郭太太的闺蜜林若阳小姐上台。”

什么情况？

林若阳懵懂地站到舞台上，红酒让她有些微醺，两颊不自觉地泛起彤霞。灯光一瞬间暗下来，林若阳不知所措地看向舞台深处，只见一群人摸黑站到舞台上，衣料互相摩擦，发出沙沙的声响。

合唱团？

林若阳笑笑。

声音渐渐停息，灯光一瞬间锃亮。

“苏大妈？”林若阳惊呼，还未等她摸清状况，熟悉的音乐在耳畔响起。林若阳的双手像是突然有了魔法，缓缓抬起，随着乐音舞动。

“你从哪里来，我的朋友……”

林若阳已经几乎忘却了这只带给她无限烦恼、无限满足的老年合唱团。五年不见，大家的变化好大。苏阿姨的皱纹明显多了，再浓的妆也掩饰不了如地图般的老年斑；赵大爷的背驼得厉害，却仍努力地挺直腰板站在第三排的角落里；合唱团少了一些熟悉的面孔，多了些陌生的面庞。林若阳的心随着音乐上下起伏，体内似乎有一股热流涌动，触动了她的眼泪，触动了她的内心。

他们怎么会知道自己的消息？

“为何你一去便无消息，只把思念积压在我心头。难道你又要匆匆离去，又把聚会当成一次分手。”

林若阳眼中噙泪，转身，优雅地依次伸出左臂和右臂，带领合唱团向观众深鞠一躬。这是合唱团的礼节，即使是谢幕也要有风度。

“1，2，3。”林若阳在心中默念，当她再度起身的时候，只见远

处的大门缓缓开启，一个男人拖着长长的影子，渐渐走到灯火通明的舞台。

五年，他变了。胖了，眼睛更小了，金边眼镜让他看起来有种暴发户的气质。

“曹健。”

终于等到你。

（完）

2015年10月18日于北京

图书在版编目（CIP）数据

乐音流动的青春 / 东倬 著. -- 北京 : 作家出版社，2015. 12

ISBN 978-7-5063-8457-5

Ⅰ. ①乐… Ⅱ. ①东… Ⅲ. ①长篇小说 - 中国 - 当代 Ⅳ. ①I247.5

中国版本图书馆CIP数据核字（2015）第273488号

乐音流动的青春

作　　者：东　倬
责任编辑：李亚梓
封面设计：陈雯佳　北京维度设计
插图绘画：陈雯佳
出版发行：作家出版社
社　　址：北京农展馆南里10号　　**邮　　编**：100125
电话传真：86-10-65930756（出版发行部）
86-10-65004079（总编室）
86-10-65015116（邮购部）
E-mail:zuojia@zuojia.net.cn
http://www.haozuojia.com（作家在线）
印　　刷：三河市紫恒印装有限公司
成品尺寸：152×230
字　　数：251千
印　　张：19
版　　次：2016年1月第1版
印　　次：2016年1月第1次印刷
ISBN 978-7-5063-8457-5
定　　价：36.00元